小公女

バーネット
羽田詩津子＝訳

角川文庫
22715

A Little Princess
Frances Hodgson Burnett
1905

小公女

目次

1　セーラ

どんよりと曇った冬の日だった。ロンドンの街は煤煙《ばいえん》で黄ばんだ霧が重く垂れ込めていた。昼間だというのに夜のように街灯が灯《とも》り、商店のショーウィンドウはガス灯の明かりでまばゆく輝いている。そんな大通りをゆっくりと進んでいく一台の辻《つじ》馬車の中に、外国育ちらしい女の子が父親といっしょにすわっていた。

女の子は座席に膝《ひざ》を折ってすわり、肩を抱き寄せてくれる父親にもたれかかりながら、通りを行き交う人々を窓越しに眺めている。その大きな目は、不思議なほど大人びた思慮深さを宿していた。

まだ幼い女の子の小さな顔には、そんな表情は似つかわしくなかった。十二歳だとしても、ずいぶんおませだが、その女の子、セーラ・クルーはまだ七つだった。もっとも、セーラはいつだって風変わりなことを想像したり考えたりしていたし、物心ついたときからずっと、大人たちと大人たちが住む世界のことを考えて過ごしてきた。そのせいか、自分もすでに長い歳月を生きてきた大人のような気がしているのだった。

このときのセーラは、父親のクルー大尉とともに過ごしたボンベイからの長い船旅のことを思い返していた。巨大な船のこと、そこで黙々と働いていたラスカーと呼ばれるインド人水夫たちのこと、暑いデッキで遊んでいた子供たちのこと、若い士官の奥さんたちがセーラに話しかけてきては、セーラの言うことに笑いころげたこと。

なによりも、インドの強烈な日差しに照りつけられていたと思ったら、次には大海原の真ん中にいて、今は昼間でも夜のように暗い見知らぬ街を奇妙な乗り物で運ばれている。そのことが不思議でならなかった。すっかり頭が混乱してきたセーラは、さらに父親に身を寄せた。

「お父さま」とまどった声でささやくように言った。「ねえ、お父さま」

「どうしたんだね、セーラ?」クルー大尉はさらに娘を抱き寄せると、その顔をのぞきこんだ。「何を考えているんだい?」

「ここが『あの場所』なの?」セーラはいっそう深く父親の胸に抱かれながら小さな声でたずねた。「ここがそうなの、お父さま?」

「ああ、そうだよ、セーラ。やっと着いたんだ」セーラはわずか七つだったが、そう答える父親の声ににじむ悲しみをまざまざと感じとった。

もう何年も前から、父親はセーラが「あの場所」と呼んでいるところに行くために、心の準備をさせようとしてきた。母親はセーラが生まれたときに亡くなったので、セーラは母のことをまったく知らなかったし、恋しく思うこともなかった。若くてハンサムでお金持ちで、甘やかしてくれる父親だけが、セーラにとっては世界でたった一人の家族だった。二人はいつもいっしょに遊び、とても仲がよかった。父親がお金持ちだと知ったのは、セーラが聞いていないと思って周囲の人々がそう口にしていたからだ。セーラも大人になったらお金持ちになるだろう、と。もっとも、お金持ちとはどういうことなのか、セーラにはさっぱりわからなかった。セーラは生まれたときから広いテラスに囲まれた平屋建ての美しい屋敷で暮らし、たくさんの使用人たちに額に手を当てて丁重なインド式のお辞儀をされ、「お嬢さま《ミッシー・サーヒブ》」と呼ばれ、何でもしたいようにしてきた。おもちゃがどっさりあり、ペットもいて、自分を崇《あが》めてくれる乳母《アーヤ》にもかしずかれていた。やがて、お金持ちというのは、そういうものを所有している人のことなのだ、と少しずつわかってきた。ただし、理解できるのはそこまでだった。

　これまでの短い人生で、悩みと言えばただひとつ、いつか「あの場所」に連れて行かれるということだけだった。インドの気候は子供には苛酷《かこく》すぎるので、できるだけ早くインドを離れ、たいていの場合はイギリスに帰らせて寄宿学校に入れるものとされていた。インドを離れるのを見ていたし、その父親や母親が子供たちから届いた手紙についてあれこれ話しているのを耳にしてきたから、自分もいつか行かなくてはならないことは理解していた。船旅の逸話や見知らぬ国について父親から聞いて、興味をそそられることもあったが、父といっしょにいられないと思うと、不安に胸がしめつけられた。

『あの場所』には、お父さまもいっしょに行くわけにいかないの？」セーラは五つのときにたずねてみた。「いっしょに学校に通えない？　わたし、お勉強を手伝ってあげる」

「でも、そんなに長い間、離れているわけじゃないんだよ、セーラ」父親の答えはいつも同じだった。「おまえが行くのはすてきなおうちなんだ。小さな女の子が何人もいて、いっしょに遊べるよ。たくさん本を送ってあげよう。そうすればあっという間に時間が過ぎて、それこそ一年もたっていない気がするうちに大きくなれる。やがて賢く成長して戻ってきたら、お父さんの面倒をみておくれ」

セーラはそのときのことを考えるとうれしくなった。お父さまのために家の切り盛りをし、いっしょに乗馬をし、ディナーパーティーのときはテーブルの女主人の席にすわる。お父さまとおしゃべりをして、本を読んであげる。それこそセーラがいちばんやりたいことだったので、その望みをかなえるために「あの場所」に行く必要があるなら、あきらめて従うしかない。他の女の子たちにはさほど興味がなかったが、本がどっさりあれば慰めになるだろう。セーラは何よりも本が好きで、いつも美しいものが出てくる物語を作っては、ひとりごとのようにしゃべっていた。ときどき父親にも物語を聞かせてあげると、セーラに劣らずその話を気に入ってくれた。

「ねえ、お父さま。もう着いたんだったら覚悟を決めなくちゃならないわね」

クルー大尉は娘のおませな言葉に苦笑し、キスをした。実を言うと、父親の方はまったく覚悟ができずにいたのだが、そのことは口にしてはならないと胸に秘めていた。大人びたおもしろいことを言う娘のセーラは、彼にとって最高の相棒だったので、これから一人きりで寂しくなるだろうと思いやられた。インドに戻り屋敷に帰っても、出迎えに駆け出してくる白い服を着たかわいらしい姿には、もうお目にかかれないのだ。辻馬車が大きくて陰気な広場にガタゴトと入っていくと、クルー大尉は娘をぎゅっと抱きしめた。その広場に面して建つ一軒が、二人のめざす建物なのだ。

広場沿いにずらっと並ぶ他の家々と同じように、その家も大きくて冴《さ》えないレンガ造りの建物だった。ただし、正面ドアにはピカピカの真鍮《しんちゅう》のプレートがとりつけてあり、黒い文字でこう彫られていた。

ミス・ミンチン
セレクト女子寄宿学校

「さあ、着いたよ、セーラ」クルー大尉はできるだけ陽気な声を出そうとした。それから娘を馬車から降ろし、二人で石段を上っていきドアベルを鳴らした。後になって、この家はミンチン先生にそっくりだ、とセーラはしばしば考えたものだ。建物は一見きちんとしていて家具調度のたぐいもそろえられていたが、すべてのものが不快だった。肘《ひじ》掛け椅子ですら、硬い骨が入っているように思えた。玄関ホールにあるものは、どれもこれもが硬くてピカピカに磨かれていた。片隅の背の高い大時計に描かれた赤い頬をしたお月さままでが、うわべだけ取り繕っているような険しい表情をしている。通された客間は四角い模様の絨毯《じゅうたん》が敷かれていて、椅子も四角で、巨大な大理石のマントルピースの上には、どっしりした大理石の時計が置かれていた。

硬いマホガニーの椅子にすわりながら、セーラは部屋をすばやく見回した。

「ここ、好きになれないわ、お父さま。だけど、どんなに勇敢な兵隊さんたちだって、本当は好きで戦争に行くわけじゃないものね」

その言葉に、クルー大尉はふきだした。彼は若くて陽気な人間だったので、セーラの突飛なおしゃべりはいくら聞いても聞き飽きることがなかった。

「ああ、かわいいセーラ。そういう真面目なことを言ってくれる人がいなくなったら、どうしたらいいんだろう？　おまえほど真面目な人は他にいないよ」

「だけど、真面目な話なのに、どうしてそんなに笑っているの？」セーラはたずねた。

「おまえの言い方がとてもおもしろいからだよ」クルー大尉はまたひとしきり笑った。それから、いきなり笑うのをやめ、セーラをぎゅっと胸に抱きしめ、ありったけの愛情をこめてキスをした。その目は涙で濡《ぬ》れているかのように見えた。

ちょうどそのときミンチン先生が部屋に入ってきた。この家にそっくりだわ、とセーラは思った。長身で陰気でお上品ぶっていて不愉快な感じを与える。ミンチン先生は感情のこもらない冷たい大きな目をしていて、うわべだけの冷たい大きな笑いを浮かべていた。セーラとクルー大尉をひと目見るなり、その笑いはいっそう大きくなった。この学校をクルー大尉に推薦してくれた貴婦人から、この若い士官について喜ばしい噂をさんざん聞かされていたからだ。たとえば、クルー大尉が裕福で、娘のためなら喜んで大金を出すだろうとか。

「このようにおきれいで将来が楽しみなお嬢さまをお預かりさせていただけることは、大変、光栄に存じます、クルー大尉」セーラの手をとってなでながら、ミンチン先生は言った。「レディ・メレディスから、まれに見るほど才気煥発《かんぱつ》なお嬢さまだとうかがっておりますの。賢いお子さまは、わたくしどものような寄宿学校にとっては大切な宝なのでございます」

セーラは黙って立ったまま、ミンチン先生の顔をじっと見つめていた。いつものように、おかしなことを考えていたのだ。

「どうしてわたしのことをきれいなんて言うの？　わたしはちっとも美人じゃない。美人っていうのは、グレンジ大佐のところのイゾベルみたいな子のことよ。薔薇色《ばらいろ》のほっぺたにはえくぼがあるし、長い金色の髪をしていて。わたしの髪は黒くて短いし、目は緑色で、おまけにやせっぽちだから、きれいとはほど遠い。わたしみたいにみっともない子なんて、そうそういないわよ。この人ったら、最初から嘘をつくのね」

しかし、セーラが自分をみっともない子だと考えていたのはまちがっていた。連隊の家族の中でとびぬけた美少女のイゾベル・グレンジとはまるきりちがっていたが、セーラには独特の不思議な魅力があった。ほっそりしたしなやかな体つきで、年齢の割にすらりと背が高く、真剣な面差しの小さな顔は魅力的だった。漆黒の髪は豊かで、毛先だけがカールしている。たしかに瞳《ひとみ》は灰色がかった緑色だが、長く黒い睫《まつげ》に縁取られた大きくてすばらしい目だった。セーラ自身は瞳の色が気に入らなくても、すてきだと思う人はたくさんいた。しかし、セーラは自分が不細工な女の子だと固く信じこんでいたので、ミンチン先生のお世辞にもまったく浮かれる気になれなかった。

「わたしがこの人のことをきれいだって言ったら、嘘を言っていることになるし、自分が嘘をついているとわかるはずよ。わたしはミンチン先生と同じぐらい不器量だわ——先生とはまたちがった意味でね。どうしてこの人はこんなことを言うの？」

のちにセーラがミンチン先生のことをもっとよく知るようになると、その理由がわかった。子供を学校に連れて来た父親や母親全員に、同じことを口にしていたのだ。

セーラは父親のすぐそばに立ち、二人の話を聞いていた。セーラがこの学校に連れて来られたのは、クルー大尉が心から尊敬しているレディ・メレディスの二人の娘たちがここで教育を受けていたからだった。セーラはいわゆる「特待寄宿生」として入学し、さらにふつうなら特待寄宿生にも与えられない特権を享受できることになった。きれいな寝室と自分専用の居間を使えるばかりか、子馬と馬車を所有でき、インドで世話をしてくれていた乳母の代わりにメイドまでつけてもらえることになっていた。

「この子の教育についてはまったく心配していません」クルー大尉は明るく笑うと、セーラの手をとって軽くたたいた。「むしろ、あまり熱心に勉強しすぎないようにさせる方が大変だと思います。いつもじっとすわって、小さな鼻を本に突っ込んでいるんですよ。この子の場合、読むんじゃないんです、ミンチン先生。女の子じゃなくて狼の子みたいに、本をガツガツ食うんです。いつも新しい本がないかと飢えていて、大人の本まで読みたがる始末でしてね。分厚い大きな本、英語だけではなくフランス語、ドイツ語の本、歴史、自伝、詩、なんでもござれです。読書ばかりしているようでしたら、本から引き離して、通りで子馬に乗るとか、新しい人形を買いに出かけるとかさせてください。この子はもっと人形遊びをした方がいいんですよ」

「お父さま」セーラが口を開いた。「二、三日おきに、お人形を買いに出かけていたら、増えすぎちゃって、全員と仲良くなれないわ。お人形っていうのは親友のはずよ。エミリーがわたしの親友になる予定なの」

クルー大尉がミス・ミンチンに視線を向けると、ミンチン先生の方もクルー大尉を見た。

「エミリーというのはどなたですの？」ミンチン先生がたずねた。

「お話ししなさい、セーラ」クルー大尉は微笑みながら促した。

セーラは説明を始めたが、その灰色がかった緑の目は真剣そのもので、同時にとてもやさしいまなざしだった。

「エミリーはわたしがまだ持っていないお人形なんです。これからお父さまが買ってくれることになっているお人形で、二人で探しに行くことになっています。名前はもうエミリーってつけました。お父さまがいない間、そのお人形にお友達になってもらって、お父さまのことをいろいろ話してあげるつもりなんです」

とってつけたような大きな笑みを張りつけていたミンチン先生の口元が、お世辞たっぷりに笑みくずれた。

「まあなんて個性的なお子さまなのでしょう！　ほんとにかわいらしいお嬢さまですこと！」

「ええ」クルー大尉はセーラを引き寄せた。「実にかわいらしい子なんです。わたしに代わって、よく面倒を見てやってください、ミンチン先生」

その後数日間、セーラは父親とホテルに滞在し、父親がまたインドに戻るまでずっといっしょに過ごした。実際、セーラが必要としているよりもはるかにたくさんのものを買いこんだのだった。二人は外出していくつもの大きな店を訪れ、山のような買い物をした。クルー大尉はまだ若くて世間知らずで性急なところがあったので、娘がすてきだと思ったものはすべて買ってやりたがり、自分がいいと思うものも片端から買った。というわけで、七つの子供には贅沢《ぜいたく》すぎる服や装飾品が買い集められた。高価な毛皮で縁取りをしたベルベットのワンピース、レースのワンピース、刺繡《ししゅう》をほどこしたワンピース、大きなやわらかいダチョウの羽根がついた帽子、アーミンのコートとマフ、何箱もの小さな手袋やハンカチやシルクのストッキング。あまりにも大量の気前のいい買い物ぶりに、礼儀正しい若い店員たちはカウンターの陰で、あの生真面目な大きい目をした異国風の女の子は外国のお姫さまじゃない？　たぶんインドのラジャのお嬢さんよ、とささやきあった。

そしてついに二人はエミリーを見つけた。何軒ものおもちゃ屋を回り、数え切れないほどの人形を見て、ようやく出会えたのだった。

「お人形みたいに見えない子がほしいの」セーラは言った。「わたしの話すことがちゃんと聞こえているように見える子がいいのよ。お人形の困ったところはね」とセーラは頭を片側にかしげ、考えこみながら言葉を続けた。「全然聞いていないように見えることなの」というわけで、二人は大きな人形と小さな人形、黒い目の人形と青い目の人形、茶色の巻き毛の人形と金髪の三つ編みの人形、服を着た人形と着ていない人形、数え切れないほどの人形を次から次に見て歩いた。

「そうだわ」服を着ていない人形を見ているときに、セーラが言いだした。「もしエミリーを見つけたときに服を着ていなかったら、仕立屋さんに連れて行って合うものを作ってもらえばいいわ。仮縫いをした方がぴったり合うでしょ」

何度も失望を味わったあとで、二人は歩きながら店のショーウィンドウを見ていくことにし、馬車には後からついて来てもらった。二、三軒の店は中に入りもせずに通り過ぎた。やがてあまり大きくない店に近づいたとき、セーラがはっとしたように足を止め、父親の腕をつかんだ。

「見て、お父さま！」セーラは叫んだ。「エミリーがいる！」

顔が紅潮し、その灰緑色の目には、ようやく大好きな親友に会えたという喜びがあふれんばかりに浮かんでいた。

「ここでわたしたちのことをちゃんと待っていてくれたんだわ！　さあ、エミリーに会いに行きましょう」

「これはこれは」クルー大尉は言った。「誰か紹介者が必要なんじゃないかな」

「お父さまがわたしを紹介してくれれば、わたしがお父さまを紹介するわ。だけど、見たとたんにエミリーだってわかったんだから、あの子の方もわたしのことを知っているはずよ」

そう、たぶん人形はセーラだとわかっていたのだろう。セーラに抱かれたとき、その目にはとても利発そうな表情が浮かんでいた。エミリーは大きな人形だったが、楽に抱いて歩けそうなぐらいの大きさだった。金茶色の髪が自然にカールして肩先から背中にこぼれ、瞳は澄み、灰色がかった深い青色で、やわらかな濃い睫に縁どられていた。それは描いた睫ではなく、本物の睫だった。

「まちがいないわ」セーラは膝《ひざ》にのせた人形の顔をのぞきこんだ。「この子はまちがいなくエミリーよ、お父さま」

こうしてエミリーは買われ、なんと子供服店に連れて行かれ、採寸され、セーラと同じように贅沢な服を作ってもらうことになった。レースやベルベットやモスリンのワンピース、帽子やコート、美しいレースの縁取りをした下着、手袋、ハンカチ、毛皮まで揃っていた。

「ちゃんとしたお母さんがいる子供のようにしてあげたいの」セーラは言った。「だから、わたしがエミリーのお母さんになるのよ。もちろん親友でもあるけれど」

悲しい物思いに胸が痛むことがなければ、こうした買い物をクルー大尉は心の底から楽しんだことだろう。しかし、こうしたひとときは、このおもしろくて楽しい愛する相棒と別れる準備なのだと思うと、やるせなかった。

真夜中にクルー大尉は起き上がると、セーラのベッドのわきに立って、その寝顔を見下ろした。セーラはエミリーを抱いて眠っていた。黒髪が枕に広がり、エミリーの金茶色の髪ともつれあい、どちらもレースのひだ飾りのついた寝間着を着て、どちらもカールした長い睫を頬に伏せている。エミリーはまるで本物の子供のようだったので、エミリーがいっしょにいてくれてよかった、とクルー大尉は思った。大きなため息をひとつつくと、少年のような表情で口ひげを引っ張りながら、心の中でつぶやいた。

「ああ、かわいいセーラ！　お父さんがどれほど寂しくなるか、おまえにはわからないだろうなあ」

翌日、クルー大尉はセーラをミンチン先生のところに連れて行き、学校に預けた。翌朝、出航の予定だった。バロウ・アンド・スキップワース法律事務所がイギリスでの代理人だから、必要なことはそこに問い合わせてもらいたい、セーラの経費については請求書をそこに送れば支払ってもらえる、ということをミンチン先生に伝えた。クルー大尉はセーラに週に二度手紙を書くつもりだし、娘の望みはすべてかなえてやってほしい、と頼んだ。

「この子はとても分別があるので、無鉄砲なことは決して求めませんから」

そしてセーラといっしょに彼女の小さな居間に行くと、お別れを言い合った。セーラは父親の膝にすわって小さな両手でコートの襟をつかむと、長々と父の顔を見つめていた。

「お父さんの顔を覚えておこうとしているのかい?」クルー大尉は娘の髪をなでながらたずねた。

「ううん。お顔はもう覚えているもの。お父さまはわたしの心の中にいるのよ」そして二人は決して離すまいとするかのように固く抱き合ってキスを交わした。

辻《つじ》馬車が玄関前から走りだしたとき、セーラは自分の居間にすわって両手で頰杖《ほおづえ》をつき、馬車が広場の角を曲がってしまうまでずっと目で追っていた。エミリーも隣にすわり、いっしょに見送っていた。ミンチン先生は、妹のミス・アメリアにセーラの様子を見に行かせた。しかしドアは開けることができなかった。

「鍵《かぎ》をかけてあるんです」中からいつもとはちがう小さな声が礼儀正しく言った。「すみませんけど、今は一人にさせてください」

ミス・アメリアは太ってずんぐりした人で、姉のミンチン先生のことをとても恐れていた。実は性格は姉よりもよかったのだが、絶対にミンチン先生には逆らえなかった。ミス・アメリアは不安そうな顔で、また階下に戻っていった。

「あんなおかしな大人びた子って見たことないわ、姉さん」ミス・アメリアは報告した。「部屋に鍵をかけて閉じこもっていて、ことりとも音を立てないのよ」

「泣きわめいて暴れられるよりよっぽどいいわ。これまでそういう子もいたけど」ミンチン先生は答えた。「あれだけ甘やかされている子だから、学校じゅうひっくり返るほどの大騒ぎを演じると思っていたけどね。あんなに何でもかんでも好き勝手をさせてもらえる子なんて、まずいないわよ」

「わたし、あの子のトランクを開けて、荷物を片付けてあげたんだけど、あんな豪勢なもの、初めて見たわ――セーブルやアーミンがついたコート。下着だって、本物のヴァランシエンヌ・レースで飾られているのよ。姉さんもいくつか見たでしょ。どう思った？」

「とことん馬鹿げてるわね」ミンチン先生はぴしゃりと決めつけた。「だけど、日曜に生徒たちを教会に連れていくときに、あの子を列の先頭にしたら、たいそう見栄えがするでしょう。まるで小公女さまみたいないでたちだもの」

そして鍵のかかった上の部屋では、セーラとエミリーが床にすわりこんで、父親の馬車が消えていった角をまだ見つめていた。そしてクルー大尉の方も後ろを振り返り、いつまでもいつまでも手を振り、投げキスをしていた。

2 フランス語の授業

翌朝セーラが教室に入っていくと、全員が好奇心で目を輝かせながらセーラを見つめた。もうすぐ十三歳になるので大人だと自負しているラヴィニア・ハーバートから、まだ四つで、学校では赤ちゃん扱いされているロッティ・リーにいたるまで、すでにセーラの噂をさんざん聞いていたのだ。セーラがミンチン先生のご自慢の生徒で、学校の誉れとなる子だとみなされていることは知れ渡っていた。セーラのフランス人メイドのマリエットが、ゆうべ到着したところを見かけた子も一人、二人いた。ラヴィニアはセーラの部屋のドアが開いているときを狙いすまして前を通り、マリエットがどこかの店から夜遅く届いた箱を開けているのを見た。

「レースのフリルがついたペチコートがどっさり入ってたわ——どれもフリルだらけ」地理の教科書の方に頭をうつ向けながら、ラヴィニアは友人のジェシーにささやいた。「ちょうどメイドが振って広げているところだったの。わたし、ミンチン先生がミス・アメリアに言っているのを聞いちゃった、こんな贅沢《ぜいたく》な服を子供に着せるなんて馬鹿げているって。お母さまは、子供はシンプルな服を着るべきだって言ってる。あの子、今、そのペチコートをはいてるわよ。すわるときに、ちらっと見えたから」

「絹のストッキングをはいてる！」ジェシーがやはり地理の教科書に身をかがめながら、ささやいた。「なんてちっちゃい足なの！　あんな小さい足、見たことがないわ」

「ふん」ラヴィニアは意地悪く言った。「たんに上靴がよくできているからよ。大きな足でも、腕のいい靴屋さんにかかれば小さく見せられるってお母さまが言ってたわ。それに、ちっともかわいくないわよね。目だって、すごく変な色だし」

「普通の美人っていうのとはちがうわね」ジェシーは教室の向こうを盗み見しながら言った。「だけど、なんだかまた見たくなっちゃう顔よね。睫《まつげ》はびっくりするほど長いし、目の色はほとんど緑よ」

セーラは自分の席に静かにすわって、するべきことを指示されるのを待っていた。セーラの席はミンチン先生の教卓のそばだった。セーラはたくさんの目に見つめられても恥ずかしがる様子もなく、逆に、自分を見ている子供たちを興味深げに穏やかなまなざしで見返していた。みんな、何を考えているのだろう？　ミンチン先生のことは好きなの？　授業は好き？　わたしみたいなお父さまがいる子は？　お父さまのことは、その朝、エミリーとさんざん話した。

「お父さまは今頃、海の上なのよ、エミリー。わたしたち、大の親友になって、いろんなことをおしゃべりしましょうね。エミリー、わたしを見て。あなた、とてもすてきな目をしているわね――ああ、あなたがしゃべれたらいいんだけど」

セーラは想像力がとても豊かで、奇抜なことをしじゅう思いついた。だから今も、エミリーが生きていて本当に耳が聞こえ自分の話を理解している、というつもりになれば、とても心が慰められるにちがいないと閃《ひらめ》いた。マリエットに学校用の紺色のワンピースを着せてもらい、髪に紺色のリボンを結んでもらうと、専用の椅子にすわっているエミリーのところに行き、本を一冊渡した。

「わたしが下にいる間、それを読んでいてね」そしてマリエットが不思議そうに見ているのに気づくと、真顔で説明した。

「お人形っていうのはね、こちらに知られないようにしているけど、実はいろいろなことができるんだと思うの。もしかしたらエミリーは本当に本が読めて、しゃべれて、歩けるけど、部屋に誰もいないときにしか、そういうことをしないのよ。それはエミリーの秘密なの。だって、お人形がいろんなことができるってわかったら、人間に働かせられるでしょ。そのせいで、お人形たちはお互いに秘密にしようって約束しているのよ。あなたが部屋にいたら、エミリーはただじっとすわって宙を見つめているだけでも、外に出て行ったら、本を読み始めるし、もしかしたら窓のところに行って外を眺めるかもしれない。で、わたしたちのどちらかがやって来るのを聞きつけたら、急いで駆け戻って椅子にすわり、ずっとそこにいたみたいな顔をするのよ」

「なんておかしな子なの！《コム・エ・レ・ドゥロール》」マリエットはひとりごちると、階下に行き、メイド頭にその話をした。しかし、マリエットはこの一風変わった女の子が好きになりはじめていた。

小さな顔はとても賢そうだったし、礼儀作法は非の打ち所がなかったからだ。これまで世話してきた子供たちは、こんなに礼儀正しくなかった。セーラは小さいのにとても上品で、感謝のこもったやさしい声で、実に感じよく、「お願いできるかしら、マリエット」とか「ありがとう、マリエット」と言うのだった。まるで貴婦人に言うみたいにお礼を言ってくれるんですよ、とマリエットはメイド頭に話した。

「まるで公女さまみたいだわ《エラ・レール・デュンヌ・プランセス》、あのお嬢さんは《セット・プティット》」とマリエットは言った。彼女は新しい小さな女主人がすっかり気に入って、いい仕事につけたことを心から喜んでいた。

セーラがみんなに注目されながら教室にすわって数分すると、ミンチン先生が威厳たっぷりに教卓をたたいた。

「みなさん、新しいお友達をご紹介します」女の子たち全員が起立したので、セーラも立ち上がった。「ミス・クルーにとても親切にしてあげてくださいね。遠いところから――なんとインドからいらしたばかりなのです。授業が終わったら、さっそくお友達になってください」

生徒たちが堅苦しくお辞儀をしたので、セーラは膝《ひざ》を曲げてお辞儀を返した。それから着席し、また全員が顔を見合わせた。

「セーラ」ミンチン先生が教室用の口調で言った。「こちらに来なさい」

ミンチン先生は教卓から本を一冊とり、ページをめくった。セーラは礼儀正しく先生の方に近づいていった。

ますよ」

「お父さまはフランス人メイドをつけてくださったのですから」とミンチン先生は切りだした。「フランス語をとりわけ熱心に学んでほしいと思っていらっしゃるのだと思いますよ」

セーラはどう答えたらいいか困ってしまった。

「父があの人をつけてくれたのは、ええと、わたしがあの人を気に入ると考えてのことだと思います、ミンチン先生」

「そうではないでしょう」ミンチン先生は苦々しげな笑いを浮かべて反論した。「あなたはとんでもなく甘やかされて育ったので、あなたが気に入るからという理由で、常に物事が決められると考えているようですね。お父さまはあなたにフランス語を勉強することを望んでいらっしゃる、わたくしはそう受け止めています」

セーラがもっと大きかったら、あるいは他人に対する礼儀をそれほど重んじることがなかったら、わずか数語で事情を説明しただろう。しかし、今の彼女は頬を赤くして黙りこむしかなかった。ミンチン先生はとても厳しく威圧的な人間で、セーラがフランス語をまったく知らないと頭から決めつけているようだったので、それはまちがっていますと指摘するのは失礼な気がしたのだ。赤ちゃんの頃から、父親はしょっちゅうフランス語でセーラに話しかけてきた。しかも母親はフランス人で、クルー大尉は妻の母国語をずっと愛してきたので、セーラは常にフランス語を耳にし、親しんできたのだった。

「わ、わたし、ちゃんと勉強したことはありません、でも――」セーラはおずおずと説明しかけた。

ところで、ミンチン先生のひそかな悩みのひとつは、フランス語をしゃべれないということで、そのことはどうしても隠しておきたいと思っていた。この件をさらに話しているうちに、何も知らない新しい生徒が都合の悪いことを質問しないとも限らない。それだけは避けたかった。

「もうよろしいわ」ミンチン先生はていねいだが、きっぱりとした口調で言った。「勉強したことがないなら、すぐに始めなくてはね。フランス語の先生のムッシュ・デュファルジュがもうすぐおみえになります。この教科書を持っていって、先生がいらっしゃるまで見ていなさい」

セーラは頬が火照るのを感じた。自分の席に戻ると、教科書を広げた。最初のページを真剣な顔で見た。ふきだしたりしたら無作法だとわかっていたし、無作法な真似は絶対にしたくなかった。しかし、「ル・ペール」は「お父さん」で「ラ・メール」は「お母さん」という意味だ、と書かれているページをいまさら勉強するのはあまりにも滑稽《こっけい》に感じられた。

ミンチン先生はセーラの方をじろじろ見た。

「ふくれっ面をしてますね、セーラ。フランス語の勉強が嫌いだとは残念だわ」

「フランス語は大好きです」セーラは答え、もう一度説明を試みた。「でも――」

「何かをするように言われたときに、『でも』と口答えするのはおやめなさい」ミンチン先生は言った。「ちゃんと教科書を見なさい」

そこでセーラは言われたとおりにして、「ル・フィス」は「息子」で「ル・フレール」は「兄(弟)」の意味であると書かれていても笑わないようにした。

「ムッシュ・デュファルジュがいらしたら、わかっていただけるわ」とセーラは思った。

まもなく、ムッシュ・デュファルジュが現れた。とても感じのいい知的な中年のフランス人で、フランス語の例文集におとなしく集中しているふりをしているセーラに目に留めてたずねた。

「こちらはわたしの新しい生徒ですか、マダム?」彼はミンチン先生にたずねた。「優秀な生徒だと期待していますよ」

「お父上のクルー大尉は娘にフランス語を勉強させたいと、とても熱心なのです。でも残念ながら、この子は子供っぽい偏見を持っているようで、フランス語を習うのを嫌がっているんですの」ミンチン先生は答えた。

「それは残念ですね、マドモワゼル」ムッシュ・デュファルジュはやさしくセーラに話しかけた。「わたしといっしょに勉強を始めたら、フランス語がとても魅力的な言葉だということがわかりますよ」

セーラはすわったまま背筋を伸ばした。屈辱を与えられた気がして、どうにかしなくてはという気持ちがこみあげてきた。ムッシュ・デュファルジュを見上げ、訴えかけるように大きな灰緑色の目を向けた。フランス語でしゃべればすぐにわかってもらえる、とセーラは思った。そこで、セーラはかわいらしい流ちょうなフランス語で簡潔に説明を始めた——ミンチン先生は誤解しているようだ。たしかに教科書でフランス語を学んだことはないが、お父さまや周囲の人々にいつもフランス語で話しかけられていたし、英語の読み書きと同じように、フランス語の読み書きもしてきた。お父さまがフランス語を愛しているので、自分も大好きだ。生まれたときに亡くなった母親はフランス人だった。ムッシュ・デュファルジュが教えてくださることは喜んで勉強するつもりでいる。ただし、この教科書の言葉はもう知っていると、さっきからミンチン先生に説明しようとしていたところだ。そしてセーラは例文集を差し出した。

セーラがしゃべり始めたとたん、ミンチン先生はびっくり仰天して、話し終えるまで、憤然とした様子で眼鏡越しにセーラをにらみつけていた。かたやムッシュ・デュファルジュは口元をほころばせ、心からうれしそうににっこりした。きれいな子供らしい声が自分の母国語をこんなにも無邪気に生き生きと話すのを聞いて、まるで生まれ故郷にいるかのように感じたのだ。というのも、暗く霧のたちこめるロンドンにいると、故郷がはるか遠くに感じられることがよくあったからだ。セーラが話し終えると、ムッシュ・デュファルジュは愛情のこもった表情でセーラの手から例文集を受け取った。そしてミンチン先生にはこう言った。

「ああ、マダム、このお嬢さんには教えられることはあまりありません。彼女はフランス語を習ったのではありません。フランス人そのものなのです。うっとりするようなアクセントです」

「そう言えばよかったんですよ」ミンチン先生は恥をかかされ、セーラに向かって叫んだ。

「わたし……説明しようと……でも、うまく言えなくて……」

ミンチン先生はセーラが何か言おうとしていたことも、説明できなかったのがセーラのせいではないこともわかっていた。とはいえ、他の生徒たちが聞き耳を立てていて、ラヴィニアとジェシーがフランス語文法の教科書の陰でくすくす笑っていることに気づくと、かっとなった。

「静かに！」バンと教卓をたたき、尖《とが》った声で命じた。「ただちに静かにしなさい！」

この瞬間から、ミンチン先生は学校の自慢の生徒をむしろ憎らしく思うようになった。

3　アーメンガード

その最初の朝、セーラはミンチン先生のそばにすわり、クラスじゅうから熱い視線を向けられているのを意識していた。やがて同じ年くらいの一人の少女が、ことさら熱心に自分を見つめていることに気づいた。淡いブルーのどんよりした目も、ぽっちゃりした体型も、まったく賢そうには見えなかったが、すぼませた口元はいかにも人がよさそうだ。亜麻色の髪をきつくまとめておさげに編んでリボンを結んでいたが、両肘《りょうひじ》を机につき、魅入られたように新入生を見つめながら、そのおさげを顔の前に引っ張ってきてリボンの端を噛《か》んでいる。ムッシュ・デュファルジュがセーラに話しかけると、その子は少し怯《おび》えたように見えた。やがてセーラが前に出て行き無邪気な訴えかけるような目で先生を見つめながら、いきなりフランス語でしゃべり始めると、ぽっちゃりした子は飛び上がらんばかりに驚き、感嘆のあまり顔を真っ赤にした。英語ならまともに話せたが、その子は何週間も「ラ・メール」が「お母さん」で「ル・ペール」が「お父さん」という意味だと覚えようとして、泣きべそをかきながら奮闘してきたのだった。ところが、同じ年頃の女の子がこうした単語を熟知しているばかりか、他にもたくさんの単語を知っていて、動詞といっしょに自在に使っているのを目の当たりにしたものだから、その女の子はすっかり気圧《けお》されてしまった。

穴の空くほどセーラを見つめ、おさげのリボンをあまり激しく嚙んでいたせいで、ミンチン先生の注意を引き、運悪く不機嫌きわまりなかった先生はたちまち攻撃の矛先をその子に向けた。

「ミス・セント・ジョン！」ミンチン先生は険しい声で叱責《しっせき》した。「お行儀はどこへ行ってしまったの？　肘をどけなさい！　リボンを口から出して！　姿勢を正す！」

そのお小言に、ミス・セント・ジョンはまたもや飛び上がらんばかりに動揺した。おまけにラヴィニアとジェシーにくすくす笑われ、顔はいっそう赤く染まった。気の毒に、幼さの残るぼんやりした目には涙がにじんでいるように見えた。セーラはそれを見て、とてもかわいそうになり、かえって好意を抱き、お友達になりたいと思った。誰かが困ったことになったり、つらい思いをしていたりすると、セーラはいつも助けに駆けつけたくなるのだった。

「セーラが男の子で何世紀か前に生まれていたら、剣を抜いて国じゅうを巡り、困っている人を片っ端から救いだして守っていたにちがいないな。あの子はつらい思いをしている人を見ると、決まって戦いたくなるんだ」父親はよく言っていたものだ。

というわけで、セーラはこの太って愚図なミス・セント・ジョンが好きになり、午前中ずっと彼女の方にちらちら視線を向けてばかりいた。どうやらミス・セント・ジョンは勉強が苦手らしく、学校自慢の生徒としてちやほやされる可能性はまったくなさそうだとわかった。フランス語の授業は見るも哀れだった。彼女の発音には、ムッシュ・デュファルジュも思わず苦笑したし、ラヴィニアとジェシーや、他のもっとできる子たちはくすくす笑うか、あきれたとばかりに軽蔑《けいべつ》のこもった視線を向けた。しかしセーラは笑わなかった。セント・ジョンが「ル・ボン・パン（おいしいパン）」を「リー・ボング・パング」と発音しても聞こえなかったふりをした。セーラは弱い者いじめを許せない質《たち》だったので、くすくす笑いが聞こえ、気の毒な頭の鈍い女の子が動揺して困った顔をしているのを見ると激しい怒りがこみあげてきた。

「おかしくなんかないわ、ほんとに」教科書に身をかがめながら、歯を食いしばってつぶやいた。「笑うなんてひどい」

授業が終わり、生徒たちが数人ずつ集まっておしゃべりを始めると、セーラはセント・ジョンがいないかと見回し、窓下のベンチにしょんぼりと体を丸めてすわっているのを発見した。セーラはそちらに近づいていくと、声をかけた。セーラは女の子が知り合いになろうとするときの決まり文句のようなものを口にしたにすぎなかった。でも、セーラの口調や態度にはいつも親しみがこもっていたので、話しかけられた相手はそれをちゃんと感じとった。

「お名前はなんというの？」セーラは言った。

セント・ジョンはびっくり仰天した。そもそも新入生というものはしばらくの間、得体が知れない存在だ。しかも、この新入生のことでは、ゆうべ学校じゅうが噂でもちきりになり、みんな興奮しながら、ああでもないこうでもないとしゃべりまくり、話し疲れて眠りに落ちたのだった。馬車と子馬を持ち、メイドまでついていて、インドから長旅をしてきた話題の新入生とは、めったに知り合いになれるものではない。

「あたし、アーメンガード・セント・ジョンっていうの」

「わたしはセーラ・クルーよ。あなたのお名前、とってもかわいらしいわね。まるで物語に出てくる人みたい」

「あたしの名前、好きなの？」アーメンガードはわくわくしてきた。「あ、あたしも、あなたのお名前が好きよ」

アーメンガードの人生の大きな悩みは、優秀な父親を持ったことだった。それがぞっとするような災難に感じられることすらあった。物知りで、七、八ヵ国語が話せ、何千冊もの本を所有し、さらに、その中身を暗記しているらしい父親だから、教科書の中身ぐらいは理解してほしいと、ふだんから娘に期待する。さらに、歴史上のおもなできごとを覚えるとか、フランス語の課題ができるはずだと思われても当然だった。アーメンガードはセント・ジョン氏にとって大きな悩みになっていた。どうして自分の子供がどこから見ても鈍重で、何をやってもぱっとしないのか、セント・ジョン氏には理解できなかったのだ。

「なんてことだ！　この子はイライザおばさんに負けないぐらいおつむが弱いんじゃな

いかという気がするよ」娘をまじまじと見つめながら、セント・ジョン氏は一度ならずそう嘆いた。

イライザおばさんというのは物覚えが悪く、やっと覚えたことも片端から忘れてしまうような人で、アーメンガードはまさにそのおばさんとそっくりだった。アーメンガードが学校の語り草になるぐらい出来の悪い生徒だということは、否定しようがなかった。

「この子の場合、有無を言わせず頭にたたきこんでもらうしかないですね」父親はミンチン先生に告げた。

その結果アーメンガードは、学校生活の大半を屈辱を与えられるか涙に暮れるかして過ごしてきた。何か習っても、すぐに忘れた。あるいは丸暗記しても、理解していなかった。したがって、セーラと知り合いになって、アーメンガードが心からの賞賛をこめてセーラを見つめていたのは自然の成り行きだった。

「あなた、フランス語が話せるのね？」アーメンガードはうやうやしくたずねた。

セーラは窓下のベンチに腰をおろすと、奥行のある大きな座席だったので膝《ひざ》を抱えてすわりこんだ。

「生まれたときからずっとフランス語を聞いていたから、しゃべれるのよ」セーラは答えた。「あなただって、いつも聞いていたら話せてたわ」

「あら、まさか。あたしには無理よ。絶対にしゃべれっこないわ！」

「どうして？」セーラは不思議そうにたずねた。

アーメンガードが頭を振ると、おさげも左右に揺れた。

「ついさっき聞いたでしょ。いつもあんなの。単語が発音できないのよ。とっても奇妙なんだもの」

ちょっと口をつぐんでから、少し遠慮がちにつけ加えた。「あなたは頭がいいのよね？」

セーラは窓から陰鬱《いんうつ》な広場を眺めた。スズメが濡《ぬ》れた鉄柵《てっさく》や煤《すす》けた木の枝の上をちょんちょん歩いたり、チイチイさえずったりしていた。セーラは少し考えこんだ。「頭がいい」と言われることはよくあったけれど、本当にそうなのだろうか？それにもし「頭がいい」としても、どうしてそうなったのだろう？

「よくわからないわ」セーラは答えた。「自分ではわからない」すると、丸いぽっちゃりした顔に悲しげな表情が浮かぶのを見て、セーラは小さく笑い、話題を変えた。

「そうだわ、エミリーに会いたくない？」

「エミリーって誰なの？」ミンチン先生が訊《き》いたように、アーメンガードもたずねた。

「わたしの部屋に来ればわかるわよ」セーラは片手を差しのべた。

二人は窓下のベンチから飛び降りると、上の階に行った。

「ねえ、本当なの？」アーメンガードは玄関ホールを通り抜けながら、声をひそめてたずねた。「あなた、専用の遊び部屋があるって本当？」

「ええ。お父さまがミンチン先生にお願いしてくれたの。どうしてかっていうとね、遊ぶときに、わたし、自分でお話を作って、それを一人で話すのよ。ただ、それを人に聞かれたくないの。人に聞かれていると思うと、だいなしになっちゃうから」

二人はセーラの部屋に通じる廊下に差しかかっていたが、アーメンガードはいきなり立ち止まり、大きく目を見開き、息をのんだ。

「お話を作るですって！」アーメンガードはかすれた声で言った。「そんなこともできるの、フランス語をしゃべれるだけじゃなくて？　本当に？」

セーラは当惑して、アーメンガードを見た。

「あら、お話作りなんて誰だってできるでしょ。あなたはしたことないの？」

それから警告するように、片手をアーメンガードの手に置いた。

「いい、ここからドアまではそっと進んでいくわよ」ひそひそ声で告げた。「それから、いきなりさっとドアを開けるの。もしかしたら不意打ちに成功するかもしれないわ」

冗談っぽく笑いながら言ったものの、セーラの目には謎めいた期待が浮かんでいた。アーメンガードにはセーラが何のことを言っているのか、誰を不意打ちしたがっているのか、さっぱりわからなかったが、その瞳《ひとみ》の輝きにひきこまれた。セーラが何をするつもりにしろ、楽しくてわくわくすることにちがいないわ、とアーメンガードは思った。だから、期待に胸を高鳴らせながら、アーメンガードはセーラのあとから忍び足で廊下を進んでいった。二人は足音も立てずに、ドアにたどり着いた。いきなりセーラがノブを回し、勢いよくドアを開いた。目の前にはきちんと片付いた静かな部屋が広がり、暖炉の火が穏やかに燃えている。そして炉端の椅子には、本を読んでいるかのような格好ですばらしい人形がすわっていた。

「まあ、見られる前に急いで椅子に戻ったのね！」セーラは叫んだ。「いつだってそうよ。稲妻みたいに素早いの」

アーメンガードはセーラから人形に視線を移し、またセーラを見た。

「あのお人形……歩けるの？」息を弾ませてたずねた。

「そうよ。ともかく、わたしはそう信じてるわ。というか、歩けるっていうつもりになっているのよ。わたし、あの子が歩けるって信じてる。そうすると、まるで本当みたいに思えてくるでしょ。あなたは何かのつもりになる遊びってしたことないの？」

「ないわ」アーメンガードは言った。「一度も。ねえ、その遊びのこと教えて」

アーメンガードはこの一風変わった新しい友達にすっかり魅了されてしまい、見たこともないほど愛らしい人形だったにもかかわらず、エミリーではなくセーラばかりを見つめていた。

「まず、すわりましょう」セーラは言った。「それから教えてあげる。とっても簡単だから、いったん始めたらやめられなくなるほどよ。ただ、ずっと続けていけばいいだけなの。楽しいわよ。エミリー、聞いて。こちらはアーメンガード・セント・ジョンよ。アーメンガード、こちらはエミリーよ。エミリーを抱いてみる？」

「まあ、いいの？　本当に抱っこしてもいい？　なんてきれいなお人形なの！」こうしてエミリーはアーメンガードの腕に抱かれた。

昼食のベルが鳴って下に戻るまで、この新しい一風変わった友人と過ごした一時間は、アーメンガードの短くて退屈な人生で、想像したこともないほどすばらしいひとときになった。

セーラは炉端の敷物にすわって、不思議な話をいろいろしてくれた。体を丸めるようにしてすわると、緑の瞳を輝かせ、頰を薔薇色《ばらいろ》に染めて、船旅のことやインドについて話してくれたのだ。しかし、アーメンガードがもっとも心を奪われたのは、人形についてのセーラの空想だった。人形は人が部屋にいないときは歩いたりしゃべったり、やりたいことが何でもできるけれど、その力を秘密にしておかねばならないので、人が部屋に戻ってくると、「稲妻みたいに」素早く元の場所に戻るのだという。

「わたしたちにはそういうことはできないのよ」真剣な顔でセーラは言った。「いい、それは魔法みたいなものなの」

エミリーを探していたときの話をしていたとき、アーメンガードはセーラの表情がふいに変わったのに気づいた。まるで顔に雲がかかり、瞳の輝きを消し去ってしまったかのようだった。鋭く息を吸い込み、悲しげな変な音を立てた。それっきりセーラは唇をぎゅっと結んでしまった。まるで何かをしようとするみたいに。いや、何かを絶対にするまいとこらえているかのように。他の女の子だったらしゃくりあげたり、わっと泣きだしたりするところだとアーメンガードは思ったが、セーラはどちらもしなかった。

「どこか痛いの？」アーメンガードは思い切ってたずねてみた。

「ええ」ちょっと黙りこんでから、つけ加えた。「でも、体じゃないの」それから、声が震えないようにしながら、低い声でたずねた。「あなたは世界じゅうの誰よりもお父さまのことを愛している？」

アーメンガードは口をぽかんと開けた。父親を好きになれるなんて思ったこともないとか、十分も父親と二人きりになるのを避けるためならどんなことだってする、などと口にするのは、このきちんとした学校の生徒としてふさわしくないことは、アーメンガードにもわかっている。だから、ひどくばつの悪い思いをした。

「め、めったにお父さまと顔を合わせないから」口ごもりながら答えた。「いつも書斎にいて――本を読んでるし」

「わたしは世界じゅうの人の気持ちを十倍したよりも、お父さまを愛しているの」セーラは言った。「それで胸が痛いのよ。お父さまがいないから」

セーラは抱えた膝に頭をそっとのせると、そのまま、しばらく動かなくなった。

「きっと大声で泣きだすわ」アーメンガードは思って、はらはらした。

しかし、セーラは泣かなかった。耳にかぶさった短い黒い巻き毛が震えているように見えるだけで、セーラは身じろぎもしなかった。やがて、顔を伏せたまましゃべりだした。

「我慢するって、お父さまと約束したの。だから、我慢する。みんな、いろいろ我慢しなくちゃならないことがあるでしょ。兵隊さんのことを考えてみて！　お父さまは兵士なのよ。戦争が起きたら、つらい行軍も喉《のど》の渇きも、もしかしたら、ひどい怪我も我慢しなくちゃならない。でも、お父さまは決して弱音を吐かないわ――ひとことだって」

アーメンガードはただセーラを見つめていたが、彼女への尊敬の念がぐんぐんふくらんでいくのを感じていた。この人は他の子とは比べものにならない、すばらしい人なのだ。

やがてセーラは顔を上げ、黒い巻き毛を顔から払うと、謎めいた微笑みを浮かべた。

「ずっとおしゃべりをして、ごっこ遊びについてあなたにあれこれ話していたら、我慢するのが楽になりそう。すっかり忘れることはできなくても、我慢がそれほどつらくなくなるわ」

なぜかわからなかったが、アーメンガードは喉に塊がこみあげ、目に涙があふれてくるのを感じた。

「ラヴィニアとジェシーは『親友』なの」アーメンガードは少しかすれた声で言った。「あたしたちも『親友』になれればいいな。あたしをあなたの親友にしてもらえない？あなたは頭がいいし、あたしは学校でいちばん出来が悪い子だけど、でも、ああ、あなたのことがとっても好きなの！」

「うれしいわ」セーラは言った。「好かれるって、うれしいものよね。ええ、お友達になりましょう。それに、いいことを思いついた」ふいにセーラの顔がぱっと輝いた。「わたし、あなたのフランス語のお勉強を手伝ってあげられるわ」

4　ロッティ

もしもセーラがこういう子供でなかったら、ミンチン先生の学校で過ごしたその後の数年間は本人のためにならなかっただろう。ただの生徒というよりも、学校を訪ねてきた特別なお客さまのような扱いを受けていたからだ。セーラが思い上がった傲慢《ごうまん》な子だったら、さんざん甘やかされ、ちやほやされ、どうしようもないほど嫌な子になっていたはずだ。向上心のない子だったら、何ひとつ学ばなかっただろう。ミンチン先生はセーラのことを心の中で嫌っていたが、とても世渡りのうまい女性だったので、学校にとってきわめて価値のある生徒が学校を辞めたいと言いだしかねないようなことは、一切言ったりしたりしないように気を遣っていた。居心地が悪いとか楽しくないとか、セーラが父親に手紙を書いたら、ただちにクルー大尉は娘を退学させるにちがいないことをミンチン先生はよく承知していたのだ。常にほめられ、したいことを決して禁じられなければ、その子はその場所を好きになるに決まっている、とミンチン先生は考えていた。というわけで、セーラは勉強の理解が早いとほめられ、お行儀がいいとほめられ、クラスのみんなに親切だとほめられ、お金が詰まった財布から物乞《ものご》いに六ペンスあげただけでも気前がいいとほめられることになった。ほんの些《さ》細《さい》なことをしても大変な美徳だと賞賛されたので、セーラが気立てのいい賢い子でなかったら、とてもうぬぼれの強い女の子になっていただろう。しかし、セーラは賢くて分別があったので、自分自身についても、自分の置かれた境遇についても、賢明に正しく判断することができた。やがて、そういったことをアーメンガードにときどき打ち明けるようになった。

「この世に起きることって、すべて偶然なのよ」セーラはよくそう言った。「わたしにはたくさんのすてきな偶然が起きた。ずっと前から勉強や本が好きなのも、習うとすぐに覚えられるのも、たまたまよ。ハンサムでやさしくて頭がよくて、わたしの気に入ったものはすべて買ってくださるお父さまのところに生まれたのも、ただの偶然よ。もしかしたら本当はちっともいい性格じゃないのかもしれないけど、ほしいものをすべて持っていて、みんなが親切にしてくれたら、感じ悪くなんてできっこないわよね？」そこで真剣な顔になって続けた。「わたしが本当はいい子なのか、嫌な子なのか、どうやったらわかるのかしら。もしかしたら本当はすごく性格が悪いのに、試練にあったことがないから、みんなにわからないだけかもしれない」

「ラヴィニアは試練にあってないけど」とアーメンガードはのろのろとつぶやいた。

「すごく嫌な子だわ」

セーラは頭をひねりながら鼻の頭をこすった。それは何かを考えるときの癖だった。

「そうねえ」ようやく口を開いた。「たぶん、ラヴィニアが成長期だからなのよ」

出したのだった。

ミス・アメリアが、ラヴィニアは成長が早すぎるので、それが健康にも性格にも悪い影響を及ぼしている、と言っていたことを思い出して、そういう思いやりのある結論を出したのだった。

実際、ラヴィニアは意地が悪く、セーラのことを尋常ではないほど妬《ねた》んでいた。新しい生徒がやって来るまで、ラヴィニアは自分が学校のリーダーだと思っていた。もっとも、リーダーでいられたのは、自分に従わない者がいると、とことん不愉快な目に遭わせたからだ。小さい子供たちにはいばり散らし、同じ年ぐらいの生徒たちにはえらそうな態度をとった。そこそこきれいだったし、学校の外出で二列で歩くときにはいちばん贅沢《ぜいたく》な服装で目立っていた。そこへセーラがベルベットのコートにセーブルのマフ、ダチョウの羽根を垂らした帽子という格好で登場して、ミンチン先生に率いられた列の先頭を歩くようになった。最初のうち、ラヴィニアはそれだけでもセーラのことを苦々しく思っていたが、時がたつにつれ、セーラはリーダーでもあることがはっきりしてきた。しかも、いばっているからではなく、そういう態度をとらなかったからだ。

「セーラ・クルーは絶対にいばった態度をとらないのよね、それだけは確かよ」あるときジェシーは思ったことを正直に口にして、〝親友〟を激怒させた。「でも、あの子はいばっても当然なのに。あたしだったら、あんなにすてきなものをたくさん持っていて、あんなにちやほやされたら、少しぐらいいばると思うな。親たちが来たときに、ミンチン先生があの子を鼻高々で見せびらかす様子には、ほんと、ぞっとするけど」

『さあ、セーラ、応接間に来て、マスグレイヴ夫人にインドのお話をしてさしあげて』」ラヴィニアがミンチン先生の物真似をこれみよがしにやってみせた。「『セーラ、レディ・ピトキンにフランス語をしゃべってさしあげて。この子のアクセントは完璧《かんぺき》なんですのよ』この学校でフランス語を習ったわけじゃないのにねえ。それに、フランス語ができるからって、頭がいいわけじゃないわ。自分でも勉強したんじゃないって言ってたでしょ。お父さんがいつも話していたから覚えただけよ。それに、お父さんって言えば、インド駐在の士官でしょ、ちっともえらくないわ」

「でも」とジェシーは考えこみながら言った。「何頭も虎を殺したんだって。セーラの部屋に敷いてある虎の毛皮は、お父さんが殺したものだそうよ。だから、あの子、毛皮を大事にしているの。毛皮に寝っ転がって頭をなでたり、猫みたいに話しかけたりしてるわよ」

「あの子ったら、いつもそういうおかしなことをしているのよ」ラヴィニアが声を荒らげた。「あの子のごっこ遊びは馬鹿みたいだ、ってお母さまは言ってるわ。大きくなったら、きっと変人になるだろうって」

セーラがいばった態度をとったことがない、というのは本当だった。セーラは心の温かい人間だったので、自分の特権も所有物も、みんなと分かちあった。十歳とか十二歳の大きな子供たちにいつも馬鹿にされたり邪険にされたりしている小さな子たちも、みんなの羨望《せんぼう》の的になっているこの女の子には一度も泣かされることがなかった。セーラしとやかで思いやりのある子だった。走っていって助け起こし、よしよしと頭をなでてやり、ボンボンとか何か慰めになるようなものをポケットから取り出して渡してやるのだった。小さな子を押しのけたり、まだ小さいからだめなのね、などと言って、幼い心を傷つけたりすることもなかった。「四つのときは、四つで当たり前でしょ」セーラはラヴィニアを厳しくたしなめたことがあった。とうてい許されないことだが、ラヴィニアがロッティをひっぱたいて、「このちび」と呼んだときのことだ。「でも、来年は五歳だし、再来年は六歳になる。そして」と相手に過ちをわからせようとして、大きく目を見開いてセーラは言葉を続けた。「十六年たてば、はたちになるのよ」

「あらまあ、計算するまでもないでしょ！」実のところ十六と四で二十になることは否定しようがなかったが、はたちという年齢は、どんなに向こう見ずな少女でも、想像するのすら空恐ろしいような年齢だった。

そんなわけで、幼い子供たちはセーラを心から慕っていた。セーラは軽んじられている小さい子だけを招いて、自分の部屋で何度かお茶会を開いた。そういうときにはエミリーもいっしょに参加し、エミリー専用のティーセットが使われた。青い花模様がついたそのティーセットで、たっぷりお砂糖を入れた薄いお茶が何杯も注がれた。本当に使えるお人形用のティーセットなんて、誰も見たことがなかった。そのお茶会の午後以降、ABCを習っているクラスの全員から、セーラは女神さまか女王さまのように崇《あが》められるようになった。

とりわけロッティ・リーは熱烈にセーラを慕い、セーラに母性愛がなかったら、うっとうしく感じたかもしれない。若くていささか責任感に欠けるロッティの父親は、子供をどう扱ったらいいのか途方に暮れて、娘を寄宿学校にさっさと送りこんだのだった。母親は若くしてすでに亡くなっていて、ロッティは生まれてからずっとお気に入りの人形か、はたまたペットの猿か愛玩犬《あいがん》のように甘やかされてきたので、手のつけられないわがままな子になってしまった。何かがほしい、あるいは何かが気に入らないとなると、泣きわめいた。おまけに、もらえないものばかりほしがり、自分にふさわしいものは嫌がった。毎日のように、甲高くぐずる声がやがて大きなわめき声となって、学校のどこかしらで響いているほどだった。

ロッティの最大の武器は、お母さんを亡くした女の子はみんなに気の毒がられ、大事にしてもらえるものだと、なぜか知っていることだった。物心ついたばかりの頃に、母親が亡くなった後で大人があれこれ噂しているのを小耳にはさんだのだろう。そこで、ロッティはその知識をいつも最大限利用するようになった。

初めてセーラがロッティの世話をしたのは、ある朝、居間の前を通りかかって、ミンチン先生とミス・アメリアが、怒って泣いている幼い子を泣き止ませようと苦労している場面に遭遇したときのことだ。どうやらその子は泣き止むつもりは一切なさそうで、断固として大声を張り上げて泣き続けているので、ミンチン先生の方も、ほとんど叫ぶように厳しく叱責《しっせき》しなければ、声がかき消されそうだった。

「何だって泣いているの！」ミンチン先生は怒鳴った。

「うぇーん、うぇーん、うぇーん！」セーラのところまで聞こえてきた。「ママがいないよおー、ママァ！」

「ああ、ロッティ！」ミス・アメリアが悲鳴をあげた。「いい子だから、もうやめて！泣かないで！　お願いよ！」

「うぇーん！　うぇーん！　うぇーん！」猛《たけ》り狂う嵐さながら、すさまじい泣き声をあげた。「マ、ママが――いないんだよお――ママァ、ママァ！」

「鞭《むち》でお仕置きしますよ」ミンチン先生は脅しつけた。「いいですね、鞭でぶちますからね、このわからず屋！」

ロッティの泣き声はいっそう大きくなった。ミス・アメリアまで泣きはじめた。ミンチン先生は雷のような声でわめいている。それから、怒りが抑えきれなくなり、さっと椅子から立ち上がると、後のことはミス・アメリアに押しつけて部屋から飛び出していった。

セーラは廊下で足を止め、部屋に入っていくべきか迷っていた。最近、ロッティと仲良くなったばかりだったので、もしかしたら気持ちを落ち着かせられるかもしれないと思ったのだ。ミンチン先生は部屋から出てきてセーラを見ると、ちょっと気まずそうな顔になった。部屋の中から自分の声が聞こえていたはずだし、それは威厳も品格もないものだったからだ。

「あら、セーラ！」とってつけたような笑いを浮かべて叫んだ。

「ロッティだってわかったので、足を止めたんです」セーラは説明した。「もしかしたら、まあ、万に一つですけど、ロッティをおとなしくさせられるかもしれないと思って。やってみてもよろしいですか、ミンチン先生？」

「できるものならどうぞ、あなたはお利口さんだから」ミンチン先生は答えて、ぎゅっと唇を引き結んだ。しかし、セーラがその嫌みな言い方にちょっとひるんだのを目にして、あわてて態度を変えた。「ええ、あなたは何でもできる賢い子ですものね」お愛想たっぷりに言い直した。「あなたならあの子をどうにかできるでしょう。お願いね」そしてミンチン先生は立ち去った。

セーラが部屋に入っていくと、ロッティは床にひっくり返って、ぽっちゃりした足を猛烈な勢いでばたつかせながら、金切り声をあげていた。ミス・アメリアはおろおろしながら、困り果てた様子でロッティのそばにかがみこんでいる。その顔は真っ赤に上気し、汗ばんでいた。ロッティはすでに自分の家の子供部屋にいるときに、足をばたつかせ泣きわめいていれば最後にはほしいものが手に入ると発見していたのだ。気の毒な太ったミス・アメリアはあの手、この手でなだめようと必死になっていた。

「かわいそうにねえ。ママがいないのは知ってるわ、気の毒に」と言ってみたかと思うと、がらっと口調を変えて叱りつけた。「泣き止まないなら、ひどいめにあわせるわよ、ロッティ。ほら、いい子だから！　ほらほら！　もう、なんてひねくれた悪い子なの、ひっぱたくわよ！　いい、ぶつからね！」

セーラは静かに二人に近づいていった。自分でもどうするつもりなのかはっきりわからなかったが、こんなふうにどうしたらいいかわからぬまま、興奮して首尾一貫しないことをやたらに口にするのはよくない。そのことだけは確信していた。

「ミス・アメリア」低く声をかけた。「ミンチン先生におとなしくさせてみて、と言われたんです。かまいません？」

ミス・アメリアは振り向き、困り果てた顔でセーラを見た。「ああ、本当にできると思う？」息を切らしながらたずねた。

「できるかどうかわかりませんけど、やってみます」ささやき声のまま、セーラは言った。

ミス・アメリアは重いため息をつきながら、ひざまずいていた姿勢から立ち上がった。ロッティはぽっちゃりした足をいっそう強く蹴《け》り上げた。

「そっと部屋を出ていってください。わたしがついていますから」

「ああ、セーラ！」ミス・アメリアはべそをかいた。「まったくもう、こんな手に負えない子って見たことないわ。こんなふうで、ここで預かっていられるのかしら」

しかし、ミス・アメリアは立ち去る口実ができて心からほっとしながら、部屋から静かに出ていった。

セーラはぐずってわめいている子供のそばにしばらく立ち、無言でその姿を見下ろしていた。それから、かたわらの床にすわりこみ、待つことにした。かんしゃくを起こしたロッティの金切り声を除けば、部屋は静まり返った。小さなロッティにとって、これは新しい展開だった。泣きわめけば、それを聞いた人々がやって来て、代わる代わる叱ったり、懇願したり、命令したり、説得しようとしたりするものだ。足をばたつかせて叫び声をあげながらも、そばにいる人間がまったく気にしていないようなので、かえってロッティの方が気になってきた。誰なのだろうと、ぎゅっとつぶって涙を流していた目を開けてみた。そこにいたのは女の子一人だった。でも、それはエミリーやその他のすてきなものをたくさん持っている子だった。そして、ロッティの方をじっと見つめている。まるで、ただ考えこんでいるみたいに。これだけのことを見てとるために数秒泣くのを中断したロッティは、またわめきはじめなくてはと思ったが、部屋の静けさとセーラのなぜか興味しんしんの顔が気になって、声を張り上げたものの前ほど力をこめられなかった。

「ママ、ママがいないよお！」その声はこれまでの勢いを失っていた。

セーラは相変わらずじっとロッティを見つめていたが、その目には理解が浮かんでいた。

「わたしもよ」セーラは言った。

それは予想もしなかった驚くような言葉だった。ロッティは足を床に下ろし、体をひねると、横になったまま目をみはった。どうやっても泣き止まなかった子が、目新しいやり方のおかげで黙ることがあるものだ。それにロッティは怒りっぽいミンチン先生も、馬鹿みたいに甘ったるい態度をとるミス・アメリアも嫌いだったが、あまりよく知らないとはいえ、セーラのことはけっこう好きだった。駄々をこねるのはやめたくなかったが、別のことに気をとられたので、もう一度寝返りを打つと、不機嫌そうに洟《はな》をすってからたずねた。「ママ、どこにいるの？」

セーラはちょっと黙りこんだ。お母さんは天国にいるとみんなに言われてきて、それについてさんざん考えてみた結果、大人たちの意見とはちがう考えを持つようになったからだった。

「わたしのお母さまは天国に行ったの。だけど、ときどき、わたしに会いに来てくれる。わたしはそう信じているわ。ただし、わたしには見えないけどね。たぶん、どちらのお母さまにもわたしたちのことが見えているのよ。もしかしたら二人ともこの部屋にいるかもしれない」

ロッティは体を起こしてすわると、あたりを見回した。ロッティはかわいらしい巻き毛の子供で、大きな青い目は濡《ぬ》れたわすれな草のようだった。まるで天使みたいだが、彼女の母親がこの三十分ほどのロッティの姿を見ていたら、そうは思わなかっただろう。

セーラは話を続けた。そんなのは、ただのおとぎ話だと言う人もいるかもしれないが、セーラはまるで本当のことのように生き生きと想像力を羽ばたかせて語ったので、ロッティはいつのまにかひきこまれて耳を傾けていた。母親には翼があり冠をかぶっている、と周囲に言われ、白いふんわりした衣を着た天使と呼ばれる美しい女の人たちの絵を見せてもらったこともある。しかし、セーラは、本物の人間が住む美しい国がまるで現実に存在するかのように語ってくれた。

「お花が咲いた野原がどこまでも広がっているの」いつものようにセーラはいったん話し始めると我を忘れてしまい、夢の中にいるような気持ちになっていた。「ユリの花が咲く野原が見渡す限り広がっていて――やわらかな風が吹いてくると、ふわっといい香りが広がる。みんな、いつもその香りを吸いこんでいるのよ。なぜって、そよ風がいつも吹いているから。子供たちはユリの野原を駆け回って、お花を腕いっぱいに摘んで、笑いながら小さな花輪を編む。それから道はきらきら輝いていて、どんなに遠くまで歩いても疲れない。どこにでも好きなところにふわふわ漂っていけるからよ。町は真珠と金でできた壁に囲まれているんだけど、低い壁だから、そこに寄りかかって地上を見下ろして、微笑みかけ、美しい言葉を贈ることもできるの」

どんな話をセーラが語ったとしても、きっとロッティは泣くのを止め、うっとりと耳を傾けただろう。しかし、この物語には、これまでのどんな話よりもひきこまれた。ロッティはセーラの方ににじり寄っていき、ひとことひとことをじっくりと味わったが、あっという間にお話は終わってしまった。お話が終わるとロッティは残念でたまらず、不服そうに唇を尖《とが》らせた。

「その場所に行きたい」ロッティは叫んだ。「だって、この学校には、ママがいないんだもん！」

セーラは危うい兆候に気づき、あわてて夢から抜け出した。ぽっちゃりした手をとると、なだめるように微笑みながら、自分の方にロッティを引き寄せる。

「そうだ、わたしがあなたのママになってあげる。あなたはわたしのちっちゃな娘ってことにするの。するとエミリーはあなたの妹ね」

ロッティのえくぼがまた現れた。

「ほんとに？」

「ええ」セーラは勢いよく立ち上がった。「エミリーにそのことを伝えに行きましょう。そうしたら、あなたの顔を洗って、髪をとかしてあげるわ」

ロッティはその提案をいそいそと受け入れ、部屋から飛び出すと、セーラといっしょに二階に上がっていった。そもそも、昼食の前に顔を洗って髪をとかすことをロッティがどうしても嫌がったので、厳しく叱ってもらおうとしてミンチン先生が呼ばれたのだが、この一時間の大騒ぎの原因をロッティはころっと忘れているようだった。

そして、そのときからセーラはお母さん役を務めることになった。

5　ベッキー

セーラが大きな力を持っていたのは、もちろん贅沢《ぜいたく》な物を持っているからでも、ミンチン先生ご自慢の生徒だからでもなかった。多くの生徒たちを引きつけた力、ラヴィニアをはじめ他の女の子たちが妬《ねた》み、同時に魅了されずにはいられなかったその力とは、お話をする才能だった。しかも、セーラが語ると、何を話そうとも、すべてのことがまるでひとつの物語のように聞こえるのだった。

学校時代、お話の上手な友達がいた人なら、それがどんなにすばらしいことかわかるだろう——その子は、みんなについて回られ、ねえ、お話をして、とささやき声でせがまれる。仲良したちがその子を取り巻くと、残りの子たちは、仲間に入れてもらえるのを期待しながら、その輪の外に佇《たたず》んで耳をそばだてる。セーラはお話が上手なだけではなく、物語を聞かせることが大好きだった。輪の真ん中にすわるか立つかして、すばらしい物語が頭に浮かび始めると、セーラの緑の瞳《ひとみ》はますます大きく輝き、頰は紅潮し、知らず知らずのうちに、声を高くしたり低くしたり、ほっそりした体をかがめたり揺らしたり、両手を物語に合わせて表情豊かに動かしたりした。おかげで物語はより楽しく、より臨場感あふれるものになった。セーラは話しているうちに、子供たちが聞いていることすら忘れてしまった。セーラの目に見えていたのは妖精《ようせい》たちや王さまや女王さま、美しい貴婦人たちで、物語の世界にすっかり入りこみ、語っている物語の中で登場人物たちとともに冒険をしていたのだ。語り終えたときには、興奮のあまりすっかり息を切らしていることもあり、ドキドキしているやせた胸に片手をのせ、照れたようにそんな自分をそっと笑った。

「話していると、ただの作り話ではないように思えてくるの。自分自身よりも――教室よりも、ずっと本物に感じられるのよ。自分が物語のすべての人になっている気がして――次から次にね。不思議でしょ」セーラはよくそう言った。

ミンチン先生の学校に来てから二年ほどたった、ある霧の濃い冬の午後、セーラは暖かい毛皮のついたベルベットのコートにくるまれ、馬車から降りて来た。自分では意識していなかったが、それはとても華やかな光景だった。セーラが歩道を横切ろうとしたとき、半地下へ通じる階段のあたりにみすぼらしい小さな姿が立ち、首を伸ばし、目をまん丸にして、手すり越しにこちらを見ていることに気づいた。その煤《すす》で汚れたおどおどした顔に浮かぶ熱意に、セーラは目を引かれ、いつもするように、その女の子ににっこり笑いかけた。

しかし、煤だらけの顔とまん丸の目の持ち主は、有名な生徒をじっと見ていることに気づかれたらまずいと思ったのか、びっくり箱の人形さながら頭をさっとひっこめると、台所に駆けこんでしまった。そのすばやさときたら、あれほど哀れな同情を誘う様子でなかったら、セーラは思わず笑ってしまっただろう。まさにその夜のこと、セーラが聞き手の一団に囲まれて教室の隅にすわって、お話を聞かせていると、その子がおずおずと部屋に入って来た。小さい体には重すぎるような石炭入れを抱え、炉端の敷物にひざまずくと、石炭をくべたり灰を掃き出したりしはじめた。

女の子は手すり越しにのぞいていたときよりも小ぎれいになっていたが、やはりびくついているようだった。どうやら子供たちの方を見たり、話に聞き耳を立てたりしていることに気づかれまいとしているようだ。うるさい音を立てないように石炭を指でつまんで慎重にくべているし、火かき棒やシャベルなど炉辺用具が置かれているあたりも、そっと掃いている。しかし、その子は今おこなわれていることに興味しんしんで、少しでも言葉を聞きとろうとしてゆっくり作業をしていた。セーラはそのことをすぐさま見てとり、そのとたんに声を大きくし、もっとはっきりと話すようにした。

「人魚たちは水晶のような緑の海の中をゆっくりと泳ぎ回りながら、深海の真珠を編みこんだ漁網を引っ張っていきました」セーラは言った。「王女さまは白い岩にすわって、それを眺めていました」

それは人魚の王子さまに愛されて、王子さまとともに海の底の輝く洞窟《どうくつ》で暮らすことになった王女さまのすてきな話だった。

暖炉の前にひざまずいている下働きの子は炉床を一度掃いてから、もう一度掃いた。

さらに、三度目にとりかかったが、その作業の途中で物語を語る声にすっかり心を奪われて魔法にかけられたようになり、ここで話を聞く資格などないこともすっかり忘れてしまった。最初は敷物に膝《ひざ》をついていたが、今やお尻《しり》をかかとに預けてすわりこみ、指で握ったブラシは動かなくなった。お話を語る声は続き、透明な柔らかい青い光が点《とも》り純金の砂が敷き詰められた海底の曲がりくねった洞窟の中へと、その子を誘《いざな》った。周囲では不思議な海の花や草が揺れ、遠くからかすかな歌声と音楽が聞こえてくる。

労働で荒れた手から炉床用ブラシがカタンと落ち、ラヴィニア・ハーバートが振り返った。

「あの子、ずっと聞いてたのね」ラヴィニアは言った。

とがめられた子はブラシをすばやく拾うと、あわてて立ち上がった。そして石炭入れを抱え、怯《おび》えたウサギのように大急ぎで部屋を飛び出して行った。

セーラはむっとした。

「あの子が聞いてたのは知っていたわ。聞いてたってかまわないでしょ？」

ラヴィニアはやけに気取って、顎《あご》をつんと上げた。

「そうねえ、あなたのお母さまが下働きの子にお話を聞かせることを喜ばれるかどうかは知らないけど、わたしのお母さまだったら、絶対、わたしにそんな真似をさせないわ」

「わたしのお母さまですって！」セーラがめったに見せない表情になった。「お母さまはちっとも気にしないはずよ。お話はみんなのものだって、ちゃんとわかっているから」

「あら、たしか」とラヴィニアが情け容赦なく事実を突きつけた。

「あなたのお母さまは亡くなっているのよね。どうしてそんなことがおわかりになるのかしら?」

「お母さまには何もわからないとでも思っているの?」セーラが低いが、てこでも譲らない口調になった。ときにはこういうきっぱりした声を出すことがあるのだ。

「セーラのママは何でも知ってるもん」ロッティがキイキイ声で口をはさんだ。「あたしのママだってそうよ——学校ではセーラがママだけど。もう一人のママは何でも知ってるの。通りはきらきら光っていて、ユリの花が咲いた野原がどこまでもどこまでも広がっていて、みんなお花を摘んでるんだから。寝かしつけてくれるときに、セーラが話してくれたんだ」

「悪い人ね」ラヴィニアがセーラを振り向いた。「天国のことをおとぎ話にするなんて」

「聖書の黙示録にはもっとすばらしいお話がたくさんあるわよ」セーラは言い返した。「ちょっと読んでみたらいいわ! それにわたしのお話がおとぎ話だって、どうしてあなたにわかるの? でも、これだけは言えるわね」天国どころか、いかにも地上の人間らしい怒りをこめて、セーラは言ってのけた。「もっと人にやさしくしない限り、あなたは天国がどうなっているか絶対に確かめられないってこと。さ、行きましょ、ロッティ」セーラは部屋からさっさと出ていきながら、さっきの小さな下働きの子がどこかにいるのを期待したが、廊下に出ていっても女の子の姿はどこにもなかった。

「暖炉の火をおこしにくる、あの小さな子は誰なの?」その晩、セーラはマリエットにたずねてみた。

マリエットはここぞとばかりに詳しくしゃべってくれた。

「ああ、セーラお嬢さまなら、おたずねになると思ってましたよ」その子は皿洗いのメイドとして雇われたばかりの身寄りのない子だった。ただし、皿洗いとして雇われたものの、何でもかんでもやらされている。靴や暖炉の火格子を磨き、重い石炭入れを持って階段を上り下りし、床を磨き、窓をふき、みんなにあれこれ言いつけられている。十四歳だが、発育が悪くて十二ぐらいにしか見えない。日頃から、マリエットはその子のことを気の毒に思っていた。ただ、とても臆病《おくびょう》なので、声をかけられたりしたら、目玉が飛び出しそうになるほど怯えてしまうだろう。

「名前はなんていうの？」テーブルに突いた両手で顎を支えながら、熱心にマリエットの話を聞いていたセーラがたずねた。

その子の名前はベッキーだった。地下にいる使用人たちが、「ベッキー、これをやって」「ベッキー、あれをやって」とひっきりなしに命じているのをマリエットは耳にしていた。

マリエットがさがったあと、セーラは暖炉の火を見つめながら、ベッキーについてしばらく考えこんでいた。そして、ベッキーをみんなにこき使われている主人公にして、お話を作った。あの子はおなか一杯食べたことなんてないように見えるわ、とセーラは思った。いつも、ひもじそうな目つきをしているからだ。セーラはまたベッキーと会えたらと願った。しかし、何かを運んで階段を上り下りしている姿は何度か見かけたものの、いつもとても急いでいるようだったし、注目されるのを恐れているようだったので話しかけることはためらわれた。

しかし、二、三週間後、また霧の濃い午後にセーラが自分の居間に入っていくと、胸のしめつけられるような哀れな光景に遭遇した。赤々と燃える暖炉の前に置かれたセーラのとりわけお気に入りの安楽椅子で、ベッキーがぐっすり眠りこんでいたのだ。鼻の頭やエプロンのあちこちに石炭の汚れがつき、メイド用のみすぼらしい小さなキャップは頭からずり落ちかけ、そばの床には空の石炭入れが置かれている。いくら若くて働き者だとはいえ、さすがに疲れ果てたにちがいない。夜に備えて寝室の片付けを命じられたのだが、部屋はいくつもあるうえ、一日じゅう走り回って用事をこなしていたのだ。ベッキーはセーラの部屋を最後にとっておいた。ここは飾り気がなく殺風景な他の部屋とはちがっていたからだ。ふつうの生徒たちは必需品だけしかない部屋を与えられていたが、セーラの居心地のいい居間は、皿洗いのメイドにとっては贅《ぜい》を尽くした貴婦人の居室のように感じられた。実際には、たんに明るくて小ぎれいな小部屋にすぎなかったのだが、それでも、部屋には絵がかけられ、本があり、インドの珍しい品々が飾られていた。それにソファと、その低くてやわらかな安楽椅子。エミリーはその部屋を統治する女神さながら、専用の椅子にすわっていたし、いつも暖炉では火が燃え、火格子はぴかぴかに磨かれていた。ベッキーはこの部屋を午後の仕事の最後のお楽しみにしていた。

そこに入っていくとほっとできたし、ほんの二、三分、そのやわらかな椅子にすわって部屋を見回しながら、こんなすてきな部屋を持っている幸運な女の子のことを考えるのが好きだったからだ。勝手口の階段の手すりからちらっと見えた、美しい帽子とコートを着て寒い日に外出する、あの女の子のことを。

この午後、その安楽椅子にすわったとたん、痛む足が楽になった。そのすばらしい心地よさのせいで、体じゅうの疲れまで和らぎ、暖炉の火の気持ちのいい温《ぬく》もりが魔法のようにベッキーを包みこんだ。赤く燃える石炭を見つめているうちに、汚れた顔に疲れた笑みがゆっくりと広がっていき、気づかないうちに船を漕《こ》ぎはじめ、まぶたが重くなり、いつしかぐっすり眠りこんでいた。ベッキーが部屋に入ってから十分もしないうちにセーラが入ってきたのだが、ベッキーはまるで百年眠り続けていた〝眠り姫〟さながら、深い眠りに落ちていた。もっとも、気の毒なベッキーは、どこから見てもやせこけて見栄えが悪い疲れ切った洗い場のメイドで、眠り姫には似ても似つかなかったのだが。

かたや、セーラの方は別世界から来た少女のようだった。

この午後、セーラはダンスのレッスンを受けていた。週に一度とはいえ、ダンスの先生が来る午後は学校でも華やかな機会だったので、生徒たちはとっておきのきれいなドレスで装った。セーラはとりわけダンスが上手だったので、前に出て踊らされることが多く、マリエットは薄手の布地でできた上等なドレスを着せるように指示されていた。

今日、セーラが着ていたドレスは薔薇色《ばらいろ》で、マリエットは本物の薔薇の蕾《つぼみ》を買ってきて花輪をこしらえ、黒髪に飾ってくれた。わくわくする新しいダンスを習って、セーラは大きな薔薇色の蝶《ちょう》さながら、ひらひらと部屋じゅうを滑るように踊り回ってきたところだった。楽しく体を動かしたおかげで、セーラの顔は幸せそうで、まばゆいほど輝いていた。

セーラは部屋に入っていき、蝶のステップをいくつか軽やかに踏んだところで、キャップがずり落ちかけたまま眠りこんでいるベッキーに気づいた。

「まあ！」セーラはベッキーを見て低く叫んだ。「かわいそうに！」

愛用の椅子が薄汚い女の子に占領されていても、腹立たしい気持ちにはまるでならなかった。それどころか、ここにベッキーがいたので、とてもうれしかった。自分の物語の主人公である下働きとしてこき使われている女の子が目覚めたら、話ができるからだ。セーラはそっと椅子に近づいていくと、ベッキーを見下ろした。ベッキーは小さないびきをかいている。

「自然に目を覚ますといいのだけれど。無理に起こしたくないわ。だけど、こんなところが見つかったら、ミンチン先生はさぞ怒るだろう。あと少しだけ待ってみよう」

テーブルの端に腰をおろし、ほっそりした薔薇色の脚をぶらぶらさせながら、どうしたらいちばんいいだろうと考えた。ミス・アメリアがいつ入ってくるかもしれないし、もしそんなことになったら、ベッキーは大目玉を食うだろう。

「でも、これほど疲れているのよね」セーラは思った。「きっと、くたくただったんだわ！」

だが、そのとき、赤く燃えている石炭のかけらがセーラの逡巡《しゅんじゅん》を解決してくれた。大きな塊からかけらがはじけ飛び、暖炉前の囲いにカツンとぶつかったのだ。ベッキーはぎくっとして目を開け、怯えたような声をあげた。知らないうちに眠りこんでしまったようだ。ちょっとだけすわって、美しい炎の輝きを楽しもうとしただけなのに――気がついたら、目の前にはあのすてきな生徒がいたので、ベッキーは愕然《がくぜん》とした。その少女はまるで薔薇色の妖精《ようせい》みたいな姿ですぐそばにすわり、こちらを興味深げに見つめている。

ベッキーははじかれたように立ち上がると、キャップをぎゅっとつかんだ。キャップが耳からずり落ちかけているのに気づき、あわててまっすぐに直そうとした。ああ、ひどく困ったことになった！　あつかましくも、お嬢さまの椅子で眠りこんでしまうなんて！　お給金ももらえずに追い出されるにちがいない。

ベッキーは大きなすすり泣きをこらえるような声をもらした。

「あれ、まあ、お嬢さま！　お嬢さま！」つっかえながら訴えた。「あ、あの、どうかお許しください、ほんとに、お嬢さま！　お願いです！」

セーラはテーブルから飛び降りると、ベッキーのすぐそばに立った。

「怖がらないで」まるで同じ学校の女の子に話しかけるような親しげな口調だった。「全然、かまわないのよ」

「そんなつもりじゃあ、なかったんです」ベッキーは弁解した。「ぽっかぽかの火で――その、あんまし、くたびれちゃってたもんで。ずうずうしい真似するつもりなんて、ほんと、これっぽっちもなかったんです！」

セーラは親しげに笑うと、片手をベッキーの肩に置いた。

「疲れていたんでしょ。仕方ないわよ。まだちゃんと目が覚めてないみたいね」

哀れなベッキーは目を丸くしてセーラを見つめた。こんなに親切でやさしい気持ちのこもった声を耳にするのは、初めてだったからだ。毎日毎日、命令され、叱責《しっせき》され、横っ面をひっぱたかれてばかり。ところが、この女の子、午後のダンスから戻ってきたばかりの華やかな薔薇色の衣装をまとったこの女の子は、悪いことをしたという目ではちっとも自分を見ていない。この子だって疲れて当然だ、眠りこむのも無理はない、と言わんばかりだ！　おまけに、ほっそりしたやわらかな手が肩に置かれたものだから、ベッキーは肝をつぶすほど驚いてしまった。

「あ、あの、怒ってないですか、お嬢さま？」ベッキーはあえぐように言った。「先生方に言いつけたりなさらんですか？」

「まさか」セーラは叫んだ。「もちろん、そんなことしないわ」

石炭で汚れた顔に痛々しいほどの怯《おび》えが浮かんでいるのを目にして、セーラは心から気の毒に思い、胸が痛くなった。すると、いつものように風変わりな考えが、ふと頭に浮かんだ。セーラは片手をベッキーの頰にあてがった。

「ねえ、わたしたちは同じなのよ、わたしだって、あなたと同じ小さな女の子だもの。わたしがあなたじゃなくて、あなたがわたしじゃないのは、たんなる偶然《アクシデント》なのよ！」

ベッキーにはまったく理解できなかった。彼女の頭ではそんな斬新な考えを受け入れられなかったし、彼女にとって「アクシデント」と言ったら、馬車にひかれたり梯子《はしご》から落ちたりして〝ぴょーいん〟に運びこまれること、つまり、事故という意味でしかなかったのだ。

「事故《アクシデント》ってことですかね、お嬢さま?」ベッキーはていねいにたずねた。「これがですか?」

「そうよ」セーラは答え、一瞬、物思いにふけりながらベッキーを眺めた。それから、すぐに口調を変えた。自分の言わんとすることがベッキーに伝わっていないのに気づいたのだ。

「もうお仕事は終わったの?」セーラはたずねた。「あと少しここにいられる?」

ベッキーはまた息を止めた。

「ここってこの部屋にですか、お嬢さま? あたしが?」

セーラはドアに走っていって開くと、あたりを見回し耳をそばだてた。

「誰もいないみたい」セーラは言葉を続けた。「寝室のお仕事がもう終わったのなら、ちょっとぐらい、ここにいてもいいでしょ。ねえ、あなた、ケーキはお好きよね」

それからの十分は、ベッキーにとっては熱病に浮かされたかのようなひとときだった。セーラは戸棚を開けて、厚く切ったケーキを出してくれた。ベッキーがそれをがつがつと平らげるのを、セーラはとてもうれしそうに眺めていた。セーラはさかんにおしゃべりをして、いろいろなことをたずねては笑い声をあげたので、しまいにはベッキーの不安も薄れていき、我ながらなんて大胆なのだろうと思いながらも、一度か二度、勇気をかき集めて質問をしてみた。

「あのお――」ベッキーは薔薇色のドレスをうっとりと見つめながら、思い切ってたずねた。その声はまるでささやくようだった。「それ、いっとう、よそいきなんですか？」

「ダンス用衣装の一枚よ。気に入ってるの。いかが？」

ドレスにすっかり心を奪われ、ベッキーはすぐに言葉が出てこなかった。それから、うやうやしい口調で答えた。「あたし、公女さまを見たことがあるんです。コヴェント・ガーデンの外に集まった人たちに交じって、オペラに行くえらいさんたちを見てたときです。で、みんな見とれていたお方がいらしたんですよ。『あれが公女さまだよ』って、お互いに言っとりました。若い女の人でドレスもコートも、なんもかんもピンクで、お花がいっぱいついていて。さっきお嬢さまがテーブルにすわっていなさるのを見たとたん、その人のことが頭にぱあっと浮かんだんです。公女さまにそっくりでした」

「よく思うのよ」セーラは考え考え言った。「公女になってみたいなって。どんな感じがするのかしらね。公女のつもりになってみるのもいいわね」

ベッキーは賞賛のまなざしでセーラを見つめていたが、さっきと同じく、何を言っているのかさっぱりわからなかった。ただ、あこがれのまなざしをセーラに注いでいた。まもなくセーラは空想から醒《さ》め、ベッキーに新たな質問をした。

「ベッキー、あなた、お話を聞きたいんじゃない？」

「はい、お嬢さま」ベッキーはまた少し怯えた顔になったが、白状した。「いけないってこと、わかってたんですけど、お話があんましきれいだったんで――あ、あたし、どうしても我慢できなくって」

「あなたにもぜひ聞いてもらいたかったのよ」セーラは言った。「お話をするときは、聞きたいと思っている人に話せると何よりうれしいものなの。どうしてかしらね。あの続き、聞きたい？」

ベッキーはまた息をのんだ。

「聞いてもかまわねえですか？」彼女は叫んだ。「生徒さんたちみたいに？　王子さまと――髪に星っこつけて、笑いながら泳ぎ回ってる、ちっこい白い人魚の赤ちゃんのことも？」

セーラはうなずいた。

「今は時間がないわね、残念だけど。でも、何時にわたしの部屋に来るのか教えてくれれば、できるだけここにいるようにして、毎日ちょっとずつ最後まで話してあげる。とっても長くてすてきなお話なの――おまけにしょっちゅう新しいことを付け足しているのよ」

「そんでしたら」とベッキーは意気込んで熱心に言った。「石炭入れがどんな重くたって、コックにどんなひでえ目にあわされたって、へっちゃらです――そのことだけ考えてりゃいいんですもん」

「そうよ。ぜーんぶ話してあげる」

ベッキーは階下に戻っていったとき、石炭入れの重みにあえぎながらさっき階段をよろよろ上ってきた子供とは別人のようだった。ポケットにはもうひと切れケーキが入っていたし、おなかが一杯で体も暖まっていたが、ケーキと暖炉の火のおかげだけでベッキーは変わったのではなかった。別の何かが彼女の心を温め、満たしたのだ。それはセーラだった。

ベッキーが行ってしまうと、セーラはいつものようにテーブルの端に腰掛けた。足は椅子にのせ、膝《ひざ》に頬杖《ほおづえ》をついた。

「わたしが公女なら――本物の公女なら」とセーラはつぶやいた。「人々に気前よく贈り物をばらまけるんだけどなあ。でも、公女のつもりになっている生徒でも、誰かのためにささやかなことをしてあげられるわ。今みたいなことなら。あの子はとても大きな贈り物をもらったみたいに幸せそうだった。そうだ、みんなが喜ぶことをして、公女みたいに気前のいい贈り物をしたつもりになろう。ほら、今だって贈り物をばらまいたのよ」

6　ダイヤモンド鉱山

このあとまもなく、とてもわくわくすることが起きた。セーラだけではなく、学校全体が興奮し、そのできごとの後、何週間にもわたって寄ると触ると、その話題が持ちだされた。セーラ宛ての手紙で、クルー大尉が実に興味深いことを書いてきたのだ。少年時代の学友である男性が、思いがけずインドまでクルー大尉を訪ねてきた。その友人は広大な土地を所有していたが、そこでダイヤモンドが発見されたので、鉱山の採掘事業を手がけているところだった。すべてが期待どおりに進めば、想像しただけで目がくらむほどの富がころがりこむ。その人は学校時代の友人であるクルー大尉に好意と信頼を抱いていたので、自分の計画の共同出資者になってもらい、それによって、その莫大《ばくだい》な富を分かち合う機会を提供しようと考えた。セーラが父親の手紙から読みとったのは、ざっとこういう内容だった。どんなにすばらしいものでも、他の事業計画だったら、セーラも学校の友人たちもあまり興味を示さなかっただろう。しかし「ダイヤモンド鉱山」という言葉は、『アラビアン・ナイト』のお話さながら魅惑的に響き、誰も無関心ではいられなかった。セーラはとてもすてきだと思って、アーメンガードやロッティのために絵を描いてあげた。地底を迷路のような通路が走り、壁や天井からは輝く石が突き出していて、見たこともないような黒い肌の男たちが大きなつるはしでダイヤモンドを掘り出している。アーメンガードはその物語に大喜びだったし、ロッティは毎晩、ダイヤモンド鉱山のお話をしてとせがんだ。ラヴィニアはその話が悔しくてたまらず、ダイヤモンド鉱山なんてあるわけがないとジェシーに言った。

「お母さまは四十ポンドもするダイヤモンドの指輪を持っているわ」ラヴィニアは自慢した。「それだって、たいして大きいダイヤモンドじゃないのよ。ダイヤモンドだらけの鉱山があったら、ものすごい大金持ちになって頭がおかしくなっちゃう」

「じゃあ、セーラはすごいお金持ちになって、頭がおかしくなるのね」ジェシーがくすくす笑った。

「ふん、あの子はお金持ちじゃなくたって、もう頭がおかしいけどね」ラヴィニアが小馬鹿にした。

「あなた、あの子のことがよっぽど嫌いなのね」ジェシーが言った。

「あら、そんなことないわよ」ラヴィニアはきっぱりと否定した。「ただ、ダイヤモンドだらけの鉱山なんて信じないって言ってるだけ」

「でも、どこかでダイヤモンドを採ってこなくちゃならないんでしょ」ジェシーは指摘した。「そうそうラヴィニア」また、含み笑いをしながらたずねた。「アーメンガードの言ってること、どう思う？」

「さあ、わたしは何も知らない。それに、またセーラがどうのっていううんざりするような話なら、どうでもいいわ」

「実はそうなのよ。例の何かの『つもり』になるって話でね、あの子、公女さまになってるんだって。いつも、そのつもりでいるみたいよ――授業中も。その方が勉強がはかどるんだって。アーメンガードも公女さまのつもりになったらって勧められたらしいけど、アーメンガードは自分は太りすぎだから無理だって答えたの」

「たしかに太りすぎよね。で、セーラの方はやせすぎ」

もちろん、ジェシーはまた小さく笑った。

「セーラが言うには、外見や持っているものとはまったく関係がないんですって。何を考えているか、何をするのかとだけ関係があるらしいわ」

「あの子のことだから、物乞《ものご》いになっても公女さまでいられるって考えているんでしょうよ」ラヴィニアは言った。「これからは小公女セーラさまって呼んでやる」

一日の授業が終わると、生徒たちは教室の暖炉の前に集まり、いちばんうれしいひときを味わう。この時間、ミンチン先生とミス・アメリアは自分たち専用の居間にひっこんで、お茶を飲んでいたからだ。みんな、このときとばかりに、さんざんおしゃべりをして、あっちでもこっちでも打ち明け話で盛り上がった。ただし、それも年下の生徒たちがお行儀よく、おとなしくしている場合だけだ。残念ながら、たいてい口げんかをしたりうるさく走り回ったりして大騒ぎしたので、年上の少女たちは叱りつけたり、つかまえて肩を揺すぶったりして注意しなくてはならなかった。生徒たちは静かに過ごすように言われていたので、それが守られないと、ミンチン先生やミス・アメリアが現れて楽しい時間が打ち切りにされかねない。ラヴィニアが話していたとき、ドアが開いてセーラが姿を見せた。その後から、いつもセーラに子犬のようにまとわりついているロッティがちょこちょこ歩いてきた。

「ほら、来たわよ、あのうるさいちびを連れて！」ラヴィニアが声をひそめた。「あの子のことがそんなにお気に入りなら、自分の部屋に置いておけばいいのに。あのちび、五分もしないうちに、ちょっとしたことでわめき始めるわよ」

ロッティは急に教室で遊びたくなり、お母さん代わりのセーラにいっしょに来てほしいと頼んだのだった。ロッティは隅で遊んでいた小さい子たちのグループに加わった。セーラは窓下のベンチにすわって、本を開いて読みはじめた。それはフランス革命についての本で、バスティーユ監獄の囚人たちの悲惨な絵に、たちまち我を忘れて見入った。何年も地下牢《ちかろう》にいたせいで、囚人たちは救出されて外に連れ出されたとき、長い灰色の髪と髭《ひげ》で顔がろくに見えないほどだった。そもそも外の世界が存在することすら忘れていて、夢の中にいるような気分だったとか。

教室からとても遠い世界で過ごしているときに、いきなりロッティのわめき声で現実に引き戻されるのは愉快とは言えないできごとだった。本を読みふけっているときに突然邪魔されると、いつもセーラはもう少しでかんしゃくを起こしそうになる。そういうときにこみあげるいらだちは、本好きの人ならよくわかるはずだ。怒りを爆発させないように自分を抑えるのは、容易ではなかった。

「まるで、いきなりぶたれたみたいな気がするの」セーラはアーメンガードに打ち明けたことがあった。「だから、わたしもお返しをしたくなる。ひどいことを口にしてしまわないように、急いでいろいろなことを頭に思い浮かべなくちゃならないのよ」

本を窓下のベンチに置いて至福の場所から飛び降りたこのときも、セーラはいろいろなことですばやく頭を一杯にしなくてはならなかった。

ロッティは教室の床を滑って遊んでいたのだが、騒々しくて、さっきからラヴィニアとジェシーをいらいらさせていた。しまいには、ころんで、ぽっちゃりした膝小僧《ひざこぞう》を痛めてしまった。ロッティは金切り声をあげながら跳んだりはねたりしはじめたので、敵と味方の一団がそれを囲んで、かわるがわるなだめたり叱りつけたりしていた。

「今すぐやめなさい、この泣き虫！　黙りなさい！」ラヴィニアが命じた。

「あ、あたしは泣き虫なんかじゃないもん……ちがうよお！」ロッティは泣きわめいた。「セーラ、セーラァ！」

「泣き止まないと、ミンチン先生に聞きつけられちゃう」ジェシーが叫んだ。「ロッティ、いい子ね。ペニーあげるから」

「あんたの一ペニーなんてほしくない」ロッティはすすり泣きながら膝を見下ろし、そこに血がにじんでいるのを見ると、さらに大きな声で泣きだした。

セーラはそこに飛んでいくと、ひざまずいてロッティを抱きしめた。

「ほらほら、ロッティ。ねえ、ロッティ、セーラと約束したでしょ」

「だって、泣き虫って言うんだもん」ロッティは言い訳した。

セーラはロッティをなでてやりながら、いつもの毅然《きぜん》とした声で言った。

「だけど、泣いたら、泣き虫ってことになるわ。ね、ロッティ。約束したでしょ」

ロッティは約束したことを覚えていたが、声を張り上げる方を選んだ。

「ママがいないよお」ロッティは訴えた。

「あら、いますとも」セーラは明るく言った。「忘れたの？　セーラがあなたのママだってこと、知ってるでしょ？　わたしにママになってほしくないの？」

ロッティはようやく気が済んで、鼻をグスンと鳴らすとセーラに抱きついた。

「こっちにいらっしゃい。いっしょに窓下のベンチにすわりましょ」セーラは続けた。

「あなただけに、そっとお話をしてあげるわ」

「ほんと？」ロッティは鼻声でねだった。「じゃあ――ダイヤモンド鉱山のお話、してくれる？」

「ダイヤモンド鉱山ですって？」ラヴィニアが高い声で言った。「なんて嫌な甘ったれの子なの。ひっぱたいてやりたいわ」

セーラははじかれたように立ち上がった。覚えておいでだろうが、バスティーユ監獄の本を夢中で読みふけっていたので、お母さん代わりになった子供の面倒を見るために読書を中断したとき、急いで別のことを思い浮かべてかんしゃくを抑えなくてはならなかったのだ。セーラは天使ではなかったし、ラヴィニアのことも好きとは言えなかった。「あらそう」かっとなったが、必死に自制しながらセーラは言った。「あなたの方こそひっぱたいてやりたいわ――ただ、わたしはそういうことはしたくないの！　ひっぱたいてやりたいし――ひっぱたいたら、胸がすっとするでしょうけどね、そんなことはしない。わたしたちはしつけの悪い子供じゃないでしょ。二人とも、もう大きいんだから分別だってあるはずよ」

今度はラヴィニアの番だった。

「あら、そうですわね、公女さま」ラヴィニアは嘲《あざけ》った。「わたしたちは公女さまでしたものね、たしか。少なくとも、わたしたちの一人はそうですわね。ミンチン先生が生徒に公女さまをお迎えしたおかげで、この学校はさぞ評判になるでしょうねえ」

セーラはラヴィニアの方に一歩進みでた。今にも平手打ちを食わせそうな様子だった。たぶん、ひっぱたこうとしていたのだろう。何かの「つもり」になる「ごっこ遊び」は、セーラの人生の喜びだ。ただし、親しくない女の子には、そのことを一切打ち明けたことがない。最近始めた公女の「つもり」になることは、セーラの本質と深く結びついたとても大切なものだったので、人にはあまり吹聴《ふいちょう》せず、胸にそっとしまっておきたかった。なのに、学校じゅうのほとんどの生徒がいる前で、ラヴィニアはそれを愚弄《ぐろう》したのだ。顔がかっと熱くなり、耳の奥がじんじん鳴るのを感じた。だが、どうにかこらえた。

公女なら、怒りに我を忘れてはならない。セーラは上げかけた手を下ろし、じっと立っていた。やがて、顔をしっかり上げ、静かな落ち着いた口調でしゃべりはじめた。全員がその声に耳を澄ましていた。

「そのとおりよ。ときどき、わたしは公女のつもりになるの。公女のつもりでいると、公女らしくふるまおうとして努力できるからよ」

ラヴィニアは反論になるような、おあつらえむきの言葉を思いつけなかった。これまでにもセーラを相手にしていると、うまい切り返しを思いつけないことが何度かあり、くやしい思いをした。なんとなく、他のみんながセーラに共感しているように感じるせいなのだろう。今も、全員が興味しんしんで耳をそばだてているのがわかった。実は、みんな公女さまの話が大好きだったので、公女さまのつもりになることについて、もっとちゃんと聞きたいと思って、セーラの方に少しずつにじり寄っていたのだ。

ラヴィニアはようやく返す言葉をひとつひねりだしたが、さほど気の利いたせりふではなかった。

「あらまあ、いつか玉座についたときも、わたしたちのことを忘れないでいただきたいものね！」

「もちろんよ」セーラはそれだけ言うと、身じろぎもせずに立ちじっとラヴィニアを見つめたので、とうとうラヴィニアはジェシーの腕をとって立ち去っていった。

この一件のあと、セーラを妬《ねた》ましく思っていた少女たちは、セーラを思い切り馬鹿にしてやりたいときは「公女セーラさま」と呼ぶようになった。一方、セーラを慕っている少女たちは、好意のこもった呼び名としてそれを使った。面と向かってセーラを公女さまと呼ぶ者は誰もいなかったが、セーラの崇拝者たちは、その美しく華やかな呼び方を気に入っていた。さらに、それを耳にしたミンチン先生までが、学校を訪ねてきた保護者たちに、その呼び名のことを何度か吹聴した。そうすれば、あたかも王族の寄宿学校みたいに思われるのではないかと期待してのことだ。

ベッキーにとって、それはこれ以上ないほどぴったりの呼び名だった。あの霧の深い午後、居心地のいい椅子で眠りこんでしまって飛び起きたときから、セーラとの絆《きずな》はいっそう深まり強くなっていた。ただし、ミンチン先生やミス・アメリアは、そのことについてほぼ何も知らなかった。セーラが皿洗いのメイドに「親切」なことには気づいていたが、そのメイドが二階のいくつもの寝室の掃除を電光石火の勢いでやり終えると、最後にセーラの部屋にやって来ること、そして重い石炭入れを下ろすと喜びのため息をひとつつき、ひそかに楽しい時間を過ごしていることはまるっきり知らなかった。そのひとときには、お話が少しずつ語られ、うっとりするような食べ物が出された。ベッキーはそれをその場で食べることもあれば、ポケットにしまっておいて、夜に屋根裏の自分の部屋に戻ってから食べることもあった。

「だけんど、注意して食べないとだめなんです、お嬢さま」あるときベッキーは言った。「かけらをこぼしちゃうと、ネズミが食べに出てくるもんだから」

「ネズミ！」セーラはぞっとして叫んだ。「お部屋にネズミがいるの？」

「たっくさんいますよ、お嬢さま」ベッキーにとっては当たり前のことのようだった。

「屋根裏にいるんは、たいていドブネズミとハツカネズミですかねえ。走り回る音にも、そのうち慣れっこになるもんですよ。あたしもすっかり慣れちゃって、枕んとこ走らないんなら気になりゃしません」

「まあ、そうなの！」

「どんなことだって、しばらくすっと慣れるもんですって。慣れるっきゃないんですよ、皿洗いのメイドに生まれついたんだから。それにゴキブリよか、ネズミん方がましですよ」

「それはそうね。ネズミとはそのうちお友だちになれるかもしれないけど、ゴキブリとはとうてい無理だと思うもの」

　ベッキーはこの暖かく明るい部屋にわずか二、三分しかいられないこともあったが、そういうときは少し言葉を交わしたあとで、ベッキーが腰に結んだひもでスカートの下にぶらさげている古ぼけた袋に小さな包みがしまいこまれた。その袋に入れられるぐらい小さくて、空腹を癒《い》やしてくれるような食べ物を探して手に入れることが、セーラにとって日々の新たな関心になった。馬車や徒歩で外出すると、いつもショーウィンドウを熱心にのぞきこんだ。ふと思いついて、初めて小さなミートパイをふたつ、三つ持ち帰ってみると、これは当たりだった。それを見せたとたん、ベッキーの目がぱっと輝いたのだ。

「ああ、お嬢さま!」彼女はつぶやいた。「うまそうですねえ、おまけに腹もちもよさそうで。おなかいっぱいになるってのが、いっとういいんです。スポンジケーキはほっぺたがおっこちそうなほどおいしいけど、あっという間に溶けちゃうみたいで――あたしの言いたいこと、わかりますかねえ、お嬢さま。これなら、おなかん中に、ずうっと残ってくれそうですよ」

「そうねえ」セーラはためらいながら言った。「ずっとおなかに残っていたら、あまり体によくないんじゃないかしら。でも、たしかに、これなら満腹になりそうね」

ミートパイはたしかに空腹をなだめてくれた。さらに、料理店で買ったビーフサンドウィッチや、ボローニャソーセージ入りロールパンも。やがてベッキーはひもじさや疲労を忘れるようになり、石炭入れも耐えがたい重さには感じられなくなった。

石炭入れがどんなに重くても、コックの機嫌がどんなに悪くても、きつい仕事を山のように押しつけられようとも、ベッキーは楽しい午後のひとときのおかげで、セーラお嬢さまが部屋で待っていてくれるという期待のおかげで、がんばれた。実のところミートパイがなくても、セーラお嬢さまに会えるだけで、ベッキーは満足だっただろう。たとえほんの少ししか言葉を交わせなくても、いつも親しみのこもった楽しい言葉をかけてもらえたので、ベッキーは元気がわいた。もっと時間があるときは、ちょっとずつお話の続きをしてもらったし、他にも夜に屋根裏のベッドの中で大切に思い返すようなできごとが必ずあった。セーラの方はもともと人に〝与える〟のが好きだったので、ただ、自分がしたいことをしているだけだった。だから、気の毒なベッキーにとって、自分がどんなに偉大な存在か、いかにすばらしい恩人に見えているか、まったく気づいていなかった。〝与える人〟として生まれついた者は手も開いているし、心も開いているものだ。そして、手は空っぽのときがあるかもしれないが、心は常に満たされているので、そこからさまざまなものを人に与えることができる。温かい思いやり、親切な行動、やさしさ、助力、慰め、笑い。とりわけ心の底からの陽気な笑いは、何よりも大きな力になるものだ。

ベッキーはこれまで働きづめの苛酷《かこく》で哀れな人生を送ってきたので、笑いとはほとんど縁がなかった。だがセーラはベッキーを笑わせ、自分もいっしょになって笑った。二人のどちらもはっきり気づいていなかったが、笑いはミートパイに劣らず、人を満ち足りた気持ちにさせるものなのだ。

セーラの十一歳の誕生日の数週間前に、父親から手紙が届いた。それはいつものように少年のような意気揚々としたものではなかった。あきらかにダイヤモンド鉱山に関連する仕事が負担になっているらしく、クルー大尉は体調がすぐれないようだった。

「わかるかな、かわいいセーラ」と父は書いていた。「お父さんはビジネスにはまったく疎いので、数字や書類に悪戦苦闘しているよ。ちゃんと理解できないというのに、山のように片付けなくちゃならない仕事があるんだ。熱がなければ、こんなふうに眠れずに寝返りばかり打っていたり、ぞっとする悪夢にうなされたりはしなかったんだろうが。ちっちゃな奥さんがここにいたら、真面目でとてもいい忠告をしてくれただろうな。ねえ、そうだろう、ちっちゃな奥さん？」

父親はとても冗談好きだったが、そのひとつが「ちっちゃな奥さん」とセーラを呼ぶことだった。セーラは生真面目で年の割にしっかりしていたからだ。

父親はセーラの誕生日のために、すばらしい手配をしておいてくれた。とりわけ新しい人形がパリに発注され、その人形のために豪華な衣装までひと揃い仕立てられることになっていた。お誕生日祝いに、その人形を受けとってもらえるだろうか、という父の手紙が来ると、セーラは大人びた返事を書いた。

「わたしもずいぶん大きくなってきましたので、この先、またお人形をいただくことはないと思います。ですから、それが最後のお人形になるでしょう。そう思うと、なんとなく厳粛な気持ちになります。詩が書けたら、きっと『最後のお人形』というとてもすてきな詩を書いたでしょう。でも、わたしには詩が書けないのです。やってみましたけど、笑っちゃいました。ワッツやコールリッジやシェイクスピアの詩とはほど遠いものでした。エミリーの代わりになるお人形はいませんけど、最後のお人形はとても大切にします。学校じゅうでかわいがってくれるにちがいありません。みんなお人形が大好きなんです。十五歳くらいの年上の生徒の中には、お人形なんて子供っぽいって顔をしている子もいますけど」

インドの家でこの手紙を読んだとき、クルー大尉は割れるような頭痛に苦しんでいるところだった。目の前のテーブルには書類や手紙が山積みになり、クルー大尉を悩ませ、不安と恐怖でいっぱいにしていたが、何週間かぶりに彼は笑った。

「ああ、大きくなるにつれ、ますますおもしろい子になっていくなあ。どうかこの仕事がうまくいき、自由になってロンドンに飛んで帰り、あの子に会えるといいんだが。わたしの首に、今すぐかわいい腕でしがみついてくれるなら、何をくれてやっても惜しくない！　ああ、何だってくれてやるとも！」

誕生日は盛大にお祝いされることになっていた。教室が飾りつけされ、パーティーが開かれる。プレゼントの入ったいくつもの箱が仰々しく開けられ、聖域であるミンチン先生の部屋にまで、ごちそうが並ぶ予定だった。当日が来ると、学校全体が興奮で沸き立った。たくさんの準備をしなくてはならず、あっという間に午前中が過ぎていった。教室にはヒイラギの花綱が飾られた。机はどかされ、壁際にずらっと並べられた背もたれのない長椅子には赤い布がかけられた。

朝、セーラが居間に入っていくと、テーブルに茶色の紙に包まれた小さなみすぼらしい包みが置かれていた。すぐにプレゼントだとわかり、同時に誰がくれたのかも推測がついた。そっと開けてみると、四角い針刺しだった。あまりきれいとは言えない赤いフランネルでこしらえたもので、黒いまち針で「おめでとー」という文字がていねいに刺してあった。

「まあ！」セーラは熱いものがこみあげてきた。「ずいぶん手間がかかったはずよ！とてもうれしいわ——うれしすぎて涙が出そう」

だが、すぐに困惑した。針刺しの横にカードが留めてあって、そこには「ミス・アメリア・ミンチン」という名前が几帳面《きちょうめん》な文字で記されていたのだ。

セーラはカードをためつすがめつした。

「ミス・アメリア！」セーラはつぶやいた。「そんなことってある？」

そのときドアが用心深く開かれ、ベッキーが顔をのぞかせた。

ベッキーは愛情のこもったうれしげな笑みを浮かべて、そろそろと入ってくると、そばに立って落ち着かない様子で手を組んだりほどいたりしている。

「あの、どうですかねえ、セーラお嬢さま？　お気に召しましたかねえ？」

「それはもう気に入ったわ！」セーラは叫んだ。「ああ、ベッキー、あなたが自分で作ってくれたのね」

ベッキーは感極まったように調子っぱずれの声をもらした。その目はうれしさのあまり潤んでいるようだった。

「ただのフランネルだし、新品じゃないんです。だけんど、お嬢さまに何か差し上げたくて、夜にずうっとこしらえてました。お嬢さまなら、それがサテンで、ダイヤモンドのまち針が刺さってるつもりになってくれると思って。あたしも作るときに、そのつもりになろうってがんばりました。そのカードですけどね」と少し自信なげに続けた。

「くず籠《かご》から拾ったんですけど、いけなかったですかねえ？　ミス・アメリアが捨てたもんなんです。あたし、カードを持ってなかったんで。だけど、カード、留めてなくっちゃ、ちゃんとしたプレゼントにならねえですよね？　だもんで、ミス・アメリアのカードを留めちゃったんです」

セーラはベッキーに飛びついて抱きしめた。なぜなのかわからないが、喉《のど》に塊がこみあげてきた。

「ああ、ベッキー！」セーラは涙声で叫んで、小さく笑った。「大好きよ、ベッキー――ほんとに大好き！」

「あんれまあ、お嬢さま！」ベッキーはかすれた声を出した。「ありがとございます、ご親切に。だけんど、そんなにほめていただくほどのもんじゃねえんですよ。だって――そのフランネル、新品じゃないんですもん」

7　ダイヤモンド鉱山のその後

その午後、セーラはちょっとした行列を率いて、ヒイラギの飾られた教室に入っていった。まず先頭は、いちばん上等のシルクのドレスで装ったミンチン先生と、先生が手を引くセーラ。その後ろには〝最後のお人形〟の入った箱を抱えた男性の使用人と、第二の箱を持ったメイドが続き、きれいなエプロンと新しいキャップを身につけたベッキーが三つ目の箱を持ってしんがりを務めた。セーラはふだんどおりに入っていく方がよかったのだが、ミンチン先生がセーラを呼んで自分の居間で少し話をして、こういうふうにしたいと伝えたのだった。

「これはありふれたお誕生会ではありません」ミンチン先生は言った。「ふつうの行事のようにすませたくないんです」

そこで華々しく入場する羽目になり、大きい生徒たちはセーラをじろじろ見て互いに肘《ひじ》で突《つ》き合うし、小さい子たちははしゃいで席で騒ぎだしたので、セーラは身の縮む思いだった。

「静かに、みなさん！」教室じゅうにさざめきが広がったので、ミンチン先生は注意した。「ジェームズ、その箱をテーブルに置いて蓋《ふた》を開けてちょうだい。エマ、あなたの箱は椅子の上に置いて。ベッキー！」いきなりきつい声を出した。

ベッキーは興奮してぼうっとなり、ロッティが期待のあまり有頂天になって、かたときもじっとしていない様子を目にして、つい微笑んでしまったのだ。叱責《しっせき》にぎくりとして、ベッキーはもう少しで箱をとり落としそうになり、怯《おび》えたようにぎくしゃくとお辞儀をして詫《わ》びた。その様子がひどく滑稽《こっけい》だったので、ラヴィニアとジェシーは馬鹿にして笑った。

「お嬢さま方を見るんじゃありません」ミンチン先生は叱った。「立場をわきまえなさい。箱をおろして」

ベッキーはびくびくしながらすぐに指示に従うと、大急ぎでドアの方に向かった。

「もう下がってよろしい」ミンチン先生は使用人たちに手を振った。

ベッキーは礼儀正しく脇にどき、目上の使用人たちを先に通した。そうしながらも、テーブルの箱の方に憧《あこが》れのまなざしを向けずにはいられなかった。青いサテンでできたものが折りたたまれた薄紙の間からのぞいている。

「すみません、ミンチン先生」いきなりセーラが言いだした。「ベッキーは残っていてもかまいませんか？」

それは大胆な提案だった。ミンチン先生は驚きのあまり思わず体をこわばらせた。それから眼鏡を持ち上げ、ご自慢の生徒を動揺したように見つめた。

「ベッキーですって！」ミンチン先生は叫んだ。「どうしたっていうの、セーラ！」

セーラは一歩、先生の方に近づいた。

「ベッキーもプレゼントが見たいでしょうから、ここにいてもらいたいんです」セーラは説明した。「ベッキーだって、女の子ですもの、先生」

ミンチン先生はむっとしながら、セーラからベッキーへ、そしてまたセーラへと視線を移した。

「あきれたわね、セーラ。ベッキーは皿洗いのメイドです。皿洗いのメイドというのは――ようするに――女の子には入らないのです」

実際、ミンチン先生はメイドのことを女の子として考えたことは一度もなかった。皿洗いのメイドは石炭を運んだり、火をおこしたりする機械のようなものだった。

「いいえ、ベッキーは女の子です」セーラは言い張った。「それに、彼女は喜ぶと思います。どうかベッキーもいさせてあげてください――今日はわたしのお誕生日なんですから」

ミンチン先生は威厳たっぷりに応じた。

「お誕生日の特別なお願いということなら――許可しましょう。レベッカ、セーラお嬢さまの格別のご厚意にお礼を申し上げなさい」

ベッキーは隅っこにひっこんで期待に胸をどきどきさせながらエプロンの端をいじくっていたが、進み出てくると、膝《ひざ》を折ってお辞儀をした。だが、セーラと交わし合った視線には、親しい者同士ならではの理解の輝きがこもっていた。もっとも、ベッキーの言葉はたどたどしかった。

「あのお、お許しいただけるってことでしたら、お嬢さま！　そりゃあもう、とってもありがたいです！　あたし、おにんぎょを見たくてたまらんかったです、お嬢さま、ありがとございます。それに、先生にもお許しいただけて感謝しますです」ミンチン先生にもぎくしゃくと膝を曲げてお辞儀をした。

ミンチン先生はまた片手を振った――今度はドア近くの隅の方を示した。

「あそこに行って立ってなさい」ミンチン先生は命じた。「お嬢さま方には近づかないように」

ベッキーはにこにこしながら指示された場所に行った。どこであろうと気にならなかった。地下の洗い場に追いやられるのではなく、楽しいことが進行中の部屋に幸運にも残れたのだから。ミンチン先生が不機嫌に咳払《せきばら》いしてまたしゃべりだしたことも、まったく苦にならなかった。

「さて、みなさん、少しお伝えしておきたいことがあります」ミンチン先生は口を開いた。

「演説をするつもりね」生徒の一人がささやいた。「早く終わるといいけど」

セーラは落ち着かなくなった。これはセーラのパーティーなのだから、話の中身はおそらくセーラのことだろう。教室で、自分についての演説を聞かされるのは居心地のいいものではなかった。

「みなさんご存じでしょうけれど」とまさに演説が始まった。「今日、大好きなセーラが十一歳になりました」

「大好きなセーラですってよ！」ラヴィニアがつぶやいた。

「ここにはすでに十一歳になっている子もいますが、セーラのお誕生日は他の人たちのお誕生日とは少しちがいます。セーラは大人になると莫大《ばくだい》な財産を相続するので、それをりっぱに使う義務が生じるからです」

「ダイヤモンド鉱山のことね」ジェシーはささやくと鼻先で笑った。

セーラにはその声は聞こえなかった。しかし、灰緑色の目でじっとミンチン先生を見つめて立っているうちに、体がしだいに熱くなってくるのを感じた。ミンチン先生がお金について触れたとき、自分はこの先生を嫌悪していたのだとセーラは気づいた。もちろん大人を嫌うなんて無作法だが、まぎれもない事実だった。

「やさしいお父上のクルー大尉がインドからセーラを連れてきて、わたくしの手に託されたとき」と演説は続いた。「お父上は冗談めかして『困ったことに、この子はゆくゆくは大変な金持ちになるんじゃないかと思います、ミンチン先生』とおっしゃいました。わたくしはこう返事をしました。『わたくしの学校で教育をお受けになれば、どんな莫大な財産もより輝きを増すでしょう、クルー大尉』セーラはここでいちばん優秀な生徒になりました。フランス語とダンスは学校の誇りです。礼儀作法は完璧《かんぺき》で、まさに公女さまと呼ばれるにふさわしいものです。その気立てのよさについては、この午後のパーティーを開いてくださったことからもおわかりですね。みなさん、セーラのお心遣いに深く感謝しましょう。では、みんなで声をそろえてお礼を言って感謝の気持ちを表しましょう。『どうもありがとうございます、セーラ！』」

教室の全員が立ち上がった。いまだによく覚えている、セーラが初めてここにやって来た朝のように。

「どうもありがとうございます、セーラ！」全員が声を揃え、ロッティはぴょんぴょんはねている。セーラは一瞬、恥ずかしそうに見えたが、とてもしとやかに膝を曲げて、お辞儀を返した。

「わたしのパーティーに来てくださって、ありがとうございます」セーラは言った。

「大変けっこうでしたよ、セーラ」ミンチン先生がほめた。「本物の公女さまも、人々の歓呼の声に応《こた》えるときは、そんなふうにご挨拶《あいさつ》するものです。ラヴィニア」震え上がるような怖い声で言った。「今、あなたが立てた音、鼻を鳴らしたのかしら。お友だちがうらやましいにしても、もっと淑女らしい態度でその気持ちを表してほしいものです。さて、わたくしは失礼しますから、みなさんだけで楽しんでください」

ミンチン先生が部屋から出て行ったとたん、いつものことだが、生徒たちにかけられていた魔法が解けた。ドアが閉まるか閉まらないかのうちに、どの席も空っぽになっていた。小さい子たちはころがるようにして椅子を下り、年上の女の子たちもぐずぐずせずに席を離れた。みんな、箱の方に走っていった。セーラはうれしそうな顔で、箱のひとつにかがみこんだ。

「これは本だわ、きっと」セーラは言った。

小さい子たちは不満そうにつぶやき、アーメンガードはぎょっとしたようだった。

「あなたのお父さま、お誕生日プレゼントに本を贈ってくるの？」素《す》っ頓狂《とんきょう》な声をあげた。「まあ、あたしのお父さまに劣らず最低ね。開けるのやめなさいよ、セーラ」

「わたしは本が好きなのよ」セーラは笑い、いちばん大きな箱に向き直った。セーラが最後のお人形を取り出すと、あまりにも豪華なお人形を目にして、生徒たちは一斉にほうっと言葉にならない声をあげ、圧倒され、息をするのも忘れてうっとりと見とれた。

「ロッティぐらいの大きさがあるわよ」誰かがささやいた。

ロッティは手をたたき、くすくす笑いながら踊り回った。

「劇場に行くときの服装ね」ラヴィニアが言った。「マントにはアーミンの毛皮の裏地がついている」

「まあ」アーメンガードが人形の方に突進した。「手にオペラグラスを持ってるわ――青と金の」

「ほら、この子のトランクよ」セーラが言った。「開けて、何を持っているのか見てみましょう」

セーラは床にすわりこむと鍵《かぎ》を回した。子供たちは一斉にセーラをとり囲み、セーラが次から次に仕切り箱をとりだして中身を見せるたびに、わいわい言いながらのぞきこんだ。これほどの大騒ぎが教室で演じられたことは一度もなかった。レースの襟、シルクのストッキングやハンカチーフ。宝石箱には、本物のダイヤでこしらえたみたいなネックレスとティアラがおさめられている。アザラシ革の長いコートとマフ。舞踏会用ドレスと散歩用の服、お呼ばれ用の服。帽子にお茶会の服、扇。ラヴィニアとジェシーですら、もう人形遊びに夢中になる年ではないことを忘れ、歓声をあげながらさまざまなものを手にとってじっくり眺めた。

「ね、空想してみて」セーラがテーブルの脇に立ち、こうした豪勢な品々の所有者である人形の頭に、大きな黒いベルベットの帽子をかぶせながら言った。「もしもこの子が人間の話を理解していたら、こんなにほめられて、さぞ得意に思っているでしょうね」

「あなたったら、いつもあれこれ空想しているのね」ラヴィニアがいかにも見下したように言った。

「ええ、そうよ」セーラは気を悪くした様子はみじんもなかった。「わたし、空想が大好きなの。空想ほどすてきなことはないわ。空想していると、妖精《ようせい》になったみたいな気分になれる。一生懸命に空想していれば、まるでそれが現実みたいに感じられるのよ」

「あらゆるものを持っていれば、そりゃ、空想するのも楽しいでしょうよ」ラヴィニアが言った。「だけど、もしあなたが物乞《ものご》いで屋根裏部屋に住んでいたら、空想したり何かのつもりになったりなんてできる？」

セーラは最後のお人形のダチョウの羽根飾りを直す手を休め、考えこむ顔つきになった。

「きっとできると思うわ。逆に物乞いだったら、常に想像したり、何かのつもりになったりしなくちゃならないでしょう。ただ、それはたやすいことじゃないわね」

後になってから、まさにその言葉を言い終えたとき、ミス・アメリアが部屋に入ってきたのは、なんて奇妙な偶然だったのだろう、とたびたびセーラは思い返したものだ。

「セーラ」ミス・アメリアは言った。「お父さまの弁護士のバロー氏がミンチン先生に会いにいらして、二人だけで話したいそうなの。で、軽食がミンチン先生の居間に用意されているから、みんな、そっちに移動して、ごちそうを召し上がってもらえないかしら。そうすれば、ここの教室で姉と弁護士さんがお話しできるでしょ」

ごちそうとなればいつでも歓迎だったので、みんなの目が輝いた。ミス・アメリアは生徒をきちんと並ばせると、セーラと並んで先に立って歩きだした。後には、最後のお人形が椅子の上に取り残され、その周囲には豪華な衣装が散らばったままになっていた。椅子の背にかけられたドレスやコート、座席に山のように積まれたレースのフリルがついたペチコート。

ごちそうのお相伴にはあずかれそうになかったベッキーは、こうした美しい品々をじっくり見たくて、つい分別を忘れ、そこでちょっとぐずぐずしていた。軽率なふるまいだった。

「仕事に戻りなさい、ベッキー」とミス・アメリアに命じられていたのだから。しかし、ベッキーは足を止めると、最初にマフを、それからコートをうやうやしく手にとった。魅せられたようにそれらに見入ってたとき、戸口でミンチン先生の声がした。こんな勝手なことをして、どんなに叱り飛ばされるかと恐怖にすくみあがり、ベッキーは大胆にもテーブルの下に飛びこみ、テーブルクロスの陰に身を隠した。

ミンチン先生は、彫りの深い顔立ちの小柄で無愛想な紳士といっしょに部屋に入ってきた。その紳士はいささか動揺しているようだった。ミンチン先生の方もあきらかに気が高ぶっているようで、いらだたしげな取り乱した表情で冷たい顔つきの紳士に目を向けた。

ミンチン先生は堅苦しい威厳を漂わせて腰をおろすと、弁護士にも手振りで椅子にすわるようにうながした。

「どうぞ、おかけください、バロー先生」ミンチン先生は言った。

バロー氏はすぐにすわろうとしなかった。最後の人形と、その周囲に散らばった衣装に目を引かれたようだ。眼鏡をかけると、非難がましい腹立たしげな様子でそれらを眺めた。最後の人形はそんな視線もまったく気にする様子はなく、背筋を伸ばしてすわり、弁護士の目を平然と見返していた。

「百ポンドはしますね」バロー氏は歯に衣《きぬ》着せずに言った。「どれも値の張る生地で、パリの高級な仕立屋に注文されている。あの若い男は湯水のように金を浪費したようだ」

ミンチン先生はかちんと来た。その言葉は学校一の保護者に対する誹謗《ひぼう》であり、無作法だと受け止めたのだ。

たとえ弁護士だとしても、礼儀知らずな真似をしていいわけがない。

「失礼ですけど、バロー先生」ミンチン先生はきつい口調で言った。「お言葉の意味がわかりかねますが」

「これが十一歳の子への誕生日プレゼントとはねえ！」バロー氏は相変わらず批判的な口ぶりだった。「わたしに言わせれば、常軌を逸した無駄遣いですよ」

ミンチン先生はむっとして、さらに背筋を伸ばした。

「クルー大尉は財産家です。ダイヤモンド鉱山だけでも——」

バロー氏はミンチン先生の方を振り向いた。「ダイヤモンド鉱山！」叫ぶように言った。「なかったんですよ！　もともとなかったんだ！」

ミンチン先生は椅子からはじかれたように立ち上がった。

「なんですって！」彼女は叫んだ。「どういうことなんです？」

「どうせなら最初からなかったら、ずっとよかったんだ」

「ダイヤモンド鉱山がですか？」ミンチン先生は椅子の背につかまり、すばらしい夢がみるみる消えていくのを感じながら、声を絞り出した。

「ダイヤモンド鉱山なんてものは、富ではなく破滅に至ることの方が多いんですよ。自分はビジネスの才覚がないのに親友の言いなりになっている男は、ダイヤモンド鉱山とか金鉱とか、その手の鉱山に投資してほしいと頼まれても、手を出すべきじゃない。亡きクルー大尉は――」

ここでミンチン先生は息をのみ、バロー氏の言葉を遮った。

「亡きクルー大尉ですって？」彼女は叫んだ。「亡くなられたのですか！　まさかクルー大尉が――」

「大尉は亡くなりました」バロー氏はぞんざいなほど無愛想に答えた。「マラリア熱と事業の心労が重なって亡くなったのです。事業の問題をいくつも抱えて追い詰められていなかったら、マラリア熱でも死ななかったかもしれないし、マラリア熱にかからなかったら、事業のせいで亡くなることもなかったでしょう。とにかく、クルー大尉は亡くなりました！」

ミンチン先生はくずれるようにまた椅子にすわりこんだ。弁護士の言葉に不安がこみあげてきた。

「事業の問題っていうと何だったんですか？　どういうことだったんですか？」

「ダイヤモンド鉱山と親友の件ですな――そして破産」

「破産！」ミンチン先生は喉《のど》を詰まらせたような声を出した。

「文無しになったんですよ。あの若い男は金を持ちすぎていた。親友はダイヤモンド鉱山の開発にのめりこんでいた。その男は自分の金をすべて注ぎ込んだうえ、クルー大尉の金まで投資させた。そして親友は行方をくらました――その知らせが届いたとき、クルー大尉はすでにマラリアで寝込んでいた。そんなときに、その知らせですから、ショックが強すぎたんですな。意識が朦朧《もうろう》となり、うわごとで娘のことを言い続けながら亡くなったのです——一ペニーも遺《のこ》さずにね」

これでミンチン先生も事情がわかったが、これほどの衝撃を受けたのは生まれて初めてだった。自慢の生徒も、自慢の保護者も、おぞましい知らせを受けたとたん、この学校から消えてしまったのだ。まるで略奪でもされたかのように、燃えるような怒りがこみあげてきた。クルー大尉もセーラもバロー氏も、同罪だという気がした。

「クルー大尉がまったく何も遺さなかったというのは、本当なんですか？」ミンチン先生は叫んだ。「あのセーラには財産がないと？　あの子は物乞い同然だと言うんですか？　わたくしの手に託されたのは、莫大《ばくだい》な財産の相続人ではなく貧乏人だと？」

バロー氏は抜け目のない人間だったので、自分に責任がないことをただちに明確にしておく方がよさそうだと判断した。

「そのとおり、あの子は物乞い同然です。しかも、まちがいなく、あなたの手に託されたのです。なにしろ、われわれの知る限り、世界広しといえども親類は一人もいませんからね」

ミンチン先生は勢いよく立ち上がり、ドアに向かった。すぐにでもドアを開けて部屋を飛び出していき、ごちそうを囲んで騒々しいほど陽気に盛り上がっているパーティーを中止させかねない勢いだった。

「とんでもないわ！」ミンチン先生は言った。「たった今も、あの子はシルクのドレスとレースのついたペチコートで着飾って、わたくしの居間で、わたくしのお金で、パーティーをしているんですよ」

「彼女がパーティーの主宰者ということなら、たしかにあなたのお金を使ってということになりますな」バロー氏は落ち着き払っていた。「バロー＆スキップワース法律事務所は一切の責任を持ちません。これほどきれいさっぱり財産がなくなった人は見たこともないですよ。クルー大尉はうちの請求書にも支払いをせずに亡くなったのです。しかも、高額の請求書にね」

ミンチン先生はますます怒りを募らせながら、戸口から引き返してきた。こんなひどいことが起きるとは、夢にも思っていなかったのだ。

「こっちだって同じですよ！」ミンチン先生は叫んだ。「支払っていただけると思い込んでいたので、あの子のためにありとあらゆる馬鹿げた出費をしてきたんです。あの馬鹿げた人形の代金も、人形の馬鹿げた派手な衣装の代金も、わたくしが払いました。あの子には望むものを何でも与えるようにと言われてましたからね。馬車も子馬もメイドも持っていて、最後の小切手が来たあとは、わたくしがすべて立て替えてきたんです」

バロー氏は自分の事務所の立場を明らかにし、事実だけを淡々と告げたあとは、ミンチン先生の嘆きをここでぐずぐず聞くつもりはなかった。腹を立てた寄宿学校の校長になど、これっぽっちも同情は感じていないようだった。

「今後は一切支払わないことですね、先生」彼は意見を述べた。「あのお嬢さんにプレゼントをしたいのでなければ。そんなことをしても見返りはないでしょうが。なにしろ、あの子には、自分の資産と言えるものはまったくないんですから」

「だけど、これからどうしたらいいですか？」ミンチン先生は、この件をきちんと解決するのはバロー氏の義務だと言わんばかりだった。「わたくしはどうしたらいいんですか？」

「どうしようもありませんね」バロー氏は眼鏡をはずしてたたみ、ポケットにしまった。「クルー大尉は亡くなった。遺された子供は文無しになった。誰もあの子に責任はありません、あなたを除いては」

「わたくしに責任なんてありませんし、責任を押しつけられるのはごめんです！」

ミンチン先生は怒りのあまり蒼白《そうはく》になっていた。

バロー氏は帰ろうとして背中を向けた。

「わたしには一切の関係がありませんので、先生」冷淡に言った。「バロー&スキップワース法律事務所には責任がありません。むろん、こういう事態になったことは、大変お気の毒に思いますが」

「あの子をわたくしに押しつけられるとお考えなら、大まちがいですよ」ミンチン先生は荒い息をつきながら言った。「こっちはだまされ、大損をしたのです。あんな子、通りに放り出してやります！」

これほど激高していなかったら、ミンチン先生も、もう少し言葉に気をつけただろう。しかし、贅沢三昧《ぜいたくざんまい》で育てられた子供を押しつけられたことがわかり、しかも、その子のことをずっと嫌っていたので、自制心をすっかり失ったのだった。

バロー氏は平然としてドアに向かった。

「わたしならそうはしないでしょうな、先生」彼は言った。「世間体が悪いですから。学校にまつわる不愉快な噂も立つでしょうしね。身よりのない文無しの生徒が追い出されたとあっては」

バロー氏は頭の切れるビジネスマンでもあったので、あえてこういうふうに言ったのだった。ミンチン先生も経営者である以上、抜け目なく状況を把握するだろうと読んでいた。冷酷で血も涙もない人間だと世間に噂されるような真似は、わざわざしないだろう。

「ここに置いてやって利用すればいいんですよ」バロー氏はつけ加えた。「どうやら、利口な子供のようだ。大きくなれば、かなり役に立つようになるでしょう」

「大きくなる前に、たっぷりとり返しますよ！」ミンチン先生は叫んだ。

「あなたならそうするでしょうな、先生」バロー氏は皮肉っぽい笑みを浮かべた。「きっと、そうにちがいない。では失礼！」

弁護士はお辞儀をすると出ていき、ドアを閉めた。ミンチン先生はしばらくそこに立ち尽くしたまま、ドアをにらみつけていた。バロー氏が言ったことは的を射ていた。誰も弁償してくれないのだ。自慢の生徒は跡形もなく消え、あとには身寄りもお金もない女の子だけが残された。立て替えたお金はもはや取り戻すすべがなかった。

被害者意識で息もできずに立っていると、自分の居間からにぎやかな声が聞こえてきた。あの部屋をお祝いのために開放したのだった。せめてあれだけでも止めさせよう。

戸口に向かいかけたとき、ドアが開いてミス・アメリアが入ってきた。しかし、ミンチン先生がさっきまでとは打って変わって憤怒《ふんぬ》の形相をしているのを見て、ミス・アメリアは驚いてあとずさりした。

「ど、どうかしたの、姉さん？」ミス・アメリアは叫んだ。

それに答えたミンチン先生の口調は荒々しかった。

「セーラ・クルーはどこ？」

ミス・アメリアはとまどった。

「セーラ！」口ごもりながら言った。「あの、ええ、もちろん、みんなといっしょに姉さんの部屋にいますけど……」

「あの子の贅沢三昧の衣装の中に黒い服はあったかしら？」苦々しく皮肉な口調だった。

「黒い服？」ミス・アメリアはまた口ごもった。「黒ですって？」

「あの子、ありとあらゆる色の服を持っているでしょ。黒はあった？」

ミス・アメリアの顔がみるみる青ざめていった。

「いいえ――ああ、あるわ！　だけど、もう小さくなってしまって。黒のベルベットが一枚だけあるにはあるけれど、背が伸びたから小さくなってしまったの」

「行って、あの馬鹿げたピンクの絹のドレスを脱いで、短かろうとなんだろうと、その黒い服を着るように伝えて。きれいな衣装はもうおしまいよ！」

とたんにミス・アメリアはぽっちゃりした両手を握りしめて、泣きだした。

「ああ、姉さん！」しゃくりあげた。「ああ、姉さん！　いったい何が起きたの？」

ミンチン先生は遠回しな言い方はしなかった。

「クルー大尉が亡くなったのよ。一ペニーも遺さずにね。あの甘やかされた贅沢な空想にふけってばかりの子供は、文無しになって、わたしの手に残されたのよ」

ミス・アメリアは手近の椅子にどさりとすわりこんだ。

「あの子のために、くだらないものに何百ポンドも払ってきたのよ。そのうち一ペニーだって取り戻せないでしょうよ。あのくだらないパーティーは中止させて。行って、ただちにあの子に服を着替えさせてちょうだい」

「わたしが？」ミス・アメリアは息をのんだ。「い、今、行かなくちゃいけない？」

「今すぐよ！」怒り狂った返事が飛んできた。「まぬけね、ぼうっとすわってないで、さっさと行きなさい！」

哀れなミス・アメリアはまぬけと呼ばれることに慣れていた。実際、自分がまぬけだということも自覚していたし、まぬけには不愉快な仕事がいろいろと押しつけられることも承知していた。それにしても、楽しんでいる子供たちのいる部屋にずかずか入っていき、パーティーの主宰者に、あなたは突然、父親が死んで文無しになったから、二階に行って小さくなった古い黒い服を着なさい、と告げるなんて、ひどく気まずかった。しかし、やらねばならない。とうてい、あれこれ質問できるような雰囲気ではなかった。ミス・アメリアはハンカチでごしごし目をこすって、赤くした。それから立ち上がると、それ以上ひとことも言わずに部屋を出ていった。姉が今みたいな剣幕でしゃべっているときは、口答えせずに命令に従うのがいちばん賢明なのだ。かたやミンチン先生は部屋を歩き回りはじめた。そうしながら、自分でも気づかずに、ひとりごとを言っていた。この一年、ダイヤモンド鉱山の話はさまざまな可能性をもたらしてくれると思い込んでいた。自分のような一介の学校経営者であっても、鉱山所有者の援助があれば、一株でひと財産作れるかもしれない。ところが、儲《もう》けを期待するどころか、損失のことをうじうじ振り返る羽目になってしまった。

「公女セーラさまがきいてあきれるわ！」ミンチン先生は言った。「あの子ときたら、女王さまみたいに甘やかされ放題だったのよ」

そう言って、ぷりぷりしながら隅のテーブルのわきを通りかかったとき、テーブルクロスの下から大きなすすり泣く声がしたので、ぎくりとして足を止めた。

「何なの！」ミンチン先生は怒って叫んだ。またもや、大きなしゃくりあげる声が聞こえた。ミンチン先生はかがみこんで、垂れ下がっているテーブルクロスをめくった。

「よくもまあ！」ミンチン先生は叫んだ。「なんてこと！　さっさと出てきなさい！」

這《は》い出してきたのは哀れなベッキーだった。キャップは片側にずれ、泣くのを我慢していたせいで顔は真っ赤だった。

「す、すんません、あたしです、先生」ベッキーは釈明した。「いけないってわかってたんですけど、おにんぎょを見てたら、そのお、先生が入ってらしたもんで、怖くなっちゃって。そんで、テーブルの下に隠れてました」

「ここで、ずっと盗み聞きをしていたのね」

「いえ、いえ、先生」ベッキーはぺこぺこ頭を下げながら弁解した。「盗み聞きなんて、とんでもないです――気づかれずにこっそり出ていけるかなって思ってただけで。でも出ていけなかったんで、ここにいるしかなくて。けど、盗み聞きなんてしてません、先生――そんなつもりは全然なかったんです。ただ、聞こえちゃっただけで」

突然、目の前の恐ろしい女性を怖がる気持ちが吹っ飛んでしまったかのように、ベッキーはおいおい泣きだした。

「ああ、お願いです」ベッキーは言った。「あたしはこっぴどく叱られてもかまわないです――だけんど、セーラお嬢さまがとってもかわいそうで。かわいそうでたまらなくて！」

「出ていきなさい！」ミンチン先生が命じた。

ベッキーはもう一度膝《ひざ》を曲げてお辞儀をしたが、涙がとめどなく頰を流れていた。

「は、はい、ただいま。でも、ああ、先生にお願いしてもいいですか？　セーラお嬢さまは――ずうっとお金持ちのお嬢さまだったから、身の回りのことを何から何までメイドに世話してもらってたんです。だのに、先生、メイドもなしで、これからどうなさるんでしょうか？　あのお、よろしければ、あたしが洗い物を片付けたあとで、お世話させてもらったらいけないでしょうかね？　お気の毒なお嬢さまの世話をお許しいただけるんなら、仕事はさっさと片付けますから。こんなお気の毒なことになっちゃって」ベッキーはいっそう激しく泣きじゃくった。「おかわいそうなセーラお嬢さま。公女さまって呼ばれてらしたってのに」

ベッキーの申し出のせいで、ミンチン先生はいっそう腹を立てた。こんな皿洗いのメイドまで、あの子の味方につくなんてもうたくさんだ。自分がこれまでずっとセーラのことを嫌っていたことを、今、ミンチン先生ははっきりと悟った。ミンチン先生はドンと足を踏みならした。

「だめよ、とんでもない。これからは自分のことは自分でやるのよ。そればかりか他人のお世話もしてもらうわ。さあ、すぐに部屋を出ていきなさい。さもないと、クビにするわよ」

ベッキーはエプロンで顔を覆って逃げ出した。部屋を走り出て、階段の下の洗い場に行った。そこで鍋《なべ》や釜《かま》の間にすわりこむと、胸が張り裂けそうなほど泣いた。「お話に出てくる人みたいだよ」ベッキーは涙にむせびながら思った。「お城を追い出された、あのかわいそうな王女さまたちとおんなじだ」

二、三時間後、ミンチン先生に呼ばれたセーラが先生の部屋に行くと、ミンチン先生はこれまで見たことがなかったほど冷たく無慈悲な表情を浮かべていた。

そのときにはすでに誕生パーティーは夢だったか、何年も前にあったこと、しかも別の女の子の身に起きたできごとだったかのように、セーラは感じていた。

パーティーが開かれたことを示すものは跡形もなくなっていた。教室の壁からヒイラギの花綱がはずされ、長椅子も机も元の位置に戻された。ミンチン先生の居間も、いつものとおりに見えた。ごちそうはひとつ残らず片付けられ、先生もふだんの服に着替えている。生徒たちもパーティードレスを脱ぐように命じられた。着替え終わると教室に戻り、数人ずつ集まってひそひそ話をしたり、興奮してあれこれしゃべりあったりしていた。

「セーラにわたしの部屋に来るように伝えてちょうだい」ミンチン先生は妹に言いつけた。「それから、泣いたり騒いだりのみっともない真似はしないようにと、きっぱり言っておいてね」

「姉さん」ミス・アメリアはそれに対して言った。「あの子は見たこともないほど変わってるわ。全然、騒いだりしなかったの。覚えていらっしゃるでしょ、クルー大尉がインドに帰ったときもそうだったこと。さっき何が起きたのか話したんだけど、その間じゅう、身じろぎもせずに立って、声ひとつ発さずに、じっとわたしを見ていたのよ。目がどんどん大きくなって、顔色はしだいに青ざめていったけど。話し終えると、しばらくそのままわたしを見つめているうちに、顎《あご》が震えだし、さっと背中を向け部屋から走り出て階段を上がっていったわ。何人かの子供たちは泣きだしたけど、あの子にはその声は聞こえなかったようだったし、わたしの言っていることしか耳に入っていないようだった。何ひとつ返事をしないので、とても妙な気がしたわ。思いがけないことを突然聞かされたら、ふつう何か言いそうなものでしょ。どんなことであれ」

セーラが階段を駆け上がり、部屋のドアを閉めたあとのことは、本人以外に知る者はいなかった。実を言うと、セーラは、「お父さまが亡くなった！　わたしのお父さまが亡くなった！」と自分でも聞いたことのないような声で何度も繰り返しながら、部屋を行ったり来たりしていたこと以外、ほとんど何も覚えていなかった。

椅子にすわってじっとこちらを見ているエミリーの前で一度だけ足を止めたときは、「エミリー！　聞こえてる？　聞こえてるの？　お父さまが亡くなったのよ。インドで亡くなったの――何千キロも離れたインドで」と叫んだ。

呼ばれてミンチン先生の居間に入っていったとき、セーラの顔は青白く、目の下には隈《くま》ができていた。これまでどれだけ苦しんだか、そして今も苦しんでいるかを決して外に出すまいとしているかのように、唇をぎゅっと結んでいる。飾りつけされた教室で、薔薇色《ばらいろ》の蝶《ちょう》さながら、こちらの贈り物からあちらの贈り物へと飛び回っていた女の子とは別人のようだった。今の彼女は異様でわびしげな薄気味悪いような姿をしていた。

マリエットの手を借りずに、しまいこまれていた黒いベルベットの服を着ていた。服の丈は短すぎるし、きつく、短いスカートの下からにゅっと突き出た脚は棒のように細かった。黒いリボンが見つからなかったので、豊かな短い黒髪はくしゃくしゃになって顔に垂れかかり、顔の青白さがいっそう際だっている。片腕にエミリーをきつく抱きしめていたが、エミリーは黒い布でくるまれていた。

「お人形を置きなさい」ミンチン先生が言った。「そんなものをここに持ってくるなんて、どういうつもりなんですか？」

「いやです。この子はかたときも離しません。わたしにはこの子しかいないんです。お父さまがこの子をくださったんですもの」

ミンチン先生はセーラと話すと、いつも居心地が悪くなったが、今もそうだった。無作法な話し方ではなく、少しもたじろがない凜《りん》とした態度をとられると、ミンチン先生は答えに窮した。おそらく自分のしていることが、冷酷で人情味のないことだと承知しているせいだったのかもしれない。

「今後は人形遊びをしている時間はありませんよ。これからは仕事をして、心を入れ替え、役に立つ人間にならねばならないからです」

セーラは大きな風変わりな目でじっとミンチン先生を見つめていたが、何も言わなかった。

「今後はすべてが変わるでしょう」ミンチン先生は言葉を続けた。「その件については、ミス・アメリアから説明したと思いますが」

「はい。お父さまが亡くなって、お金をまったく遺《のこ》さなかった。それで、わたしがとても貧しくなったと聞きました」

「あなたは文無しなのよ」それが意味することを思うと、ミンチン先生はふつふつと怒りが沸き上がってきた。「どうやら、あなたには身寄りもないし、家もなく、世話をしてくれる人も誰もいないみたいね」

一瞬、やつれた青白い顔がひきつったが、セーラはやはりひとことも発しなかった。

「何をじろじろ見ているの？」ミンチン先生が声を荒らげた。「どういうことかわからないほど馬鹿だっていうの？　あなたは世の中でひとりぼっちで、あなたを気にかけてくれる人なんて誰もいないって言ってるのよ。わたくしがお情けでここに置いてあげなければね」

「わかっています」セーラは低い声で答えた。それから、喉《のど》にせりあげてきたものを飲みこむような音がした。「わかっています」

「その人形だけど」ミンチン先生は近くの椅子に置かれた見事な誕生日プレゼントの方を指さした。「その馬鹿げた人形はね、途方もない贅沢《ぜいたく》な衣装ともども、わたくしが請求書の支払いをしたんですよ！」

セーラは椅子の方を見やった。

「最後のお人形。最後のお人形」その悲哀のこもった小さな声は異様に響いた。

「最後のお人形ね、まさにね！　ただし、これはわたくしのものです、あなたのじゃない。あなたの持ち物はすべて、わたくしのものです」

「じゃあ、どうか持っていってください。わたしはいりませんから」セーラは言った。

セーラが泣きわめいたり、めそめそ涙を流したり、怯《おび》えている様子を見せたりしたら、ミンチン先生ももっと辛抱強くなれたかもしれない。ミンチン先生は相手を支配することによって自分の力を実感したがる人間だったので、セーラの青ざめた毅《き》然《ぜん》とした顔を目にし、誇り高い小さな声を聞いていると、自分の権力が無視されているような気がしてきた。

「お高くとまるのはやめなさい」ミンチン先生はきつい声を出した。「今はそんな身分じゃないのよ。あなたはもう公女さまじゃない。馬車も子馬も処分するし、メイドには暇を出します。今後は飾り気のない古い服を着るように。贅沢な服はあなたには分不相応ですからね。ベッキーと同じよ。生活のために働かなくてはならないわ」

ミンチン先生が驚いたことに、それを聞いてセーラの目がかすかに輝いた。ほっとしたかのように。

「働けるんですか？　働けるなら、平気です。何をすればいいですか？」

「言われたことを何でもするんです」という答えだった。「あなたは賢い子だし頭の回転も速いから、役に立つようなら、ここに置いてあげます。フランス語が上手だから、小さい子たちの勉強を見てあげられるでしょう」

「よろしいんですか？」セーラは弾んだ声をあげた。「ああ、どうかやらせてください。

教えられると思います。わたし、あの子たちが好きだし、あの子たちにもなつかれていますから」

「好かれているだのなんのという、たわごとはけっこうです。あなたの仕事は小さい子たちに教えるだけじゃありませんよ。お使いをしたり、教室だけじゃなくて台所の手伝いもしてもらいます。働きぶりがわたくしの気に入らなければ、出ていってもらいますからね。そのことを忘れないように。では、行きなさい」

セーラは立ったまま、ちょっとの間、ミンチン先生を見つめていた。心の奥底で、これまで無縁だった感情が湧き上がるのを感じた。それから背中を向けて部屋を出ていこうとした。

「待ちなさい！」ミンチン先生が言った。「わたくしにお礼を言わないつもり？」

セーラは足を止めた。とたんに、心の奥によどんでいたさっきの思いが、どっと胸にこみあげてきた。

「何に対してでしょうか？」セーラはたずねた。

「あなたにしてあげた、わたくしの親切に対してですよ。親切にも、あなたに家を与えてあげるのですから」

セーラは二、三歩、先生の方に近づいた。やせた胸が大きく波打ち、セーラは子供らしくない奇妙な猛々《たけだけ》しい口調で言った。

「あなたは親切なんかじゃありません。これは親切じゃありません。それに、ここは家じゃないです」そして、さっときびすを返すと、部屋を走り出ていった。ミンチン先生は引き留めることもできず、ただ怒りに凍りつきセーラの後ろ姿をにらみつけていた。

セーラはのろのろと階段を上がっていったが、息づかいは荒く、きつくエミリーを抱きしめていた。

自分の部屋に行き、虎の毛皮に寝そべり、大きな頭に頬を押しつけ、暖炉の火を見つめながら、じっくりと考えてみるつもりだった。だが、踊り場にたどり着く前に、ミス・アメリアが部屋から現れてドアを閉めると、その前に立ちふさがった。気まずいのか、困ったような顔をしている。姉に命じられてやったことを、実は心中ひそかに恥じていたのだ。

「あの、ここにはもう入れないの」ミス・アメリアは言った。

「入れない？」セーラは叫んで、一歩あとずさった。

「そこはもうあなたの部屋じゃないのよ」ミス・アメリアは少し顔を赤らめながら答えた。

なぜかセーラはすぐに理解した。ミンチン先生が言っていたすべてが変わるということ、これはその最初の一歩なのだ。

「わたしの部屋はどこですか？」声が震えないように祈りながら、セーラはたずねた。

「ベッキーの隣の屋根裏部屋で眠ることになるわ」

セーラはそれがどこにあるのか知っていた。ベッキーから聞いていたからだ。くるっと背中を向けると、さらに二階分の階段を上がっていった。最後の階段は狭く、古くすり切れた絨毯《じゅうたん》を細長く切ったものが敷かれている。もはや自分とは思えない別の女の子が住んでいた世界を後にして、遠い場所へ踏みこんでいくような気がした。きつくなったつんつるてんの古い服を着て、屋根裏への階段を上がっていく女の子は、あの子とはまったくの別人だった。

屋根裏のドアまでたどり着いてそれを開けたとたん、惨めさに胸がぎゅっとしめつけられた。それから閉めたドアに寄りかかって、室内を見回した。

たしかに、ここは別世界だった。斜めの天井と白い漆喰《しっくい》壁。漆喰は薄汚れて、ところどころはげ落ちていた。錆《さび》ついた暖炉の火格子と古い鉄製のベッド。その硬いベッドには色あせたカバーがかかっている。古くなって下の部屋では使えなくなった家具が、ここに運ばれてきたようだった。屋根の天窓からは、どんよりした灰色の四角い空がのぞいているだけで、窓の下には使い古された足置き台が置かれていた。セーラはそこに行って腰をかけた。セーラはめったに泣かない子だった。そのときも泣かなかった。エミリーを膝《ひざ》にのせ、その体を抱きしめて顔を押しつけると、動かなくなった。黒い布に突っ伏した黒髪の小さな頭は、ひとことも発さず、物音ひとつ立てなかった。

こうして静寂の中ですわっていたとき、ドアをそっとノックする音がした。とても小さな控えめなノックだったので、最初は聞こえなかった。だから、ドアがそろそろと押し開けられ、涙に汚れた哀れな顔がのぞいたとき、ようやくセーラは体を起こした。そこに見えたのはベッキーの顔で、何時間もこっそり泣いていて台所用エプロンで目をこすったものだから、ひどい有様だった。

「ああ、お嬢さま」ベッキーは声をひそめて言った。「あの、ちょっとだけ入ってもいいでしょうか？」

セーラは顔を上げて、ベッキーを見た。どうにか笑顔を取り繕おうとしたができなかった。慈しみと悲しみをたたえた涙でいっぱいのベッキーの目には、これまで年の割に大人びていたセーラの顔がふいに子供っぽくなったように見えた。セーラは片手を差しのべると、小さくしゃくりあげた。

「ああ、ベッキー。わたしたちは同じだって言ったわよね、どちらもただの女の子だって。ただの二人の女の子だって。そのとおりだってわかったでしょ。わたしたち、同じなのよ。わたしはもう公女じゃないんですもの」

ベッキーはセーラに走り寄った。その手をとって胸にあてがい、かたわらにひざまずくと、セーラの苦しみを思いやって泣きじゃくった。

「い、いいえ、お嬢さまはやっぱし公女さまです」ベッキーは泣きながら、途切れ途切れに言葉を続けた。「何があったって——ど、どんなことになっても、お嬢さまはやっぱし——公女さまですって。それ以外のもんになんて、絶対なるわけないんです」

8　屋根裏部屋で

屋根裏部屋で過ごした最初の夜のことをセーラは絶対に忘れなかった。夜の間じゅう、セーラは子供にはふさわしくないような、狂おしいほどの悲嘆に暮れて過ごしたのだった。そのことはとうとう周囲の誰にも話さなかったし、たとえ話しても、誰にも理解できなかっただろう。眠れぬまま暗闇で横たわっていると、ときどき、どこかで気味の悪い物音がしてぎくりとした。それに幼い肉体にとって快適な環境が奪われたことはつらかったが、そういうことに意識が向いたのは、かえって彼女にとって幸いだったのだろう。さもなければ幼い心の苦悩があまりにも大きく、子供には耐えられなかったかもしれない。しかし実際には、夜が更けていく間セーラはそもそも自分に肉体があることすら忘れていたし、たったひとつのことしか考えられなかった。

「お父さまが亡くなった！」何度も何度もつぶやいた。「お父さまが亡くなった！」

他のさまざまなことに気づいたのは、かなりたってからだった。ベッドがとても硬くて、何度も寝返りを打って、少しでも寝心地がましな場所を見つけねばならないこと、これまで経験したことがないほど濃い闇であること、煙突が立ち並ぶ屋根を何かがむせび泣いているかのように風が吹き抜けていくこと。さらに、もっと恐ろしいことがあった。壁と幅木の裏でカサコソ、ガリガリ、チューチューという音が聞こえてきたのだ。ベッキーから話を聞いていたので、その正体はすぐに察しがついた。ネズミたちが互いに取っ組み合ったり遊んだりしている物音なのだ。一度か二度、鋭い爪先《つまさき》が床をすばやく走っていく音も聞こえた。最初にその音を聞いたときは、ベッドから飛び起きて、すわったまま震えていた。それからまた横になると、頭の上まで上掛けを引っ張り上げた。だいぶ後になってから、あれこれ思い返せるようになると、そのときの恐怖をよく思い出したものだ。

生活の変化はじょじょにではなく、いきなり起きた。

「これからこういう生活が続くのだから、すぐに始めさせないと」ミンチン先生はミス・アメリアに告げた。「やるべきことを、ただちに教えこんでちょうだい」

マリエットは翌朝、学校を去った。セーラはかつての自分の居間の前をたまたま通りかかって開いたドアからのぞいてみると、何もかもが変わっていた。セーラの装飾品や贅沢《ぜいたく》な品々は運び去られ、新しい生徒の寝室にするために、ベッドが隅に運びこまれていた。

朝食に階下に行ってみると、ミンチン先生の隣の以前の自分の席にはラヴィニアがすわっていて、ミンチン先生は冷ややかにこう告げた。

「さっそく新しい仕事をしてもらうわよ、セーラ。小さなテーブルで小さい子たちといっしょにすわりなさい。みんなを静かにさせ、お行儀よくさせ、食べ物を粗末にしないように目を配ってちょうだい。もっと早く下りてきてもらわないとね。ロッティはもうお茶をひっくり返してしまったわ」

それは序の口で、日を追うごとに仕事はどんどん増えていった。小さな子供たちにフランス語を教え、他の科目の手伝いもしてやったが、それは仕事のうちでもいちばん楽なものだった。どんなことをさせてもセーラは役に立つことがわかると、いつだろうと、どんな天候だろうと、お使いに出された。他の使用人がやらなかった仕事を言いつけられることもあった。コックやメイドたちはミンチン先生の物言いを真似したし、長い間ちやほやされてきた〝小娘〟を顎《あご》で使うことを楽しんでもいた。使用人たちは上等とは言えない人間だったので、無作法で気立ても悪く、自分の失敗の責任をなすりつける相手が手近にいるのは好都合だと考えていた。

最初のひと月かふた月は、言われたことを進んで一生懸命やり、小言も黙って聞いていれば、自分をこき使う人たちの心も和らぐのではないかとセーラは思っていた。誇り高い心の中には、働いて食い扶持《ぶち》を稼いでいて、お情けを受けているわけではないことを知ってもらいたい、という気持ちもあった。しかし、まもなく、この人たちがやさしくなるなどということはありえない、と思い知った。しかも、セーラが言われたことを進んでやればやるほど、ずさんなメイドはますます横暴で厳しくなり、口うるさいコックは事あるごとに文句をつけるようになった。

もっとセーラが大きかったら、ミンチン先生は年上の生徒たちも教えさせ、教師を一人解雇して経費を節約しただろう。しかしセーラがまだ子供で、いかにも子供に見える間は、役に立つ使い走りや何でも屋のメイドにしておく方が利用価値があった。ありふれた使い走りの少年はこれほど頭が切れないし、信用もできない。だがセーラなら、むずかしい仕事やこみいった言付けも安心して任せられた。セーラは請求書の支払いに行かせることもできたし、そうした能力ばかりか、部屋を掃除し、整理整頓《せいとん》をすることもちゃんとできた。

セーラ自身の勉強は、もはや過去のことになっていた。何ひとつ教えてもらえないので、みんなの言いつけであちこち走り回って長く忙しい一日を過ごした後で、誰もいない教室に行き、古い教科書を積み上げて独学で勉強することだけがかろうじて認められていた。

「習ったことを復習しておかないと、忘れてしまうかもしれないわ」セーラは心の中で思った。「今のわたしは皿洗いのメイド同然だし、知識がなくなったら、かわいそうなベッキーと同じになってしまう。そのうち何もかも忘れて、訛《なま》りのある英語をしゃべり、ヘンリー八世には六人のお妃《きさき》がいたことも忘れてしまうのかしら」

新しい生活でいちばん妙だったのは、生徒たちの中でセーラの立場が変わったことだった。かつては王族のような存在だったのに、いまや生徒の一人にも数えられていないように思われた。常に仕事に追われていたので、生徒の誰かと話をする機会すらほとんどなかった。それに、ミンチン先生がセーラには生徒たちと距離を置いて暮らしてもらいたいと考えていることには、いやでも気づいていた。

「あの子が他の子供たちと親しくして、おしゃべりするのは黙認できない」ミンチン先生は妹に言った。「女の子は愚痴が好きだから、もしもセーラが自分の身の上についてお涙ちょうだいの物語を聞かせたら、あの子は虐待されているヒロインってことになりかねない。保護者にまちがった印象を与えてしまう。生徒たちとは交わらず、今の境遇にふさわしい生活をさせた方がいいわ。そこまでする義務もないのに、こっちは住むところを提供してあげているんだし、それだけで十分すぎるほどよ」

セーラは特別な計らいを求めていなかった。それに、自尊心があったので、自分に対して気まずさを感じ、どう接していいのか困っているような女の子たちと、これまでどおりつきあっていきたいとは思わなかった。だいたい、この学校の生徒たちは頭の鈍い平凡な女の子たちばかりで、裕福で快適な暮らしに慣れきっていた。セーラの服がますますつんつるてんになり、みすぼらしく、みっともなくなり、靴にはいつも穴が開いているうえ、コックが急に何か必要になると食料品店にお使いに出され、腕に籠《かご》をぶらさげては通りを戻ってくるようになると、セーラに話しかけるときもまるで下働きのメイドを相手にしているような口調になった。

「あの子がダイヤモンド鉱山の持ち主だったなんてねえ」ラヴィニアは小馬鹿にした。「なんてみっともない姿かしら。おまけにますますみすぼらしくなってるわね。これまでも気に食わないと思ってたけど、最近、黙りこくって人のことをじろじろ見ている態度には、ほんと我慢できないわ。まるで何か探り出そうとしているみたいじゃないの」「そのとおりよ」それを聞きつけると、すぐさまセーラは言い返した。「そのために、人のことを観察しているの。その人たちのことを知りたいから。そして、あとからあれこれ考えるの」

実は、ラヴィニアから目を離さずにいたおかげで、何度か不愉快な目に遭わずにすんだ。というのも、ラヴィニアはセーラを困らせてやろうと手ぐすねを引いていたからだ。ちやほやされていた生徒を笑いものにできたら、ラヴィニアはさぞかしご満悦だっただろう。

セーラ自身は人を困らせたり、嫌な思いをさせたりすることはなかった。下働きのメイドと同じように働き、雨の通りを歩いて包みや籠を運んだ。小さな子供たちのフランス語の授業では、注意力散漫な子供たちを相手に骨を折った。身なりがどんどん粗末で惨めな様子になると、地下で食事をとるように言われた。セーラは取るに足らぬ存在として扱われるようになり、それにつれて自尊心はいっそう強くなり、心はさらに傷ついた。しかし、その思いは誰にも打ち明けなかった。

「兵隊さんだって文句は言わないもの」小さな歯を食いしばりながら、セーラはよくそうつぶやいた。「わたしも不平は言わないわ。戦場に出ているんだと思おう」

しかし、ときどき寂しさに胸が張り裂けそうになることもあった。もしも三人の友達がいなかったら、苦難に耐えられなかっただろう。

一人目は当然ながら、ベッキーだった。屋根裏部屋で最初の夜を過ごしていたとき、ネズミが走り回ってチューチュー鳴いている壁の向こう側に、もう一人の女の子がいるとわかっているだけで、セーラはなんとなく慰められた。そして、いくつもの夜を過ごすうちに、ますますそのことに癒《い》やされ、力づけられるようになった。昼間はベッキーと言葉を交わす暇はほとんどなかった。それぞれにこなさなくてはならない仕事を抱えていたし、おしゃべりをしていようものなら怠けて時間をむだにしていると叱責《しっせき》されてしまう。

「ていねいな口をきかなくても、悪く思わんでくださいね、お嬢さま」最初の朝にベッキーがささやいた。「そんなことしたら、二人とも叱られちゃいますから。でも、あたしはどうぞとか、ありがとうとか、失礼しますとかの気持ち、ちゃあんとこめてます。ただ、言ってる暇がないだけで」

しかし、夜が明ける前に、ベッキーはこっそりセーラの部屋に忍んできて、服のボタンをかけたり、その他の身支度に必要な手伝いをしてから、台所の火をおこしに下りていった。そして、夜になると、セーラはいつもドアがそっとノックされるのを聞いた。それはご用があれば、あたしがお手伝いしますよ、という意味だった。悲嘆に暮れていた最初の数週間、セーラは茫然《ぼうぜん》としていて話をする気力がなかったので、ベッキーと頻繁に会い、訪問しあうようになったのは、しばらく時間がたってからだった。ベッキーの方も、つらいときは一人にしておいてあげる方がいい、と直感でわかっていた。

慰めを与えてくれた二人目の友達はアーメンガードだったが、アーメンガードがそういう存在になるまでには何度か波風が立った。

セーラが少しずつ立ち直ってきて周囲のことが見えるようになったとき、アーメンガードという人がこの世にいることをすっかり忘れていたのに気づいた。二人はずっと友達だったが、セーラは自分の方が年上のような気がしていた。アーメンガードはやさしい子だったが、勉強が苦手なことは否めず、天真爛漫《てんしんらんまん》な子供のようにセーラにすっかり頼りきっていた。いつも課題を持ってきては手伝ってもらった。セーラのひとことひとことに熱心に耳を傾け、お話をして、とねだった。ただし、自分ではおもしろい話はひとつもできず、あらゆる種類の本を毛嫌いしていた。ようするに、アーメンガードは大きな不幸に巻きこまれたときに頼れるような友達ではなかった。

たまたまその頃、アーメンガードも急に家に呼び戻されて二、三週間いなかったこともあり、うっかりその存在がセーラの頭から抜け落ちてしまっていた。アーメンガードは戻ってきても、セーラの姿を一日、二日、見かけなかった。屋根裏で暮らすようになったあとで初めて顔を合わせたのは、セーラが繕う服を山のように抱えて、地下に行こうと廊下を歩いていたときだった。セーラはすでに繕い物まで仕込まれていたのだ。セーラの顔は青ざめ、以前とは別人のようで、みっともないつんつるてんの服から、黒い靴下をはいたやせた脚がにゅっと突き出していた。

アーメンガードは、こういう状況にうまく対応できるような気のきく少女ではない。

セーラに何と声をかけたらいいのか、まったくわからなかった。セーラの身に起きたことは聞いていたが、こんな姿だとは予想もしていなかったのだ——こんなにみすぼらしく貧乏くさく、まるで使用人みたいだとは。そのせいで、とても惨めな気持ちになったアーメンガードは、動揺した笑い声をあげると、よく考えもせずに無意味なことを叫んだ。「あら、セーラ、あなただったのね！」

「ええ」セーラは答えたが、これまで考えたことのなかった思いがふと頭に浮かび、顔が赤くなった。

セーラは大量の服を抱え、その山がくずれないようにてっぺんを顎《あご》で押さえていた。まっすぐ前を見つめるセーラのまなざしの何かが、アーメンガードをいっそううろたえさせた。アーメンガードは、セーラがまったく別人になってしまったように、これまで友達だったことなどなかったかのように感じた。おそらくセーラが急に貧乏になって、繕い物をはじめベッキーのような仕事をする境遇になったせいなのだろう。

「あの」アーメンガードは口ごもった。「えっと——お元気？」

「さあ、どうかしら。あなたは？」

「あ、あたしは元気よ」アーメンガードはすっかりどぎまぎしてしまったが、ふと、もっと親しみのこもった言葉が浮かび、「あなた——あまり幸せじゃないんでしょ？」と口走っていた。

そのとき、セーラはアーメンガードを誤解した。傷ついた気持ちが胸にどっとあふれ、こんな馬鹿げたことを言う人はさっさとどこかに消えてほしいと感じたのだ。「どう思ってるの？　わたしがとても幸せだと思うの？」それきりひとことも言わずに、アーメンガードの前を通り過ぎるとどんどん歩いていった。

あまりに惨めだったせいでアーメンガードへの配慮を忘れてしまった、と気づいたのは、かなりたってからだった。察しの悪い哀れなアーメンガードが、気のきかないぶしつけなことを言っても責めるべきではないとわかっていたはずなのに。アーメンガードはいつも不器用で、それを意識すると、ますます、まぬけな振る舞いをしがちなのだ。

しかし、あのときふと頭をよぎった思いのせいで、セーラは過剰に反応してしまった。「アーメンガードも他の子と同じなんだ」とセーラは考えたのだった。「本当はわたしと話したくなんかないのよ。誰もわたしにしゃべりかけようとしないのを知ってるし」

というわけで、数週間は二人の間に壁ができていた。偶然会ってもセーラはすっと顔をそむけたので、アーメンガードは緊張し、とうてい話しかける勇気が出なかった。すれちがったときに会釈だけすることもあったが、挨拶《あいさつ》すら交わさないこともあった。

「アーメンガードがわたしと話したくないなら、できるだけ顔を合わさないようにしよう。ミンチン先生のせいで、そうするのは簡単だわ」

ミンチン先生がセーラを他の生徒と引き離そうとしていたこともあり、しまいにはお互いの姿を見かけることすらほとんどなくなった。その頃、アーメンガードは以前よりもさらにぼうっとして、無気力でふさぎこんでいるのが目につくようになった。窓下のベンチに背中を丸めてすわり、黙りこんで窓の外をよく眺めていた。あるとき通りかかったジェシーが足を止め、しげしげとアーメンガードを眺めた。

「なんで泣いているの、アーメンガード？」ジェシーはたずねた。

「泣いてないわよ」くぐもった震える声でアーメンガードは答えた。

「泣いてるでしょ。ほら、大きな涙の粒が鼻の脇を伝って鼻の先から落ちたわよ。あら、また」

「あのね」アーメンガードは言った。「あたし、悲しくてたまらないの。だからほっといて」それから、肉づきのいい背中を向けると、ハンカチを取り出し、これみよがしにそこに顔を埋《うず》めた。

その晩、セーラはいつもより遅く屋根裏部屋に戻ってきた。生徒たちの寝る時間が過ぎても仕事をさせられていたし、さらにその後、誰もいない教室で勉強をしていたのだった。階段の踊り場まで来ると、屋根裏部屋のドアの下から、かすかな光が漏れていたのでぎくっとした。

「わたし以外には上がってこないのに」セーラはすばやく考えた。「だけど、誰かが蠟《ろう》燭《そく》を灯《とも》している」

思ったとおり蠟燭に火がつけられていたが、蠟燭はセーラが使うことになっている台所用の蠟燭立てではなく、生徒が寝室で使う燭台《しょくだい》の上で燃えていた。そして、誰かが使い古した足置き台にすわり、寝間着姿で赤いショールにくるまっていた。アーメンガードだった。

「アーメンガード！」セーラは叫んだ。あまりびっくりして、怖くなったほどだ。「あなた、困ったことになるわよ」

アーメンガードは足置き台からよろよろと立ち上がると、ぶかぶかの寝室用スリッパをひきずりながら、近づいてきた。泣いたせいで、目も鼻もピンク色になっていた。

「もし見つかれば、叱られるってわかってるわ」アーメンガードは言った。「でも、いいの——全然気にしてない。ああ、セーラ、どうか教えて。いったいどうしちゃったの？　どうしてあたしのこと、嫌いになったの？」

その声を聞いて、セーラは懐かしさのあまり喉元《のどもと》に何かがせりあがってくるのを感じた。とても愛情のこもった素直な声。以前アーメンガードが〝親友〟になって、とセーラに頼んだときと同じ声だった。この何週間か、セーラが思い込んでいたような悪意はどこにも感じられなかった。

「あなたのことは大好きよ」セーラは答えた。「ただ、すべてが変わってしまったでしょ。だから——あなたも変わったと思ったの」

アーメンガードは涙のにじむ目を大きく見開いた。

「あら、変わっちゃったのはあなたじゃないの！」彼女は叫んだ。「あたしと口をききたくないみたいに見えたわ。あたし、どうしたらいいかわからなくて。家から戻ってきたら、あなたが変わってたんだわ」

セーラはちょっと考えてみて、自分がまちがっていたことを悟った。

「わたしは変わったの、でも、あなたが考えているようにじゃない」セーラは説明した。「ミンチン先生はわたしにみんなと話してほしくないの。それに、みんなだって、ほとんどの人たちが、わたしと話したがらない。てっきり、あなたも——同じだと思ったのよ。だから、あなたと顔を合わせないようにしていたの」

「まあ、セーラったら」アーメンガードは困惑と非難をこめて、すすり泣くような声で言った。それから二人はまた見つめ合い、気がついたときにはしっかりと抱き合っていた。セーラの小さな黒髪の頭はアーメンガードの赤いショールをかけた肩にしばらく押しつけられたままだった。アーメンガードに見捨てられたように感じたとき、セーラはぞっとするほど寂しかったのだ。

そのあと二人は床に並んですわった。セーラは両膝《りょうひざ》を抱え、アーメンガードはショールにくるまって。アーメンガードは独特の大きな目をした友の顔を尊敬のまなざしで見つめた。

「もう我慢できなかったの」アーメンガードは言った。「あなたはあたしがいなくても生きていけるわ、セーラ。だけど、あたしはあなたなしじゃ、だめなの。まるで死んだみたいだった。だから、今夜、布団をかぶってさんざん泣いたあとで、こっそりここに上がってきて、また友達になってちょうだいって頼もうと思ったの」

「あなたはわたしよりもずっといい人ね。わたしはプライドが高くて、自分から仲良くしたいなんて言えなかったもの。ほら、こういう試練が与えられると、わたしなんて、ちっともいい子じゃないってわかるでしょ。そうわかるのが不安だった。たぶん」セーラは額に皺《しわ》を寄せて考えこんだ。「それをわからせるために、試練が与えられたのよ」「試練なんて、ちっともいいことだと思えない」アーメンガードは譲らなかった。

「わたしもそう思うわ――正直に言うとね」セーラは率直に認めた。「だけど、たとえ今はわからなくても、どんな物事にもいいところがあるのかもしれない、って考えるようにしているの。もしかしたらミンチン先生にもいいところがあるかもって」あやふやな口調になった。

アーメンガードはこわごわとだったが、興味しんしんで屋根裏部屋を見回した。

「セーラ、ここで暮らすのに耐えられそう？」

セーラも部屋を見回した。

「ここがまったくちがう部屋だっていうつもりになれば、耐えられるわ」セーラは答えた。「さもなければ、物語の中に出てくる場所だって思うようにするの」

セーラはゆっくりと言葉を口にした。想像力が羽ばたきはじめていた。恐ろしいことが起きたあの日以来、想像力が働かなくなっていたのだ。まるで想像力まで麻痺《まひ》してしまったかのように。

「もっとひどいところで暮らしている人たちだっているわ。ディフ城の地下牢《ちかろう》に閉じこめられたモンテ・クリスト伯のことを考えてみて。それに、バスティーユの監獄にいた人たちだって！」

「バスティーユ」アーメンガードはつぶやくと、セーラをじっと見つめ、たちまちうっとりとなった。フランス革命の話を思い出したのだ。セーラがドラマチックな物語に仕立てて話してくれたので、しっかりと頭に刻まれていた。セーラ以外の誰も、そんなことはできなかっただろう。

再び、セーラの目に見慣れた輝きが宿った。

「そうね」セーラは膝《ひざ》を抱えた。「ここは〝つもり〟になるにはいい場所だわ。わたしはバスティーユ監獄に入れられた囚人。もう何年も何年もここにいる。みんな、わたしのことを忘れてしまった。ミンチン先生は看守で——ベッキーは」セーラはいっそう目をきらめかせた。「ベッキーも隣の牢獄の囚人なの」

アーメンガードの方を向いたセーラは、すっかり元のセーラに戻っていた。

「わたし、そのつもりになってみるわ。そうすれば、とっても慰めになるから」

アーメンガードはとても感心し、大喜びした。

「ねえ、あたしにそのお話をしてくれる？　大丈夫そうなときに、夜にまたこっそり上がって来るから、昼間に作ったお話、聞かせてもらえる？　これまでよりももっと〝親友〟って感じになれると思うわ」

「いいわよ」セーラはうなずいた。「〝逆境は友を試す〟って言うけど、わたしの逆境はあなたを試したのね。そして、どんなにいい人かを証明してくれたのよ」

9　メルキゼデク

最後の三人目の友人は、ロッティだった。ロッティはまだ幼かったので、〝逆境〟という言葉すら知らなかったし、お母さん代わりのセーラの様子ががらりと変わってしまったので、ひどくとまどっていた。セーラの身に変なことが起きたのは噂で聞いていたが、どうして外見まで変化したのかは理解できなかった。なぜ古い黒の服を着ているのか、教室に来るのは教えるためだけで、なぜ以前の優等生の席では勉強をしようとしないのか、そうした理由もわからなかった。やがて、エミリーが威厳たっぷりにすわっていた部屋にはもうセーラは住んでいない、ということが判明すると、小さい子たちの間でも、ひそひそ話がさかんにやりとりされた。ロッティの大きな悩みは、セーラに質問しても、ほとんど答えてもらえないことだった。まだ七つでは、謎めいたことははっきり説明してもらわなければとうてい理解できない。

「すごく貧乏になっちゃったの、セーラ?」セーラが小さい子のフランス語の授業を担当した最初の朝、ロッティはこっそりたずねた。「物乞《ものご》いみたいに貧乏なの?」ロッティはぽっちゃりした手をほっそりしたセーラの手に滑りこませ、涙で一杯の目を大きく見開いている。「セーラに物乞いみたいな貧乏になってほしくない」

ロッティは今にも泣きだしそうだった。そこでセーラはあわててなだめた。

「物乞いには住む家がないけど、わたしにはあるのよ」セーラは胸を張って言った。

「どこに住んでいるの？」ロッティは追及した。「セーラの部屋には新しい子が住んでいて、もうちっともきれいじゃないよ」

「別の部屋に住んでいるのよ」

「いいお部屋？　見に行きたいな」

「おしゃべりはやめて。ミンチン先生がこっちを見ているわ。あなたがひそひそ話をしていたら、わたしが叱られちゃう」

不始末があると、すべて自分のせいにされることをすでにセーラは知っていた。子供たちが注意力散漫でも、無駄口をきいても、落ち着きがなくても、叱られるのはセーラなのだ。

しかし、ロッティは簡単にあきらめようとしなかった。セーラが部屋を教えてくれないなら、どうにかして探りだすつもりだった。小さい仲間たちと話し、年上の生徒たちの間をうろついて、噂話に耳をそばだてた。そして、たまたまぽろっと口にされた情報を手がかりに、ある午後遅く、捜索に乗り出した。存在すら知らなかった階段を上っていき、ついに屋根裏までたどり着いた。そこにはふたつのドアが並んでいて、片方を開けてみると、セーラが古いテーブルの上に立って窓の外を眺めていた。

「セーラ！」ロッティはびっくりして叫んだ。「セーラお母さん！」屋根裏部屋はあまりにも殺風景で汚く、さいはての場所のように思えたので、ショックのあまり茫然《ぼうぜん》となった。ロッティの短い脚だと、ここまで何百段も階段を上ったような気がしていた。

ロッティの声にセーラは振り向いた。今度は、彼女がびっくりする番だった。これから何が起きる？　ロッティは泣きはじめ、万一それが聞かれたら二人ともおしまいだ。セーラはテーブルから飛び下りると、子供のところに走り寄った。

「お願いだから泣いたり、物音を立てたりしないで」セーラは必死になって頼んだ。「そんなことになったら、わたしが叱られるの。今日も朝からずっと叱られどおしだったのよ。あのね、ここはそんなに悪いお部屋じゃないのよ、ロッティ」

「そ、そうなの？」ロッティは言葉をのみこみ、周囲を見回して唇を噛《か》んだ。相変わらず甘やかされたわがままな子供だったが、代理のお母さんのセーラのことは大好きだったので、自分を抑えようとがんばった。そのうち、セーラが住んでいるところなら、どこでもすてきな場所になるのかもしれない、という気がしてきた。「どうしてそんなに悪くないの、セーラ？」ロッティはささやくようにたずねた。

　セーラはロッティをぎゅっと抱きしめ、笑おうとした。ぽっちゃりした子供の体の温《ぬく》もりは、心を癒《い》やしてくれた。あまりにもつらい一日を過ごしたので、涙でひりひりする目で窓の外を眺めていたところだったのだ。

「下の階からは見えない、いろいろなものが見られるのよ」セーラは言った。

「へえ、どんなもの？」ロッティは興味しんしんでたずねた。セーラと話していると、小さい子はもちろん大きな子さえも好奇心をかきたてられた。

「煙突がたくさん見える——すぐそばに煙突が立っていて、煙がもくもく出て、輪になったり雲みたいになったりしながら空に昇っていく。それからスズメがチョンチョン跳ねながら、人間みたいにおしゃべりしてる。それに他の屋根裏部屋の窓がたくさんあって、ひょいと誰かの頭がのぞくこともあるから、あれは誰かなあ、と想像をふくらませられるわ。しかも、とっても高いところにいる気がする——まるで別世界よ」

「わあ、あたしにも見せて！」ロッティは叫んだ。「抱っこして！」

セーラはロッティをテーブルにのせてやり、二人は屋根に四角く開けられた天窓の縁《へり》にもたれ外を眺めた。

こういうことをしたことのない人間には、どんなに世界がちがって見えるか、とうてい想像がつかないだろう。周囲に広がるスレート葺《ぶ》きの屋根は雨樋《あまどい》の方に傾斜していた。スズメたちはわが物顔でくつろぎ、さえずり、跳ね回っている。二羽はいちばん近い煙突のてっぺんにとまって激しくけんかをしていたが、とうとう一羽がもう一羽を突《つつ》いて追い払ってしまった。隣は空き家だったので、そこの天窓は閉まっていた。

「隣に誰か住んでいたらいいのにね」セーラは言った。「すぐそばだし、屋根裏に女の子が住んでいたら窓越しにおしゃべりできるし、もしかしたら屋根を伝って会いに行けるわ。落ちるのが怖くなければだけど」

空は通りから見るよりもずっと近く感じられ、ロッティはすっかり夢中になってしまった。立ち並ぶ煙突に囲まれて天窓から見ていると、眼下の地上で起きていることは現実ではないように感じられた。ミンチン先生やミス・アメリアや教室も存在していないような気がしたし、広場を行き交う馬車の車輪の音も、別の世界の物音のように聞こえた。

「ああ、セーラ！」ロッティはお母さん代わりのセーラの腕に抱かれながら叫んだ。「この屋根裏部屋、大好き——大好きよ！　下のお部屋よりも、ずっといいよね！」

「あのスズメをごらんなさい」セーラがささやいた。「パンくずがあればよかったわね、あの子に投げてあげられたから」

「あたし、持ってる！」ロッティが小さな歓声をあげた。「菓子パンの残りがポケットに入ってる。きのう、お小遣いで買ってちょっと残しておいたの」

二人がパンくずを投げてやると、スズメは驚き、隣の煙突のてっぺんに飛んでいってしまった。どうやら屋根裏の住人に親切にされることに慣れていないようで、いきなりパンくずが飛んできたので仰天したのだろう。しかし、ロッティがじっと動かずにいて、セーラがスズメそっくりにチッチッと低く声を出すと、自分を驚かせたものは実はもてなしだったのだと気づいたようだ。片側に首をかしげ、煙突の上からきらきら光る目でパンくずをじっと見つめている。ロッティはじりじりしてきた。

「ねえ、来るかな？　来るかな？」とささやいた。

「来たそうな目をしてるわね」セーラがささやき返した。「思い切って行こうかどうしようか迷っているのよ。ほら、来そうよ！　あ、来た！」

スズメはさっと飛んでくるとパンくずの方にチョンチョン近づいていったが、十センチほど手前で立ち止まり、また首を傾げた。セーラとロッティが大きな猫に変身して、飛びかかってくるんじゃないかと心配しているかのように。とうとう、二人は見かけよりも親切なようだと判断したらしく、ちょっとずつ跳ねながら近づいてくると、目にも留まらぬ速さでいちばん大きなパンくずにくちばしを伸ばし、さっとくわえて煙突の反対側に飛んでいった。

「これで、大丈夫ってわかったはず」セーラは言った。「だから、またパンくずを取りに戻ってくるわよ」

案の定、スズメは戻ってきた。おまけに友人まで連れてきた。友人は飛び去ると親戚《しんせき》を連れてきて、三羽はチイチイ、チュンチュンとにぎやかにさえずりながら、おいしいごちそうをたらふく食べた。ただし、ときおり食べるのを中断して、首を片側に傾げ、ロッティとセーラをじっと観察していた。ロッティは大喜びで、最初に屋根裏部屋を目にしたときのショックを忘れてしまった。それどころか、ロッティをテーブルから下ろしてあげ、いわばこちらの世界に戻ると、セーラはこの部屋の多くの美点をロッティに話してあげることさえできた。実はそういうことに、自分でもこれまで気づかなかったのだ。

「ここはとっても狭くて、かなり高い場所にあるから、まるで木の上の巣みたいに感じるわ。斜めになった天井もおもしろいでしょ。ほら、部屋のこっち側だと、頭がつかえてちゃんと立てない。それに夜が明けてくると、ベッドに寝たままで屋根の窓から空を見上げられる。そこだけ四角い光のツギが当たっているみたいなの。太陽が出ているときは、小さなピンクの雲がふわふわ流れていくから、手を伸ばせば雲に触れそうな気がする。雨のときは、雨粒が天窓をパタパタたたいて、まるでやさしく話しかけてくれるみたいなの。それからね、星が出ると、横になったまま四角い窓の中にいくつ星が瞬いているか数えてみるの。数えるのはとっても大変だけどね。それに部屋の隅のあの小さな火格子を見て。あれがぴかぴかに磨かれて、暖炉で火が燃えていたら、どんなにすてきかしら。ね、本当にきれいな小部屋でしょ」

セーラはロッティと手をつないで、狭い部屋の中を歩きまわりながら、自分が想像したありとあらゆる美しいもののことを言葉で描写してあげた。すると、ロッティにもそれが見えてきた。いつもロッティは、セーラが語って聞かせてくれるものなら信じることができた。

「そうそう、床には厚くてやわらかい青いインド製ラグを敷いてもいいわね。あの隅には小さなふかふかしたソファを置いて、寝そべれるようにクッションをいくつかのせて。そのすぐ隣には本がぎっしり詰まった書棚。そうすれば、簡単に手を伸ばして本をとれるでしょ。暖炉の前には毛皮のラグ。壁にはタペストリーをかけて漆喰《しっくい》を隠しましょう。それから絵も何枚かかけなくちゃ。小さい絵じゃないと無理だけど、美しいものがいいわ。それから濃い薔薇色《ばらいろ》のシェードがついたランプ。真ん中にはテーブルを置いて、お茶の道具をのせておくの。暖炉の中の棚では、小さな丸い銅のやかんがシュンシュン歌いながら蒸気をあげている。ベッドもまるっきりちがうものにしたいわね。やわらかくて、かわいらしいシルクの上掛けをかけて。さぞきれいでしょうね。それから、スズメを慣らして仲良くなれたら、窓のところにやって来てコツコツ突いて中に入れてくれ、ってせがむようになるかもしれないわ」

「わあ、セーラ！」ロッティは歓声をあげた。「あたし、ここに住みたい！」

そろそろ下に行くようにロッティを説得して、セーラは途中まで送っていった。それから屋根裏に戻ってきたセーラは、部屋の真ん中に立って、ぐるっと見回した。ロッティのために想像力で作りだした魔法は消えてしまっていた。ベッドは硬く、薄汚いベッドカバーがかかっている。漆喰塗りの壁はところどころはげていて、床は冷たくむきだしだ。火格子は壊れて錆《さび》つき、室内ですわれるものといえば、脚が一本折れて片側にかしいでいる古い足置き台だけ。しばらくそこにすわって、両手に顔を埋《うず》めていた。ロッティがやって来て、また去っていったことで、いっそうつらくなった。あたかも囚人が面会人の帰ったあとで取り残されたような気がして、いっそうわびしく感じるように。

「さびしい場所よね」セーラは言った。「ときどき、世界じゅうでいちばんさびしい場所だっていう気がする」

こうしてしばらくすわっていると、近くでかすかな音がした。どこから音がしたのだろうと思って、セーラははっと顔を上げた。セーラが臆病《おくびょう》な子供だったら、あわてて足置き台から飛びすさっていただろう。大きなネズミが後ろ足で立ち上がり、くんくんと熱心に匂いを嗅《か》いでいたのだ。ロッティのパンくずが少し床にこぼれていて、その匂いにつられて巣穴から出てきたようだ。ネズミの仕草がとても滑稽《こっけい》で、灰色の髭《ひげ》を生やした小人みたいだったので、セーラはまじまじと見つめた。ネズミもきらきら光る目で、物問いたげにセーラの方を見ている。その様子がとても不安そうだったので、いつものようにセーラはお得意の空想にふけりはじめた。

「ネズミに生まれると、さぞ大変でしょうね。誰からも好かれないし、みんな飛び上がって逃げだし、『きゃあ、やだ、ネズミよ！』って叫ぶ。わたしを見たとたん、『きゃあ、やだ、セーラよ！』って叫んで逃げられたり、ごちそうに見せかけて罠《わな》を仕掛けられたりしたら落ち込むでしょうね。スズメに生まれるのとは大ちがいだわ。だけど、このネズミはこの世に生まれ落ちるときに、ネズミになりたいかどうか、誰にも聞かれなかったのよね。誰にも『おまえはスズメの方がいいかね？』なんて聞かれなかった」

セーラがじっと静かにすわっていたので、ネズミは勇気を奮い起こしたようだった。セーラのことはとても怖がっていたが、たぶんスズメと同じように、セーラは飛びかかってきたりしないと感じたのだろう。それにとても空腹だった。壁の巣穴には奥さんと大勢の子供たちがいたが、この数日、ぞっとするほど運に恵まれなかったのだ。泣きわめいている子供たちを巣に残してきたので、パンくずのためなら大きな危険を冒そうという気になり、用心しながら前足をおろした。「おいで」セーラは声をかけた。「わたしは罠じゃないわよ。それ、あげるわ、ネズミさん！　バスティーユの囚人たちはネズミとお友達になったものでしょ。わたしもあなたと仲良くなれるかしら」

動物がどうやって人間の言うことを理解できるのかわからないが、理解するのは確かだ。おそらく言葉ではなく、世界じゅうのすべての生き物が理解できるような伝達手段があるのだろう。すべてのものには魂が宿っていて、それは声も出さずに、別の魂と話ができるのかもしれない。ともあれどういう理由にしろ、たとえネズミであっても、そのネズミはそのとき自分が安全なことを察した。赤い足置き台にすわっているこの子供は、いきなり飛び上がって突拍子もない金切り声をあげて脅かしたりしない、重い物を投げつけたりしない、とわかったのだ。重い物を投げつけられたら、命中してぺしゃんこにされるところまでいかなくても、足をひきずりながら巣穴に逃げ帰ることになりかねない。彼はとても気立てのいいネズミで、悪いことなんてするつもりは全然なかった。きらきらした目でセーラを見つめ、後ろ足で立ち上がって匂いを嗅ぎながら、この子がそのことをわかってくれ、敵のように忌み嫌わないでくれたらいいのだが、と願った。すると、言葉を使わずに語りかけてくる不思議な声が、この子は大丈夫、とネズミに教えてくれた。そこで彼はパンくずの方にそっと近づいていき、食べ始めた。食べながら、スズメがしていたように、ときどきセーラの方をちらちら窺《うかが》っている。その表情がとても申し訳なさそうなので、セーラは胸をつかれた。

セーラは身じろぎもせずにすわって、ネズミを見つめていた。他のものよりもとびぬけて大きいパンくずがころがっている。くずとは呼べないほどの大きなかけらだ。ネズミはそれをとてもほしそうだったが、足置き台のそばにあるので少し尻込《しりご》みしているようだった。

「きっと壁の中にいる家族のところに持っていきたいのね」セーラは思った。「このまま動かずにいたら、近づいてきて持っていくでしょう」

セーラは息を殺し、はらはらしながら見守っていた。ネズミはちょっと近づいてくると、また少しパンくずを食べ、鼻をそっとうごめかし、足置き台にすわっている人間の方を横目でちらっと見た。それから、スズメがいきなり大胆になったのと同じように、パンのかけらに突進していき、それをくわえるなり一目散に壁めざして走り、幅木の割れ目からもぐりこんで姿を消した。

「子供たちのためにほしかったのよね、わかってた。わたしたち、きっとお友達になれそうね」

一週間ほどして、アーメンガードはやっと夜に抜け出せる機会を見つけて、屋根裏までこっそり上がってきた。だが指先でドアをそっとたたいても、セーラはしばらく開けてくれなかった。最初のうち部屋はとても静かだったので、セーラはもう寝てしまったのだと思った。しかし驚いたことに、セーラの低い笑い声と、なだめすかすように誰かに話しかけている声が聞こえてきた。

「ほらほら！」セーラが言っているのが聞こえてきた。「それをおうちに持って帰りなさいな、メルキゼデク！　奥さんのところに帰りなさい！」

そのすぐあとでセーラはドアを開けた。そこにはアーメンガードが驚きに目をまん丸にして立っていた。

「だ、誰と話していたの、セーラ？」かすれた声でたずねた。

セーラは用心しながらアーメンガードを部屋に入れたが、なぜかとても満足そうで、おもしろいことがあったみたいにうきうきした様子だった。

「怖がらないって約束して——絶対に悲鳴をあげたりしないって。でないと話せないの」セーラは答えた。

そう聞いただけで、アーメンガードは悲鳴をあげそうになったが、どうにかこらえた。部屋を見回しても、誰の姿もない。それでもセーラはまちがいなく誰かに話しかけていたのだ。幽霊かもしれない、とアーメンガードは思った。

「それって——あたしが怖がるようなものなの？」彼女はおそるおそるたずねた。

「怖がる人もいるわね。最初はわたしもそうだった。でも今はちがうわ」

「もしかして——幽霊？」アーメンガードは身震いした。

「まさか」セーラは笑った。「わたしのネズミよ」

アーメンガードは小さな薄汚れたベッドの真ん中に飛び乗り、寝間着と赤いショールの下に足をたくしこんだ。悲鳴こそあげなかったが、恐怖で息が荒くなっている。

「ええっ！　ええっ！」押し殺した声をあげた。「ネズミ！　ネズミですって！」

「あなたが怖がるんじゃないかと心配だった。だけど、怖がる必要はないのよ」セーラは言った。「彼のこと、慣らしているの。わたしのことをわかっていて、呼ぶと出てくるのよ。あんまり怖くて、会ってみるのは無理？」

実を言うと、先日以来、台所から食べ物の切れ端を持ってきてあげるうちに、セーラとネズミの間には奇妙な友情が育っていた。おかげで、親しくなったこの臆病な生き物がただのネズミだということを忘れるほどだった。

最初のうち、アーメンガードはすっかり怯《おび》えて、足を抱えてベッドでうずくまっているばかりだったが、セーラの穏やかな表情を見ながら初めてメルキゼデクと会ったときの話を聞いているうちに、好奇心がむくむくと頭をもたげてきた。そこで、セーラが幅木の穴のそばにひざまずくのをベッドの端から乗りだして、見守ることにした。

「いきなり飛び出してきて、ベッドに飛び乗ったりはしないわよね？」アーメンガードは確かめた。

「大丈夫。彼はわたしたちと同じように礼儀正しいの。まるで人間みたいよ。ほら、見ていて！」

セーラは低く口笛を吹きはじめた。とても低い誘うような音色で、こんなふうに部屋がしんと静まり返っていなかったら聞こえないぐらいかすかだった。セーラはすっかり口笛に没頭し、何度か繰り返して吹いた。まるで魔法をかけているみたい、とアーメンガードは思った。そしてついに、その音に応《こた》えて、灰色の髭ときらきらする目が穴からのぞいた。セーラは手にパンくずを持っていた。それを床に落とすと、メルキゼデクはそっと進んできて食べた。それから、いちばん大きなかけらをとると、びっくりするほどてきぱきした様子で巣に運んでいった。

「ほらね」セーラが言った。「あれは奥さんと子供にあげるのよ。とってもやさしいでしょ。自分はほんの少し食べるだけなの。彼が戻っていくと、いつも家族がうれしそうな歓声をあげているのが聞こえてくるわ。三種類の鳴き声が聞きわけられる。ひとつは子供たちで、もうひとつはメルキゼデク夫人、そしてメルキゼデク本人の声」

アーメンガードは笑いはじめた。

「ああ、セーラ。あなたって本当に変わっている——だけど、いい人ね」

「変わっているのは自分でもわかってるの」セーラは楽しげに認めた。「そして、いい人になろうと努力はしてるわ」セーラは荒れてくすんだ小さな手で額をこすり、ちょっと考えこみながら柔らかな表情を浮かべた。「そのことで、お父さまにいつも笑われたものよ。だけど、笑われるのはうれしかった。お父さまはわたしのことを変わっていると思っていたけど、わたしが作るいろいろなお話が好きだったの。わたし、お話を作らずにはいられないのよ。もし作らなかったら、生きていけそうにないわ」セーラは言葉を切り、屋根裏部屋を見回した。「ここではとうてい生きていけなかったわね」低い声でつけ加えた。

アーメンガードはいつものようにセーラの話にひきこまれた。「あなたが話すのを聞いていると、本当のことみたいに思えてくるわ。メルキゼデクのことだって、人間みたいに話してるし」

「人間と変わらないのよ。おなかだってすくし、恐怖も感じる、わたしたちとまったく同じように。結婚していて子供もいる。わたしたちが考えるみたいに、彼だっていろいろ考えているんじゃないかしら？　こちらを見ている目だって、人間と同じよ。だから、名前をつけたの」

セーラは床にすわると、膝《ひざ》を抱えてお気に入りの姿勢をとった。

「それにね、あの子はわたしの友達になるように遣わされた、いわばバスティーユのネズミなのよ。コックが捨てたパンくずなら、いつも持ってこられるし、彼を養うにはそれで充分なの」

「ここ、まだバスティーユなの？」アーメンガードは身を乗り出すようにしてたずねた。

「まだここがバスティーユのつもりになっているの？」

「たいていそうよ」セーラは答えた。「別の場所のつもりになることもあるけど、バスティーユがいちばんやりやすいのよ。特に寒いときは」

そのとたん、アーメンガードは物音に驚いて、ベッドからころげ落ちそうになった。壁がコツコツと二度ノックされる音がしたのだ。

「あれ、何なの？」アーメンガードは悲鳴のような声をあげた。

セーラは立ち上がると、芝居がかった様子で答えた。

「あれは隣の獄の囚人なり」

「ベッキーね！」アーメンガードはわくわくしながら叫んだ。

「そうよ。いい、ノック二回は『囚人殿、そこにおいでか？』っていう意味なの」

セーラはそれに応えるかのように、三回、壁をノックした。

「これはね、『こちらも無事なり。万事異状なし』っていう意味なの」

ベッキーの壁側から四回、ノックの音がした。

「あれは『では、受難の同胞よ、安らかに眠るとしよう。よき夢を』っていう意味なの」

アーメンガードは喜びに顔を輝かせた。

「まあ、セーラ！」うれしそうにささやいた。「まるでお話みたい！」

「お話なのよ。何もかもお話なの。あなたもお話だし――わたしもお話。ミンチン先生もお話よ」

そして、セーラはまたすわりこむと、お話を始めたので、アーメンガードは自分こそ脱獄囚みたいなものだということをすっかり忘れて聞き入った。だから、セーラに注意されてようやく気づいたのだ。自分はひと晩じゅうバスティーユにいるわけにいかず、忍び足でまた階下に戻り、抜け出してきたベッドにもぐりこまなくてはならないことに。

10　インドの紳士

しかし、アーメンガードやロッティが屋根裏まで上がってくるのは、かなり危険なことだった。セーラが常にいるとは限らないし、生徒の就寝時刻が過ぎてから、ミス・アメリアが寝室を見回りに来ないとは言い切れなかった。そこで二人はめったに訪ねて来ることができず、セーラはなじみのない寂しい生活を送ることになった。おまけに屋根裏にいるときよりも、下にいるときの方が孤独だった。話しかける相手が誰もいなかったからだ。お使いに出され、風が強いときは帽子が吹き飛ばされないように押さえ、雨が降っているときは水が靴に染みこんでくるのを感じながら、籠《かご》や包みを抱えてとぼとぼと一人で歩いていると、急ぎ足ですれちがっていくたくさんの人々のせいで、よけいに寂しさが身にしみた。セーラが公女さまと呼ばれていた時代には、馬車で通りを走ったり、マリエットに付き添われて散歩をしていると、明るく生気にあふれた顔と美しいコートや帽子が人目をひき、多くの人が振り返ったものだ。幸せそうで美しい育ちのよさそうな少女は、当然ながら人々の注目を集めた。みすぼらしい粗末な服装の子供は通りに大勢いたし、かわいくもなかったから、振り返って微笑みかけようとする人間などいなかった。最近は、一人としてセーラに目を向けることはなく、混雑した歩道を急ぎ足で歩いていくセーラの姿は、誰の目にも見えないかのようだった。最近、セーラはどんどん背が伸びていたが、持っていた衣装のうち、残っている飾り気のない服をずっと着ていたので、かなり見苦しい様子だということは自分でもわかっていた。上等な服はすべて売られてしまったので、手元に残されたものをできるだけ長く着るしかなかった。ときどき鏡のあるショーウィンドウの前を通ると、自分の姿がちらっと見えてふきだしそうになることもあったし、ときには顔を赤らめ唇を嚙《か》み、目をそむけることもあった。

夜になって、明かりが灯《とも》された窓辺を通りかかると、暖かい部屋の中をのぞきこみ、暖炉の前やテーブルを囲んですわっている人々についてあれこれ想像を巡らして楽しんだ。鎧戸（よろいど）が閉められる前に部屋の中がちらっと見えると、いつも胸がときめいた。ミンチン先生の学校がある広場には何軒かの家があり、それらの家族には自分の家族のような親しみを覚えるようになっていた。いちばんお気に入りは〝大きな家族〟と呼んでいる家だった。そう呼んでいるのは、身体が大きかったからではない。むしろ、ほとんどが小さい子供だった。大家族だったから、そう呼んでいたのだ。子供が八人と、小太りで血色のいいお母さんと、小太りで血色のいいお父さんと、小太りで血色のいいおばあさんと、たくさんの使用人たちが暮らしていた。八人の子供たちは、いつも歩くか乳母車に乗って、感じのいい乳母たちに散歩に連れ出されていた。お母さんと馬車で出かけようとしていることもあったし、夜になるとお父さんを出迎えるために玄関にすっ飛んでいき、キスをして、お父さんの周囲を跳ね回り、コートを引っ張っておみやげがないかポケットをのぞきこむこともあった。さもなければ、子供部屋の窓辺でぎゅう詰めになって外を眺め、押し合いへし合いしながら笑っていることもあった。それどころか、子供たちはいつも楽しそうなことをしていて、いかにも大家族らしい雰囲気が感じられた。セーラはこの子たちが大好きで、読んだ本からとった、物語の主人公みたいな名前を全員につけ、〝大きな家族〟と呼ばないときは、モンモランシー一家と呼んでいた。レースの帽子をかぶった太った色白の赤ちゃんはエテルベルタ・ボーシャン・モンモランシー。すぐ上の赤ちゃんはヴィオレ・ショルモンドレー・モンモランシー。ぽっちゃりした脚で、よちよち歩きを始めたばかりの男の子はシドネー・セシル・ヴィヴィアン・モンモランシー。そしてその上がリリアン・エヴァンジェリヌ・モード・マリオン、ロザリンド・グラディス、ギー・クラランス、ヴェロニカ・ウスタシア、クロード・アロルド・エクトール。

ある晩、とてもおもしろいことが起きた。いや、ある意味では、おもしろくもなんともないことだったが。

どうやらモンモランシー家の何人かが子供のパーティーに出かけるようで、待っている馬車に乗り込むために歩道を横切っていた。ちょうどそこへ、セーラが通りかかった。白いレースの服を着て、かわいらしい飾り帯をウエストに巻いたヴェロニカ・ウスタシアとロザリンド・グラディスは、ちょうど馬車に乗り込んだところだった。五歳のギー・クランスが二人のあとに続こうとしていた。彼は薔薇色《ばらいろ》の頰に青い目の持ち主で、小さな頭は巻き毛がくるくるしていて、とても愛らしい男の子だったので、セーラは自分の買い物籠《かご》と着古したコートのことをすっかり忘れてしまった。それどころか何もかも忘れ、男の子に目を奪われ、いつのまにか足を止めて男の子に見とれていた。

クリスマスの季節だったこともあり、大きな家族はかわいそうな子供たちの話をさんざん聞いていた。貧しくて、靴下にプレゼントを入れてもらえず、クリスマスのお芝居にも連れて行ってもらえない子供たち。それどころか、暖かい服もなくて、寒くておなかをすかせた子供たち。そうしたお話の中では、きまって、親切な人々や心のやさしい小さな男の子や女の子が貧しい子供たちと出会い、お金やすばらしいプレゼントを贈ったり、家に連れて行って、おいしいごちそうをふるまったりするのだった。その午後、ギー・クランスはそういうお話を読んで、感動して涙を流したばかりだったので、そういう子供を見つけたら自分の持っている六ペンスをあげたいとうずうずしていた。そうすれば、その子は一生お金に困らない、六ペンスで死ぬまで裕福に暮らせる、と信じていたのだ。玄関から馬車までの歩道には赤い布が敷かれていて、そこを歩いていく男の子の短い水兵ズボンのポケットには、まさにその六ペンスが入っていた。そして、ロザリンド・グラディスが馬車に乗り込み、ドスンと勢いよく座席にすわって、クッションのスプリングを弾《ぬ》ませていたとき、ギー・クランスはみすぼらしい服と帽子を身につけたセーラが、濡れた歩道に立っているのに気づいた。腕には古ぼけた買い物籠をさげ、自分の方を食い入るように見つめている。

ギー・クラランスの目が飢えているように見えるのは、何日もの間、何も食べていないからだと、セーラは思った。実はセーラが飢えていたのは、男の子の薔薇色の顔を見れば予想がつく温かくて陽気な家庭生活で、男の子を腕に抱きしめキスしたくてたまらなかったのだ。そんなことはギー・クラランスには思いもよらなかった。彼にわかったのは、セーラが大きな目をしていて顔も脚もやせ、粗末な買い物籠を持ちしょぼくれた服を着ている、ということだけだった。そこで手をポケットに入れると六ペンスを取り出し、親切そうにセーラに近づいていった。

「これ、あげるよ、かわいそうに。六ペンスだよ。きみにあげる」

セーラはぎょっとし、すぐさま、裕福な時代にさんざん目にした貧しい子供の同類だとみなされたことに気づいた。当時、貧しい子供たちは、セーラが馬車から降りてくるのを歩道でじっと眺めていたので、セーラは子供たちに何度もお金を恵んだものだった。セーラの顔は火照り、ついで血の気が引き、絶対にこの六ペンスは受け取るわけにいかない、と思った。

「いえ、とんでもない！　けっこうです。いただくわけにはいきません、本当に！」

そのしゃべり方は通りをうろついている子供の言葉遣いとはまったくちがっていたし、その仕草もとても育ちがよさそうに見えたので、ヴェロニカ・ウスタシア（本当の名前はジャネット）とロザリンド・グラディス（本当の名前はノラ）は身を乗り出して耳をそばだてた。

しかし、ギー・クラランスは自分の善行をあきらめるつもりはないようだった。彼は六ペンスをセーラの手に押しこんだ。

「いいから、とっておいて！」彼はきっぱりと言った。「これで食べ物が買えるよ。六ペンスもあるんだからね！」

男の子の顔には純粋な親切心が浮かんでいたし、セーラがそれを受けとらなかったらひどくがっかりして落ち込みそうだったので、拒絶するわけにはいかないと、セーラは思い直した。そこまで自分の誇りにこだわるのは、男の子にとって酷だろう。そこで頬はかっと熱くなったが、セーラはプライドをしまいこんだ。

「ありがとう。坊やはとても親切でやさしい子ね」そして、彼がうれしそうに馬車に乗り込むのを見て、セーラは微笑もうと努力しながら、その場を立ち去った。しかし、胸が苦しくなり、目が濡れたように光り、目の前がかすんできた。自分が粗末なみっともない格好をしているのはわかっていた。しかし、まさか物乞《ものご》いにまちがえられるとは。

走り去る大きな家族の馬車の中では、子供たちが興奮してにぎやかにおしゃべりをしていた。

「ドナルドったら」（ギー・クラランスの本当の名前だ）ジャネットがあきれたように非難した。「どうしてあの子に六ペンスをあげたの？　絶対に物乞いじゃないわよ！」

「しゃべり方だって物乞いみたいじゃなかったわ！」ノラが叫んだ。「それに、顔も物乞いとは大ちがいよ！」

「だいたい、お金をほしがっていなかったじゃないの」ジャネットが指摘した。「あの子、あなたのことを怒るんじゃないかってはらはらしてたわ。物乞いでもないのに物乞いにまちがえられたら、ふつう、とても腹を立てるわよ」

「怒ってなんかいなかったよ」ドナルドは少し狼狽《ろうばい》したが、なおも言い張った。「ちょっと笑って、坊やはとても親切でやさしい子ねって言ったよ。ぼく、そのとおりだもん！　それに、六ペンスもあげたんだよ」

ジャネットとノラは目を見交わした。

「物乞いの女の子はそんなこと絶対に言わないわ」ジャネットが断定した。「物乞いだったら『ありがたいこってす、ご親切に、だんなさま、ありがとうごぜえます』って言ったわよ。そして、たぶん、ていねいにお辞儀をしたわ」

セーラはそんな会話が交わされているとはつゆ知らなかった。しかし、その頃から、セーラが一家に関心を抱いているのに劣らず、大きな家族もセーラにとても興味を持つようになった。セーラが通り過ぎていくと、子供部屋の窓にいくつもの顔が現れ、暖炉の前でセーラのことがいろいろと話題になった。

「あの子は寄宿学校の使用人みたいね」ジャネットが言った。「親はいないんじゃないかと思うわ。孤児なのよ。だけど、物乞いじゃない。どんなにみすぼらしい格好をしていてもね」

その後、セーラは大きな家族たちに〝物乞いじゃない女の子〟と呼ばれるようになった。これはとても長いあだ名だったので、幼い子たちが早口で言うと、とても滑稽《こっけい》に聞こえることもあった。

セーラは六ペンス銀貨にどうにか穴を開け、古びた細いリボンを通して首から下げた。セーラの大きな家族への愛情はさらに増した。そればかりか、愛することのできるすべてのものへの愛情が深まっていった。ベッキーのことはますます好きになったし、週に二度、教室に行って幼い子供たちにフランス語の授業をするのはとても楽しみだった。小さな生徒たちはセーラのことが大好きで、我先にセーラに近づいてきて、小さな手をセーラの手に滑りこませようとして互いに張り合った。そんなふうに子供たちに囲まれると、セーラの孤独な心は慰められた。スズメともすっかり仲良くなり、セーラがテーブルに立って肩から上を天窓から出し、さえずりの真似をして呼びかけると、すぐさま羽ばたきの音とチュンチュンという鳴き声がして、薄汚れた町の鳥の群れが現れた。スズメたちはスレート屋根に舞い降りると、セーラにしゃべりかけたり、まいてやったパンくずをついばんだりした。メルキゼデクともとても親しくなり、何度かメルキゼデク夫人を連れてきたし、子供のうち一、二匹を連れてくることもあった。セーラがメルキゼデクに話しかけると、メルキゼデクの方もなんとなくわかっているように見えた。

ただ、いつもすわって、すべてを見ているエミリーに対しては、これまでになかった感情を抱くようになった。そういう気持ちがこみあげてきたのは、とりわけ気分が滅入《めい》っているときだ。セーラはエミリーが自分を理解し、同情してくれていると信じたかった、いや、信じるふりをしていた。唯一の相棒が何も感じないし、何も聞こえていないなどと認めたくなかったのだ。ときどきエミリーを人形の椅子にすわらせ、自分は古ぼけた赤い足置き台に向かい合ってすわると、じっとエミリーを見つめ、エミリーについての空想にふけった。すると、セーラの目はどんどん大きくなっていき、しまいにはそこに恐怖に似たものまで忍びこんできた。とりわけ夜のしじまが底知れぬほど深く、メルキゼデク一家が壁の中でカサコソ走り回りチューチューと鳴く音以外、屋根裏部屋がしんと静まり返るときは。エミリーは自分を守ってくれるいい魔女だ、という空想は、セーラのお気に入りだった。じっとエミリーを見つめながら空想の世界に深く入りこむと、エミリーにあれこれたずねかければ、すぐに返事がもらえそうな気になることもあった。しかし、答えは決して返ってこなかった。

「返事のことだけど、わたしだって、あまり返事をしないもの」とセーラはみずからを慰めようとした。「しなくてすむなら、絶対に返事をしない。侮辱されたときは、何も言わないのがいちばんよ。ただ、じっと相手を見つめ、頭の中だけであれこれ考えるの。わたしがそういうふうにすると、ミンチン先生は怒りで青ざめるし、ミス・アメリアは怯《おび》えたような顔をするし、他の女の子たちも同じ。癇癪《かんしゃく》を起こさずにいれば、こっちの方が相手よりも強いってわからせられる。だって、こちらは怒りを抑えこめるほど強いけど、向こうはそれができず、言わなければよかったと後悔するような馬鹿なことを口にしてしまうからよ。怒りはとても強いものだけれど、それを抑えこむ力はもっと強いものだわ。敵に返事をしないのはいいことよ。わたしはめったに返事をしない。たぶんエミリーはわたし以上にわたしらしいのかもしれない。友人にも返事をしないのかもしれないわね。そして何もかも、心にしまいこんでいるのよ」

しかし、こんな屁理屈《へりくつ》をつけて納得しようとしても、うまくいかなかった。あちこちへお使いに出され、雨風に耐え寒さに凍えながら遠くまで歩き、濡れておなかをすかせてようやく帰ってきたとたん、またすぐにお使いに出されるような長くつらい一日を過ごすこともあった。セーラはまだほんの子供だし、細い脚は疲れ果て、細い体は冷えきっているかもしれないと気にかけてくれるような人は、誰一人いなかった。感謝の言葉の代わりに、ただ乱暴な言葉を投げつけられ、冷たい侮蔑《ぶべつ》の視線を向けられることもあった。コックが鼻持ちならないほど横柄な態度をとり、ミンチン先生の機嫌が悪く、女の子たちがセーラのみすぼらしい服装を陰で嘲笑《あざわら》っているときもあった。そういうとき、ひりひりしている誇り高く孤独な心は空想だけで癒《い》やせないこともある。でも、エミリーは背筋を伸ばして古ぼけた椅子にすわり、ただ前を向いているだけなのだ。

そうしたある晩、屋根裏に上がってきたセーラは寒さに震え、空腹で、胸の中では嵐のように激しい感情が猛《たけ》り狂っていた。しかし、エミリーのまなざしはあまりにも空虚で、おがくずを詰めた手足にはまったく感情が宿っていないように思えたので、セーラはついに自制心を失ってしまった。わたしにはエミリーしかいない——この世でひとりぼっち。だのに、エミリーは平然としてすわっている。

「わたし、もうじき死んでしまうわ」まずセーラは言った。

エミリーはただ目を見開いているだけだ。

「もう耐えられない」かわいそうに、セーラは震えながら訴えた。「きっと死んでしまう。寒いし、びしょ濡《ぬ》れだし、おなかがすいて死にそうなの。今日は何千キロってぐらい歩いたのに、朝から晩まで叱られてばかり。おまけに、コックに最後に買ってくるように言われたものを見つけられなかったからって、お夕食も出してもらえなかった。古い靴のせいでぬかるみで滑ってころんだら、通りがかりの人たちに笑われた。体じゅう、もう泥だらけで、それをみんな笑うのよ。ねえ、聞いてる？」

じっと前を見つめているガラス玉の目と、とりすました顔を見ているうちに、ふいに絶望と怒りが沸き上がってきた。セーラは乱暴に手を振り上げ、エミリーを椅子から払い落とすと、激しく泣きじゃくりはじめた。これまで一度も泣かなかったセーラが声をあげて泣いていた。

「あんたなんて、ただの人形じゃない！」セーラは叫んだ。「ただの人形……人形……人形でしょ！　わたしがどうなろうと知ったことじゃないんでしょ。おがくずが詰まっているだけだもの。心なんてないのよ。何ひとつ感じやしないのよ。ただの人形だから！」

エミリーは曲がった両足がぶざまに頭にのっかったまま床にころがり、鼻の先には少しへこみができていた。それでも平然として、威厳すら漂わせている。セーラは投げ出した両腕に突っ伏した。壁の中のネズミたちはけんかを始め、お互いに嚙《か》みつき合い、鳴き声をあげ、走り回っている。メルキゼデクが家族の誰かを厳しく叱りつけているようだ。

セーラの嗚咽《おえつ》は少しずつおさまっていった。こんなふうに感情を爆発させることはほとんどないので、自分でも驚いていた。しばらくすると顔を上げ、エミリーを見た。エミリーは横向きになったままこちらを見つめていて、なぜかしら今はガラスの目に同情らしきものが浮かんでいるように見えた。セーラはかがんでエミリーを拾い上げた。後悔に胸をしめつけられた。それでも自分自身に対して小さな苦笑いが口元をよぎった。

「あなたはお人形でいるしかないものね」あきらめたようにため息をついた。「何があろうと、ラヴィニアやジェシーがわからず屋のままなのと同じだわ。みんな、それぞれちがうのよね。あなたはおがくずのお人形として精一杯やっているのかもしれない」そしてセーラはエミリーにキスすると、服をきちんと直してやり、また人形の椅子にすわらせた。

セーラはずっと隣の空き家に誰か越してくるのを願っていた。向こうの屋根裏の窓がすぐそばにあるからだ。いつか窓がぱっと開いて、四角い窓から誰かの頭がのぞいたら、どんなにうれしいだろう。

「感じのいい顔をした人だったら、『おはようございます』って声をかけよう。それをきっかけに、いろいろなことが起きるかもしれない。だけど、もちろん、あそこで寝るのは下働きの使用人に決まってるわね」

ある朝、セーラが雑貨店と肉屋とパン屋にお使いに行って、広場の角を曲がると、ずっと買い物をしていた間に到着したらしく、家具を山積みにした幌《ほろ》つき荷馬車が隣の家の前に停まっていてうれしくなった。家の正面のドアは開け放たれ、シャツ姿の男たちが大きな箱や家具を運び込んでいる。

「誰か引っ越してくるのね！」セーラは言った。「ついに来たんだわ！　ああ、どうか、天窓から感じのいい人が顔をのぞかせますように！」

荷物が運び込まれるのを見物している人たちが歩道にたむろしていたので、セーラもその輪に加わりたかった。家具を見れば、所有者の人となりについて、ある程度の推測がつくだろう。

「ミンチン先生のテーブルも椅子も、先生そっくりだもの」とセーラは思った。「ミンチン先生を見た瞬間に、そう思ったのを覚えてるわ。わたしはまだ小さかったけど。あとでお父さまにそう言ったら、笑いながら、たしかにそうだねと同意してくれたっけ。あの大きな家族は、ふかふかのすわり心地のいい肘《ひじ》掛け椅子とソファを使っているにちがいないし、あの赤い花模様の壁紙も、いかにもあの家族らしいわ。温かくて陽気で親切で、幸せがあふれている感じがするもの」

その日遅く、セーラはパセリを買いに八百屋に行かされた。地下の勝手口から階段を上がっていくと、目に飛びこんできたものに胸が高鳴った。荷馬車から降ろされたいくつかの家具が歩道に置かれていたのだ。繊細な彫刻がほどこされたチーク材の美しいテーブルと椅子、びっしりと豪華な東洋の刺繍《ししゅう》をほどこされた衝立《ついたて》。それらを目にして、セーラはホームシックのような不思議な懐かしさを覚えた。インドではそういう品々に囲まれていた。ミンチン先生にとりあげられたものの中には、父親が送ってくれた彫刻したチーク材の机もあった。

「美しい品だわ」セーラはつぶやいた。「りっぱな人が持つのにふさわしいものばかり。どれも上等なものだわ。きっとお金持ちの一家なのね」

家具を積んだ荷馬車が次から次に着いては、一日じゅう荷物を下ろしていた。たまたまセーラは、荷物が家の中に運ばれていくところを何度か目にした。新しく引っ越してきた人はかなりの資産家にちがいない、という推測は当たっていたようだ。どの家具も高価なもので美しかったし、その大部分が東洋のものだった。見事なラグやカーテンや装飾品が荷馬車から降ろされ、絵もたくさんあり、図書室がいっぱいになるほど大量の蔵書もあった。さらには、豪華な厨子《ずし》におさめられた見事な仏像も見えた。

「この家族の誰かがインドにいたにちがいないわ」セーラは思った。「インドのものになじんでいるみたいだし、それが気に入ってるのね。うれしい。誰も天窓からのぞいてくれなくても、お友達みたいに感じられそう」

コックに言われてセーラが夕方のミルクをとりこみに出たとき（こういう雑用は、ほぼセーラに押しつけられていた）さらにわくわくすることが起きるのを目の当たりにした。大きな家族のお父さんである薔薇色《ばらいろ》の顔をしたハンサムな男性が、すたすたと広場を突っ切り、隣の家の石段を上がっていったのだ。その様子はまるでわが家に入っていくみたいで、今後、何度もここを駆け上がったり駆け下りたりすることが決まっているかのようだった。彼はかなり長い間、家の中にいて、何度か出てくると、それが当たり前であるかのように作業員に指示を出した。彼が新しく引っ越してくる人々と親しい関係で、その人たちの代理で行動しているのは明らかだった。

「引っ越してくる人たちに子供がいたら」とセーラは考えた。「きっと大きな家族の子供たちがやって来て、いっしょに遊ぶわね。そうしたら、探検してみたくなって、誰かが屋根裏まで上がってくるかもしれない」

夜になって仕事が終わると、ベッキーが囚人仲間に会いに来て、ニュースを伝えてくれた。

「隣に引っ越してくるのはインドの紳士だっつう話ですよ、お嬢さま」ベッキーは報告した。「色が黒いかどうかはわかんないけど、インドの人だそうです。すんごいお金持ちだけど病気で、大きな家族の旦那《だんな》さんは、その人の弁護士なんですって。えらい苦労なさったもんで、病気になって、おまけに元気もなくされたそうで。でもね、偶像を拝むんですよ、お嬢さま。木切れや石ころを拝む〝いきょーと〟ってやつなんです。あたし、拝むための偶像を運んでいくの、見ましたよ。イエス様のパンフレットを誰かが持っていってあげたらどうですかねえ。あれなら一ペニーで売ってるし」

セーラはクスッと笑った。

「その人が偶像を拝んでいるとは思わないわ。仏像はとても価値のあるものだから、手元に置いて眺めている人もいるのよ。お父さまも美しい仏像を持っていたけど、拝んではいなかったもの」

しかし、ベッキーは新しい隣人が〝いきょーと〟だと信じたがっているようだった。祈禱書《きとうしょ》を手に教会に行くただのありふれた紳士よりも、その方がずっとわくわくするからだ。ベッキーはその晩、遅くまで、その人はどんな外見だろう、奥さんがいるとしたらどんな人だろう、子供たちがいるならどんな子たちだろう、とさんざんしゃべっていった。セーラにはちゃんとわかっていた。ベッキーは子供たちが一人残らず色が黒く、頭にターバンを巻いていて、何よりも父親と同じように〝いきょーと〟だといいなと、ひそかに期待しているのだ。

「あたし、〝いきょーと〟の人の隣になんか住んだことないんです、お嬢さま」ベッキーは言った。「どんな暮らし方してんのか、見てみたいもんですねえ」

数週間後、ようやくベッキーの好奇心は満たされた。そして、新しい住人は奥さんも子供もいないことがわかった。その人は家族のいないひとりぼっちの男性で、健康をひどく害しているうえ精神を病んで不幸なようだった。

ある日、馬車がその家の前に横付けした。従僕が御者台から降りてきて馬車のドアを開けると、まず大きな家族のお父さんが降りてきた。その後から、白衣の看護婦。すると、主人を馬車から降ろすために、男性の使用人二人が急いで家の石段を下りてきた。馬車から助け下ろされた主人はやせて、やつれた顔をした男で、骨と皮ばかりの体は毛皮にくるまれていた。主人は階段の上へと運ばれていき、大きな家族のお父さんがとても心配そうな顔で付き添った。まもなく医者の馬車が到着し、医者が家に入っていった。あきらかに主人を診察するためだ。

「ねえ、セーラ、お隣にすっごく顔が黄色い紳士がいるんだって」その後、フランス語の授業のときに、ロッティがそっと耳打ちしてきた。「中国人だと思う？　地理で、中国人は肌が黄色いって習ったから」

「いいえ、あの人は中国人じゃないわ」セーラは小声で返事をした。「とても病気が重いの。さ、お勉強を続けて、ロッティ。『いいえ、わたしはおじさんのナイフは持っていません《ノン・ムッシュ・ジュ・ネ・パ・ル・カニフ・ドゥ・モノンクル》』」

これがインドの紳士にまつわる話の発端だった。

11　ラム・ダス

広場の上の空も、ときにはすばらしい夕焼けに染まることがあった。ただし、煙突と煙突の隙間から、あるいは屋根越しに、わずかに夕焼け空が見えるだけだ。地下の台所の窓からはまったく何も見えず、レンガ壁が暖かそうな色合いになったり、空気がほんのいっときだけ薔薇色か黄色に見えたり、どこかのガラスが一枚だけまばゆく輝いていたりするのに気づいて、今まさに夕焼けが広がっているのだろう、と想像するだけだった。しかし、一ヵ所だけ、すばらしい夕焼けを見渡せる場所がある。西の空に何層にも重なった赤や金色の雲、目もくらむ光で縁取りされた紫色の雲。かすかな薔薇色に染まり羊毛のようにふわふわ漂い、風があると青空を横切って飛んでいくピンク色の鳩の群れのように見える雲。こうしたものがすべて見え、同時に地面よりもきれいな空気が吸える場所——それはもちろん天窓だった。外がふいに魔法にかけられたように輝きはじめ、煤《すす》だらけの木立や鉄柵《てっさく》までがすばらしい色合いに染まりはじめると、セーラは空がどんな様子になっているかを知った。そして台所からいなくなっても気づかれず、呼び戻される心配もなさそうなときは、こっそりと抜け出して階段を上がっていき、古いテーブルに上がると天窓から精一杯身を乗り出した。それから、深々と息を吸いこみ、あたりを見回す。すると、自分が空も世界も独り占めしているかのような気分になれた。他の屋根裏部屋からのぞいている人はいなかったし、たいてい天窓は閉められていた。換気のために開けられていても、窓の近くには誰もいなかった。セーラはテーブルに立つと、顔を上に向けて青空を仰ぐ。すると空がすぐそばにあって、友達のように感じられるのだ。空はあたかも美しい丸天井さながら広がっていた。ときには西を向き、そこで繰り広げられている驚嘆するような光景をあますことなく眺めることもあった。雲は形を変えて漂っていき、ピンクや深紅や雪のような白に、はたまた紫や鳩の羽根さながらの淡い灰色に色を変えていった。島のように見えることもあったし、深い青緑色やビールのような琥珀色《こはくいろ》に染まることもあったし、巨大な山並みに囲まれた緑玉髄《りょくぎょくずい》の色をした湖にもなった。黒々とした岬が、どことも知れない不思議な海に突き出しているように見えることもあった。細長い美しい陸地がみるみるうちに、ひとつにつながっていくこともあった。そこを走ったり登ったりできそうだったし、次に何が起きるのか、そこで立って見守っていられそうだった。たぶん、すべてがひとつに溶け合ってしまったら、見ている人はどこかに漂い流れていくのだろう。少なくともセーラにはそう思えた。テーブルに立って天窓から体を半分乗り出し、黄昏《たそがれ》の中、スズメたちがやわらかな声でさえずっているのを聞きながら眺める風景は、たとえようがないほど美しく感じられた。すばらしい光景が広がっている間は、スズメすら控えめな声でそっと歌っているかのようだった。

インドの紳士が新しい家にやって来てから数日して、そういう夕焼けの日があった。幸いなことに、台所の午後の仕事が一段落したときで、どこかに行けとか、何をしろとか、誰にも言いつけられなかったので、セーラはいつもより簡単に抜け出して上に行った。

テーブルに上がって、外をのぞいた。すばらしい瞬間だった。西の方角では溶けた黄金の流れが氾濫《はんらん》し、あたかも輝く潮の流れに世界が飲み込まれかけているようだ。深く濃厚な金色の光が大気にあふれ、屋根の上を飛んでいく鳥たちの姿が光を背景に黒々として見える。

「なんてすばらしいの」セーラはそっとつぶやいた。「怖くなるほど——とても不思議なことが起きるみたいで。特別すばらしい夕焼けに出会うと、きまってそんな気持ちになれる」

少し離れたところから物音が聞こえて、セーラはさっと振り向いた。キャッキャッという声が混じる風変わりなおしゃべりの声だ。声の出所は隣の屋根裏部屋の窓だった。セーラと同じように、誰かが夕焼けを眺めに上がってきたのだ。頭と上半身が少し天窓から突き出していたが、それは女の子でもメイドでもなかった。浅黒い肌にきらきら光る目をして白いターバンを頭に巻き、白い布を体にまとった絵のような姿は、インド人の使用人だった。「ラスカーだわ」とセーラはすぐにつぶやいた。さっき聞いた声は、その人が大切そうに抱いている小さな猿の鳴き声だった。小猿はラスカーの胸に抱かれておしゃべりしていた。

セーラがインド人の方を見ると、向こうもセーラを見た。すぐにセーラは、その人の浅黒い顔に浮かぶ、ホームシックにかかっているかのような悲しげな表情に気づいた。イギリスではめったに太陽が見られないから、どうしても太陽を見たくて、ここまで上がってきたにちがいない、とセーラは思った。興味しんしんで彼を見てから、セーラは屋根越しににっこり笑いかけた。これまでの経験で、たとえ見知らぬ人からでも笑いかけられると、どんなに心が慰められるかを知るようになっていたからだ。

その笑顔は、インド人の心に響いたようだ。顔全体の表情ががらりと変化して、輝く白い歯を見せて笑い返してきた。あたかも浅黒い顔にぱっと明かりが灯《とも》ったかのようだった。セーラの親しみのこもったまなざしは、疲れたり心が沈んだりしている人を癒す効果があった。

たぶんセーラに挨拶《あいさつ》を返すことに気をとられていたせいで、小猿を抱えていた手がゆるんでしまったのだろう。この小猿はいたずらで、いつも冒険を企《たくら》んでいたし、女の子を見て興奮してしまった。小猿はいきなりラスカーの腕から抜け出すとスレート屋根に飛び移り、鳴き声をあげながら屋根を走っていき、セーラの肩にポンと飛び乗り、そこからセーラの部屋に飛び下りた。セーラは笑いだし、うれしくなったが、ラスカーが小猿の主人なら、彼のところに返さなくてはならない。それにはどうしたらいいだろうと首をひねった。自分に小猿をつかまえられるだろうか？　小猿はとてもいたずらでつかまろうとせず、また外に逃げ出して屋根伝いに走っていき姿をくらましてしまうかもしれない。そうなったら大変だ。もしかしたら小猿はインドの紳士のペットで、気の毒な紳士にかわいがられているのかもしれない。

セーラはラスカーの方に向き直った。父親と暮らしていたときに習ったヒンドゥスターニー語をまだいくらか覚えていてよかった。こちらの言うことをわかってもらえるだろう。セーラはラスカーが知っている言葉で話しかけた。

「この猿、わたしにつかまえられますか？」セーラはたずねた。

セーラに聞き慣れた言葉でしゃべりかけられたとたん、浅黒い顔には見たこともないほど大きな驚きと喜びが浮かんだ。実を言うと、その気の毒な男は、神々が現れて、その親切な小さな声は天から降ってきたのだと思ったほどだった。ラスカーがヨーロッパ人の子供に慣れていることは、すぐに察せられた。彼はていねいな感謝の言葉を次から次に並べた――自分はお嬢《ミッシー・サーヒブ》さまの僕《しもべ》でございます。猿はいい猿なので、嚙《か》みついたりしません。しかし、残念ながらつかまえるのはむずかしいのです。目にもとまらぬ速さで、あっちへこっち へ逃げてしまいます。聞き分けがないのですが、性格は悪くありません。わたくし、ラム・ダスは子供のように猿のことをよく知っているので、猿はラム・ダスの言うことを聞くこともあります。ただし、いつもではありません。もしお嬢さまがお許しくだされば、わたくしが屋根伝いにそちらに行き、窓から入って、その困った小猿をつかまえましょう――。しかし、インド人はセーラがその申し出を図々《ずうずう》しすぎると考え、おそらく部屋に入れようとしないのではないかと心配していた。

しかし、セーラはすぐに承知した。

「屋根を伝ってこられますか？」とたずねた。

「あっという間に」彼は答えた。

「では、どうぞ来てください。お猿さん、怯《おび》えているみたいに部屋をあっちこっち飛び回ってます」

ラム・ダスは自分の天窓から抜け出すと、いつも屋根の上を歩いているかのように確かな足どりで軽々と歩いて来た。セーラの天窓から体を滑り込ませると、音もなく床に着地する。そしてセーラの方を向いて、ていねいにお辞儀した。小猿はラム・ダスを見ると、小さな悲鳴をあげた。ラム・ダスは用心のためにすばやく天窓を閉めると、猿をつかまえにかかった。あまり長くはかからなかった。小猿はたんにお楽しみのために追いかけっこを数分引き延ばしただけで、すぐにキャッキャ言いながらラム・ダスの肩に飛び乗り、毛の生えたやせた腕で首にしがみつくと、またなにやらキャッキャッとおしゃべりした。

ラム・ダスはセーラに心からお礼を述べた。観察眼の鋭いラム・ダスは、ひと目で殺風景な部屋のみすぼらしさを見てとったようだったが、ラジャの小さな娘を前にしているかのようにセーラに丁重に話しかけ、何も気づかなかったふりをした。小猿をつかまえたあとはすぐに引き上げていったが、その短い時間にも、セーラの厚意に対して、さらに深い感謝と敬意を口にした。このいたずらっ子は、とラム・ダスは小猿をなでながら言った。そんなに悪いやつではなく、病気のご主人もこいつに慰められることもあるのです。お気に入りの猿が逃げてしまったら、ご主人はさぞ悲しまれたでしょう。そう言ってから、もう一度腰をかがめてお辞儀をすると、天窓を抜け出て、さっき猿が見せたのに劣らぬ敏捷《びんしょう》さで屋根を歩いて行った。

ラム・ダスが帰ってしまうと、セーラは屋根裏部屋の真ん中に立ち、彼の顔つきやふるまいがかきたてたさまざまな思い出にふけった。インド人の服装や深いお辞儀は、過去の記憶を揺り起こした。つい一時間前にコックにひどい言葉を投げつけられた下働きの自分が、わずか数年前まではラム・ダスみたいに敬意を示してくれる人々に囲まれて暮らしていたことを思い出すと、不思議でならなかった。セーラが通り過ぎると深くお辞儀をし、セーラに話しかけられると、地面に額をこすりつけんばかりにした使用人たち。まるで夢のようだ。すべては過去となり、二度と戻ってこない。今後、何かが変わることはとうていなさそうだった。自分の将来について、ミンチン先生が目論《もくろ》んでいることはわかっている。小さすぎて常勤の教師として使えない間は、使い走りや下働きとしてこき使う。おまけに、これまで習ったことを忘れずにいることと、さらにどうやれというのか、新たに学ぶことまで要求されていた。夜は勉強することをますます求められ、頻繁に抜き打ちで試験をされ、期待ほど勉強が進んでいなかったら厳しく叱られるに決まっていた。実のところミンチン先生は、向学心の強いセーラには教師など必要ない、本さえ与えておけば、むさぼるように読み、しまいにはすっかり覚えてしまうとわかっていたのだ。数年もすれば、かなりのことを教えられるようになるはずだと。だから、セーラを待っている未来はこういうものだろう。もっと大きくなったら、現在、家じゅうの雑用でこき使われているのと同じように、教室でいいように使われる。必要に迫られて、もう少しましな服は与えられるが、質素でみっともない服にちがいなく、それを着たら使用人に見える。セーラの未来に待っているのはそれだけだ。セーラはそれについて考えながら、しばし身じろぎもせずに立ち尽くしていた。

　そのとき、ある考えが浮かび、頬に血色が戻り、ぱっと目が輝いた。細くて小さな体をしゃんと伸ばすと頭をもたげた。

「何があろうと、ひとつのことだけは変わらないわ。たとえボロをまとっていても、心は公女になれる。金色のドレスを着ていたら公女になるのは簡単だけど、誰にも知られずにずっと公女でいることの方が、はるかに賞賛に値することよ。マリー・アントワネットはフランス王妃の座を追われ牢獄《ろうごく》に入れられ、黒い服一枚しかなく、髪は真っ白になり、寡婦カペーと侮辱された。だけど、とても華やかで陽気な生活を送っていたときよりも、そのときの方がずっと王妃らしかった。その頃の彼女がいちばん好きだわ。わめきちらす群衆にもひるまなかったマリー・アントワネットは、群衆よりも強かったのよ。首をはねられたときですら」

これは新たに思いついたことではなく、このときまで、何度も考えていたことだった。つらい日々に、その思いはセーラを励ましてくれ、どうにか家の用事をこなしてきたのだった。だが、世の中を上から眺めて想像の世界で暮らしているかのようなセーラの表情は、ミンチン先生にとっては不可解でしかなく、大きないらだちの種になった。セーラは無礼な棘《とげ》のある言葉を投げつけられても、ほとんど聞こえていないか、聞こえていてもまったく気にしていないように見えた。ミンチン先生が厳しい言葉で頭ごなしに叱りつけている最中に、自分をひたと見すえるセーラの落ち着いた大人びた目の中に、誇らしげな微笑のようなものが浮かんでいるのに気づくこともあった。そういうとき、ミンチン先生は知らなかったが、セーラはこんなふうに心の中でつぶやいていたのだ。

「あなたは、そういう言葉を浴びせている相手が公女だということを知らないのね。その気になれば、わたしが片手を振るだけで、あなたの首をはねるように命令できるのよ。公女だからこそ、あなたを許してあげているだけ。あなたは下劣で愚かで冷酷で無礼な中年女で、まったくものを知らない人間なのよ」

これはセーラにとって、何よりもおもしろい気晴らしになった。一風変わった空想だったが、元気が出たし、セーラ自身のためにもなった。その考えをしっかり持っている限り、周囲の人間がどんなに粗野で悪意をむきだしにしようと、それに染まらずにすんだからだ。

「公女は上品でなくてはならないわ」セーラは自分に言い聞かせた。

だから、使用人たちがミンチン先生の態度を真似て横柄な口調で命令しても、セーラは背筋を伸ばし、古風なほど礼儀正しく応じたので、みんな、目を丸くして彼女の顔をまじまじと見つめることがたびたびあった。

「あの子ときたら、バッキンガム宮殿の出みたいに気取っちゃって、お上品ぶってんだからね」コックはときどき小馬鹿にしたように笑った。「あの子を前にすると、しょっちゅうカッカしちまうんだけどさ、たしかに礼儀は忘れないね。『よろしいでしょうか、コックさん』『お願いできますでしょうか、コックさん』『申し訳ないのですけど、コックさん』『お手数おかけしますけど、コックさん』とこうだよ。そういうせりふをさ、当たり前みたいに台所で連発されっから、うんざりしちまうよ」

ラム・ダスと小猿に出会った翌朝、セーラは教室で小さな生徒たちといっしょだった。授業を終えてフランス語の練習帳を集めながら、いつものように物思いにふけっていたが、そのときは、身をやつした高貴な身分の人々がひどい目に遭わされたことについて考えていた。たとえばアルフレッド大王は牛飼いの家にかくまってもらったとき、おかみさんにパンを見張っているように言われたのに焦がしてしまい、横っ面を張られた。相手が誰なのか知ったとき、おかみさんはさぞ震えあがったにちがいない。ブーツの穴から指が突き出しそうになっているセーラが実は公女だと、本物の公女だと、ミンチン先生が知ったら！　そう考えていたときにセーラの目に浮かんでいた表情は、まさにミンチン先生が何よりも嫌っているものだった。そんな目つきは絶対に許したくなかった。ミンチン先生はセーラのすぐそばにいたのだが、怒りに我を忘れ、セーラに飛びかかって頬を平手打ちした。まさに牛飼いのおかみさんがアルフレッド大王をひっぱたいたように。セーラはびっくりした。ぶたれて夢からさめたセーラは、息を整えようとして、しばらく立ち尽くしていた。それから、そんなつもりはなかったのだが、つい小さな声で笑ってしまった。

「何を笑っているの、まったく、図々《ずうずう》しい生意気な子ね！」ミンチン先生は怒鳴った。

セーラがどうにか気持ちを抑え、自分は公女だということを思い出すのに数秒かかった。打たれた頬は赤くなり、ひりひりしている。

「考えごとをしていました」セーラは答えた。

「すぐに謝りなさい」ミンチン先生は命じた。

セーラはちょっとためらってから答えた。

「笑ってしまったことは、失礼でしたら謝ります。でも、考えごとをしていたことは謝るつもりはありません」

「何を考えていたの？」ミンチン先生は問いただした。「よくもまあ、考えごとだなんて。何を考えるっていうの？」

ジェシーがクスクス笑い、ラヴィニアと肘《ひじ》で突《つ》き合った。少女たち全員が教科書から目を上げて、聞き耳を立てている。ミンチン先生がセーラを叱りつけると、みんな、いつも興味しんしんで耳をそばだてるのだった。セーラはいつもおもしろいことを言ったし、ちっとも怖がる様子を見せなかったからだ。今もぶたれた頰は真っ赤だし、目は星のようにきらめいていたが、怖がっているようには少しも見えなかった。

「わたしが考えていたのは」と堂々と、礼儀正しい口調で答えた。「先生がご自分のなさっていることをわかっていらっしゃらないということです」

「わたくしが自分のしていることをわかっていないですって？」ミンチン先生は息もできないような様子だった。

「はい。それから、もしわたしが公女なら、先生にぶたれたとしたらどうなるだろう――わたしはどうするべきなのだろう、と考えていました。そもそも、わたしが公女なら、何をしようと何を言おうと、先生は決してこういうことをされなかっただろうと考えていました。それと、先生はどんなに驚き、震え上がるだろうかと考えていました、突然、真実がおわかりになったら――」

セーラは想像上の未来をとても生き生きと思い描いていたので、語る言葉にはミンチン先生を動揺させるほどの威力があった。想像力が乏しく狭量なミンチン先生は、これほど大胆にずけずけとものを言うからには、本当になんらかの権力が陰に存在するのかもしれない、と一瞬考えた。

「どういうことなの？」ミンチン先生は叫んだ。「真実がわかったらって？」

「わたしが本当は公女で、何でも好きなようにできるということです」

教室じゅうの目がまん丸になった。ラヴィニアときたら、よく見ようとして席から身を乗り出した。

「自分の部屋に行きなさい」ミンチン先生が息を切らして叫んだ。「すぐに！　教室を出ていきなさい！　ほらほら、みなさんは自分の勉強を続けて！」

セーラは小さく頭を下げた。

「笑ったことが無作法でしたらお詫《わ》びします」そして教室を出ていき、あとには怒りをこらえようとしているミンチン先生と、教科書の陰でひそひそ話をしている少女たちが残された。

「あの子、見た？　すごくおかしな様子だったわよね？」ジェシーがいきなり言いだした。「ねえ、あの子が実はすごい人だったとわかっても、ちっとも驚かないわ。もしかしたら本当にそうだったりして！」

12 壁の向こう側

連棟式の建物に住んでいると、自分が住んでいる部屋の壁のすぐ向こうで、何がおこなわれ、何が話されているのか、想像するのはおもしろいものだ。セレクト女子寄宿学校と壁一枚隔てたインドの紳士の家で何が起きているかを想像するのは、セーラの楽しみだった。教室の壁のすぐ向こうはインドの紳士の書斎だと知っていたので、壁がかなり分厚ければいいのだけれど、と思っていた。放課後にとても騒々しくなることがあるので、紳士が耳障りに感じるのではないかと心配だった。

「わたし、あの方のことがどんどん好きになっているの」セーラはアーメンガードに打ち明けた。「だから、うるさく感じてもらいたくないのよ。あの方のことはお友達だと思ってる。一度も話したことがない相手でも、お友達になれるのよ。ただ相手のことを観察して、考えて、気の毒に思っていれば、そのうち親戚《しんせき》みたいに思えてくるものなの。お医者さまが一日に二度も呼ばれるのを見ると、本当に心配になるわ」

「あたしにはあんまり親戚がいないの」アーメンガードは考えこみながら言った。「それで、すごくほっとしてる。だって、親戚のことは好きじゃないのよ。二人のおばさまたちはしじゅうこう言ってばかり。『あら、アーメンガード！　ずいぶん太ってるわね。お菓子を食べちゃだめよ』で、おじさまときたら、いっつも『エドワード三世が即位したのは何年だ？』とか『ヤツメウナギの食べ過ぎで死んだのは誰かね？』って質問攻めよ」

セーラは笑った。

「一度もしゃべったことのない人なら、そういう質問をされることもないわよ。それにインドの紳士はとても親しくなっても、絶対にそんなことは訊《き》かないと思う。わたし、あの紳士が好きだわ」

大きな家族のことは幸せそうだったので好きになった。しかし、インドの紳士に心を寄せるようになったのは、幸せそうではなかったからだ。とても重い病気からまだ完全に回復していないのはまちがいなかった。台所の使用人というのは、常に謎めいた手段で情報を仕入れてくるもので、ありとあらゆることを知っていた。そこで、さかんに隣家のことが話題になった。紳士はインド人の紳士ではなく、インドに住んでいたイギリス人紳士だった。大きな不運に見舞われて、一時は全財産を失いかけ、もはや自分は破滅し、一生、不名誉と屈辱を背負って生きていくのだと覚悟するところまで追いこまれた。そのショックがあまり大きかったので、脳炎であわや死にかけた。それ以降、健康をすっかり害してしまったが、運がまた向いてきて、財産もすべて取り返したという。そうした災難や苦労は鉱山がらみのことのようだった。

「しかも、ダイヤモンド鉱山だとさ！」コックは言った。「あたしゃ、へそくりがあっても、絶対に鉱山なんぞに注ぎ込まないよ——なによりダイヤモンド鉱山はごめんだね」彼女はじろっとセーラを見た。「痛い目に遭うっつうことは、あたしらみんな、いやってほど知ってるだろ」

「あの紳士はお父さまと同じ思いをされたのね」セーラは思った。「それで、お父さまと同じように病気になった。だけど、死なずにすんだのね」

というわけで、いっそうセーラは紳士に共感を覚えた。夜にお使いに出されると、とてもうれしく感じるほどだった。というのも、隣家のカーテンがまだ閉められてなくて、暖かい部屋にいるお友達の紳士の姿がたびたび見えたからだ。あたりに誰もいないときは立ち止まって鉄の柵《さく》を握り、紳士に声が聞こえているかのように「おやすみなさい」と声をかけることもあった。

「声は聞こえなくても、心で感じることはできる」とセーラは思った。「親切な気持ちは、窓やドアや壁があっても、なぜかしら人の心に届くものよ。わたしがこの寒い場所に立って、あなたが健康を取り戻して、また幸せになりますように、って祈ると、あなたはなぜかちょっぴり暖かくなって、安らぎを覚えるかもしれない。本当にお気の毒よね」セーラは真剣な声でささやくのだった。「お父さまが頭が痛くなったときに、わたしがなでてあげたように、あなたにもちっちゃな奥さんがいてなでてくれればいいのだけど。わたしがあなたのちっちゃな奥さんになれればいいのに！　おやすみなさい——いい夢を。神様のお恵みがありますように！」

隣家の前を立ち去るとき、セーラはいつも自分までが慰められ、心が温かくなるのを感じるのだった。自分の同情する気持ちはこれだけ強いのだから、絶対に紳士に届いているにちがいない、とセーラは信じていた。そういうとき、紳士は一人で暖炉のそばの肘《ひじ》掛け椅子にすわり、たいていりっぱなガウンを着て、額に片手をあてがい、絶望したように暖炉の火を見つめていた。過去に大きな不運をくぐり抜けてきたというだけではなく、今もなお何かに悩み、苦しんでいるように思えた。

「いまだにつらいことがあって、それについていつも考えているように見えるわ」セーラは心の中で思った。「だけど、お金は取り戻したし、そのうち脳炎も完全に治るでしょう。だから、あんな様子をしているのはおかしいわ。他にも何か悩みがあるにちがいない」

何か悩みがあるとしても、使用人ですら知らないことのようだったが、大きな家族のお父さん、セーラがモンモランシー氏と呼んでいる人なら、きっと知っているはずだ。モンモランシー氏は頻繁に紳士に会いに行っていたし、モンモランシー夫人と子供たちもたびたびではないが会いに行っていた。紳士は上の二人の少女がとりわけお気に入りのようだった。弟のドナルドがセーラに六ペンスをあげたときに、とても気をもんでいたあのジャネットとノラだ。そもそも紳士は子供にはとてもやさしかったが、とりわけ女の子が好きで、ジャネットとノラの方も紳士のことが大好きで、広場を横切って、紳士をお行儀よく訪問することが許される午後を心から楽しみにしていた。紳士が病気だったので、子供たちはとても礼儀正しく控え目に振る舞った。

「かわいそうな方ね」ジャネットは言った。「あたしたちが行くと、元気づけられるんですって。できるだけ静かに励ましてあげるようにしましょう」

ジャネットはきょうだいのいちばん上だったので、みんなをお行儀よくさせるように気を配っていた。インドのお話を聞かせてほしいと、紳士におねだりする頃合いを判断するのは、ジャネットだった。また、紳士が疲れたのを見てとると、そっと席をはずし、ラム・ダスに主人のところに行くように伝えるのもジャネットの役目だった。子供たちはラム・ダスのことも大好きだった。ラム・ダスがヒンドゥスターニー語以外の言葉が話せたら、さぞおもしろい話をいろいろ聞かせてもらえたことだろう。インドの紳士の本当の名前はカリスフォード氏で、ジャネットはカリスフォード氏に〝物乞いではない女の子〟との出会いを話してあげた。カリスフォード氏はとても興味を持ち、屋根の上での小猿の冒険譚《たん》をラム・ダスから聞くと、いっそう興味を募らせた。ラム・ダスは屋根裏がいかにみすぼらしかったかを手に取るように主人に語って聞かせた――むきだしの床、はげ落ちた漆喰《しっくい》壁、錆《さび》ついた火格子と火の入っていない暖炉、硬くて狭いベッド。

「ねえ、カーマイケル」ラム・ダスの話を聞いたあとで、紳士は大きな家族のお父さんに話しかけた。「そういう屋根裏部屋が、この界隈《かいわい》にはいくつあるんだろうね。そして、そういう硬いベッドで寝ている惨めな下働きの女の子は何人いるんだろう。かたや、このわたしは巨万の富の重圧に苦しみ、悩み、羽根枕で寝返りばかり打っている始末だ。

しかも、その富の大部分は、わたしのものではないというのに」

「おやおや、あなたという方は」カーマイケル氏は明るく言った。「ご自分を責めるのは、一刻も早くお止めになった方が体のためによろしいですよ。たとえインドじゅうの富を所有していても、世界じゅうの不具合をすべて正すことはできないんですから。それに、この広場にあるすべての屋根裏部屋を改装したとしても、他の広場や通りには、そういう屋根裏部屋が無数にあるんです。ま、世の中、そんなものですよ！」

カリスフォード氏は爪を嚙《か》みながら、暖炉で赤々と燃える石炭を見つめていた。

「きみはどう思うかね」しばらくして、ゆっくりと口を開いた。「あの子は――かたときも考えずにはいられないあの子供のことだが――もしや隣の気の毒な子と同じように、みじめな境遇に陥ってるってことはないだろうか？　その可能性もあるんじゃないかな？」

カーマイケル氏は落ち着かない様子でカリスフォード氏を見た。この特別な問題についてこんなふうに悲観的に考えるのは、カリスフォード氏の頭のためにも体のためにも、いちばんよくないと知っていたからだ。

「パリのマダム・パスカルの学校にいた子供が、あなたのお捜しの子なら」となだめるように答えた。「ちゃんと世話ができる人の元にいますよ。亡くなった小さな娘さんのいちばん親しい友達だったので、養女にしたということだし、他に子供はいないそうですから。マダム・パスカルの話だと、大変に裕福なロシア人一家だということですよ」

「なのに、そのろくでもない女は、子供がどこに連れていかれたかは知らないと言うんだからな！」カリスフォード氏は声を荒らげた。

カーマイケル氏は肩をすくめた。

「抜け目のない世間ずれしたフランス女でした。父親が亡くなって子供が一文無しで残されたときに、都合よく厄介払いできたものだから、あからさまに喜んでましたよ。あいうタイプの女は、重荷になりかねない子供の将来のことで頭を悩ませたりしないんですよ。養女にした両親はまさに忽然《こつぜん》と姿を消して、行方がつかめないらしいです」

「しかし、その子がもしわたしの捜している子なら、という話なんだろう。あくまで、も、しなんだね。確実なことはわからない。名前もちがうからな」

「マダム・パスカルはクルーではなく、カルーのように発音していたが、たんに発音の問題かもしれませんよ。状況が奇妙なほど似ていたんです。インド駐在のイギリス人士官が母親のいない娘を寄宿学校に入れた。その士官は財産を失ってから、突然亡くなった」カーマイケル氏は何かを思いついたように、ちょっと言葉を切った。「その子がパリの寄宿学校に入ったというのは確かですか？　パリというのは確実なのですか？」

「いいかい、カーマイケル」カリスフォード氏はいらだたしげな苦々しい口調でまくしたてた。「ひとつとして確かなことはないんだ。子供にも母親にも、わたしは一度も会ったことがない。ラルフ・クルーとわたしは少年時代の親友だったが、卒業後はインドで再会するまで長いこと会っていなかったんだ。わたしは鉱山の夢みたいな将来性にのめりこんでいた。クルーも夢中になった。何もかもが大がかりで目もくらむような話だったから、半ば二人とも正気を失っていたんだろう。顔を合わせても、鉱山のことばかり話していたよ。子供はどこかの寄宿学校に入れられたということしか知らないんだ。そもそも、そのことをいつ知ったのかすら思い出せない有様だ」

カリスフォード氏はしだいに興奮してきた。まだ弱っている頭の中を過去の災難の記憶にひっかき回されると、決まってそうなるのだった。

カーマイケル氏は心配そうにその様子を見た。いくつか質問しておかねばならないことがあったが、慎重に穏やかに切りださなくてはならなかった。

「でも、学校がパリにあると考える理由はおありなんでしょう？」

「ああ、母親がフランス人だったし、母親が子供にはパリで教育を受けさせたがっていたという話を聞いたことがあるからな。だから子供がいるとしたら、当然パリだろうと思ったんだ」

「たしかに、可能性は高そうですね」

インドの紳士は体を乗り出すと、やせた大きな手でテーブルをたたいた。

「カーマイケル。どうしてもその子を見つけなくてはならないんだ。生きているなら、どこかにいるはずだ。友達もなくお金もない境遇になっていたら、このわたしのせいだ。こんな重い悩みを抱えていては、とうてい心が安まらない。突然に運が向いてきて、鉱山にかけた途方もない夢がすべて現実になったというのに、クルーの哀れな娘は通りで物乞《ものご》いをしているかもしれないんだぞ！」

「ほら、だめですよ、落ち着いてください」カーマイケル氏がなだめた。「その子が見つかったときに、莫大《ばくだい》な財産を渡してあげられると考えて気持ちを静めてください」

「悲観的な見通しになったとき、どうして踏ん張れなかったんだろう？」カリスフォード氏は怒りに苛《さいな》まれてうめいた。「自分の金ばかりか他人の金にも責任があったから、逃げてしまったんだと思う。気の毒なクルーは有り金すべてをこの事業に注ぎ込んでくれた。わたしを信用してくれたからこそだ――わたしを愛してくれたからだ。だのに、わたしに破滅させられたと考えて死んでいった。イートン校でクリケットをいっしょにした、このわたし、トム・カリスフォードに。わたしのことをとんでもない悪党だと思ったにちがいない」

「そう手厳しくご自分を責めてはいけませんよ」

「投機が失敗しかけたせいで自分を責めているんじゃない。勇気がなかったことで責めているんだ。きみと娘を破滅させてしまった、と親友にきちんと告げることができず、詐欺師や泥棒のように逃げだしてしまった」

大きな家族のやさしいお父さんは、慰めるようにカリスフォード氏の肩に片手を置いた。

「あなたが逃げたのは、精神的重圧にさらされて神経がまいってしまったからですよ。すでに半ば精神錯乱状態だったんです。そうでなかったら、とどまって戦ったでしょう。

あなたは家を出て二日後には入院し、ベッドに縛りつけられ、脳炎でうわごとを言っていたんです。そのことを思い出してください」

カリスフォード氏はうなだれて両手に顔を埋《うず》めた。

「そうとも、なんてことだ！　わたしは不安と恐怖で頭がおかしくなっていた。何週間も眠れなかった。あの晩、家をよろめきながら外に出てみると、そこらじゅうに魑魅《ちみ》魍《もう》魎《りょう》どもがいて、わたしを嘲《あざけ》り、罵《ののし》っているように思えたんだ」

「それだけで充分に説明がつきますよ」カーマイケル氏が言った。「脳炎になりかかっている人間に、まともな判断などできるわけがない！」

カリスフォード氏はうなだれたまま首を振った。

「そして、意識が戻ったときには、気の毒にクルーは亡くなっていた――埋葬も終わっていた。そして、わたしは何も覚えていなかったらしい。その子のことも何カ月も忘れていた。娘がいたことを少しずつ思い出しかけたときも、何もかもが霧に包まれているようだった」

カリスフォード氏は言葉を切り、額をこすった。「思い出そうとすると、またそんなふうにぼんやりしてくるんだ。クルーが娘を預けた学校のことは、絶対に聞いたはずなんだ。そう思わないかね？」

「はっきりしたことは口にしなかったのかもしれません。お嬢さんの名前ですら、聞いていらっしゃらないようですから」

「クルーはおかしな愛称を考えだして、娘を呼んでいたんだ。ちっちゃな奥さんとね。だが、いまいましい鉱山のせいで、わたしたちの頭からはそれ以外のことは何もかも吹っ飛んでしまった。話題といえば鉱山のことばかりだった。クルーが学校のことを話したとしても、わたしは忘れてしまった――記憶にないんだ。もう、二度と思い出せないだろう」

「まあ、落ち着いて」カーマイケル氏はなだめた。「どうにか見つけましょう。マダム・パスカルから聞いた、人のいいロシア人一家は捜し続けます。たしかモスクワに住んでいたと思うと言っています。それもひとつの手がかりですよ。わたしはモスクワに行ってみます」

「旅ができれば、わたしもいっしょに行くところなんだが。しかし、ここに毛皮にくるまって、暖炉の火を見つめていることしかできない。そして、火を見ていると、クルーの陽気な若々しい顔がこちらを見つめているような気がするんだ。あいつは何か訊《き》きたそうな顔をしているんだよ。夜はときどき夢に見る。きまって目の前に立っていて、同じ質問をするんだ。クルーがなんと言うか想像がつくかい、カーマイケル？」

カーマイケル氏は低い声で答えた。

「いいえ」

「必ずこう言うんだ。『トム、ねえ、トム、ちっちゃな奥さんはどこにいるんだい？』」

カリスフォード氏はカーマイケルの手をつかんで、握りしめた。「彼に返事をしなくちゃならないんだ――どうしても！　どうかその子を捜すのを手伝ってほしい。きみの力を貸してくれ」

壁の反対側では、セーラが屋根裏部屋の床にすわって、メルキゼデクに話しかけていた。夕食をもらいに巣穴から出てきたのだ。

「今日は公女さまになるのがむずかしかったわ、メルキゼデク」セーラは話しかけた。「いつもよりもずっとむずかしかった。毎日どんどん寒くなり、通りが滑りやすくなると、むずかしくなるの。玄関ホールですれちがったらラヴィニアに泥だらけのスカートを笑われたので、反撃の言葉が舌先まで出かかったけど、どうにかこらえたわ。もし公女さまだったら、嘲笑《あざわら》われても、そんなふうに言い返したりしないでしょ。だけど、舌でも嚙《か》んでいないと、言葉が飛び出しそうだった。だから、舌を嚙んでいたの。今日の午後は寒かったわ、メルキゼデク。それに夜も冷え込みそうね」

いきなりセーラは黒髪の頭を投げ出した腕に突っ伏した。一人きりのときはよくそうするのだった。

「ああ、お父さま」とささやいた。「ちっちゃな奥さんだったのが、はるか昔のことのような気がするわ」

その日、壁の両側ではこういうことが起きていたのだった。

13　民の一人

その冬の寒さはとりわけ厳しかった。お使いに出され、積もった雪の中を歩いていかねばならないこともたびたびあった。その雪が溶けかけて、泥混じりのぬかるみになると、さらに歩くのが大変になった。霧がとても濃くて、街灯が一日じゅう灯《とも》されている日もあった。霧に覆われたロンドンは、大通りを進んでいく馬車の座席にセーラが暖かい服にくるまってすわり、父親に肩を抱かれていた数年前の午後のことを思い起こさせた。そういう日には、大きな家族の家の窓からのぞく光景はなごやかで、うっとりするほど居心地がよさそうだったし、インドの紳士がすわっている書斎では暖かそうな火が燃え、鮮やかな色彩があふれていた。しかし屋根裏部屋は、言葉を失うほどみじめな様子だった。もう日の出も夕焼けも見られず、星もめったに出なくなったように思えた。天窓から見えるのは灰色か泥色の低く垂れこめた雲だけで、ときにはそこから激しい雨がたたきつけてきた。午後四時ともなると、霧がさほど濃くなくても日の光はもはや射し込まなかった。何かの用があって屋根裏に行くとき、セーラは蠟燭《ろうそく》を灯さなくてはならなかった。台所の女性たちは気が滅入《めい》りがちになり、それでいっそう不機嫌になった。

ベッキーはまるで奴隷のようにこき使われていた。

「もしお嬢さまがいらっしゃらなかったら」ある晩セーラの部屋に忍びこんで来ると、ベッキーはかすれた声で言った。「お嬢さまもいなくて、バスティーユとか、隣の独房の囚人っつうものとかもなかったら、あたし、死んじまったかもしれない。今じゃ、まるでほんとみたいですよね？　ミンチン先生なんか、どんどん牢屋《ろうや》番の頭《かしら》に似てきてますもん。牢屋番っつうのは鍵《かぎ》束をぶらさげてるって、おっしゃってたでしょう。あたし、それが見える気がするんです。でもって、コックは看守見習いってとこですかねえ。ああ、もっと話してくださいな、お嬢さま。ほら、壁の下にあたしらが掘ってる地下の抜け道のこととか」

「もっと暖かくなるような話をしてあげるわ」セーラは寒さに震えながら言った。「上掛けを持ってきて、くるまるといいわ。わたしもそうするから。ベッドでくっついて丸くなりましょう。そうしたら、インドの紳士の猿が住んでいた熱帯の森のことを話してあげる。猿が窓辺のテーブルにすわって憂鬱《ゆううつ》そうな顔で通りを眺めているのを見かけるたびに、尻尾《しっぽ》でヤシの木からぶらさがっていた熱帯の森のことを懐かしがっているのね、って思うの。誰につかまったのかしら。猿には、ヤシの実をとってあげなくちゃならない家族がいたんじゃないかしら」

「だんだん暖かくなってきましたよ、お嬢さま」ベッキーはうれしそうだった。「だけんど、バスティーユの話でも、お嬢さまが話してくださると、どういうわけか暖かくなってくるんです」

「他のことを考えられるからよ」セーラは上掛けをぎゅっと体に巻きつけたので、小さな顔と黒髪だけが上からのぞいていた。「わたし、そのことに気づいたの。体がきついときには、頭に別のことを考えさせなくちゃいけないのよ」

「そんなことできるんですか、お嬢さま」ベッキーは感心したようにセーラを見た。

セーラはちょっと眉《まゆ》をひそめた。

「できるときもあるし、できないこともあるわ。だけど、できるときは大丈夫なの。それに、何度も練習すれば、いつもできるようになると思う。最近はしょっちゅう練習しているから、前よりも簡単にできるようになってきたわ。ひどいことばかりが起きて、つらくてどうしようもないとき、ありったけの力をふりしぼって自分は公女だって考えるの。そして、自分にこう言い聞かせる。『わたしは公女よ。妖精《ようせい》の公女よ。妖精だから、どんなことがあろうと、傷つかないし、つらい目に遭ったりしない』って。そういうふうに思うと、嫌なこともころっと忘れられるわ」そう言って、セーラは笑った。

他のことを考えなくてはならない機会は頻繁にあったし、自分が公女かどうか証明しなくてはならない機会もしじゅうあった。あるひどい天候のときに降りかかってきた試練は、これまでいちばん厳しいもので、後になってからも、そのことをたびたび思い返したし、何年たっても記憶から消え去ることはなかった。

その数日、雨がずっと降り続いたせいで、寒々とした通りは水たまりだらけになり、わびしく冷たい霧が渦巻いていた。いたるところがロンドンの粘つく泥でぬかるみ、しとしとと降る雨と霧に町はすっぽりと覆われた。もちろん、こういう日に限っていつもそうなのだが、セーラは時間のかかる面倒な用事をいくつもこなさなくてはならず、何度も何度もお使いに出された。しまいにはみすぼらしい服は中まで水が浸み通ってしまったし、くたびれた帽子につけられた古ぼけたみっともない羽根は、さらに濡《ぬ》れて薄汚くなり、すりきれた靴はぐっしょりと濡れ、これ以上水が吸えないほどだった。そればかりか、ミンチン先生に昼食抜きの罰を与えられていた。あまりにも寒く、ひもじく、疲れ果て、やつれた顔をしていたからだろう、通りですれちがっただけの心やさしい人が、同情のまなざしを向けたほどだった。しかし、セーラはそんなことには気づきもしなかった。急ぎ足で歩きながら、必死に別のことを考えようとしていたからだ。そうせずには、切り抜けられそうになかった。セーラのやり方は、残っている力を振り絞って、〝つもりになる〟ことと〝想像する〟ことだった。しかし、このときばかりは、これまでなかったほどそれがむずかしかった。別のことを考えようとしても、一度か二度、かえって寒さや空腹が募るような気がしたほどだ。しかし、それでもセーラは頑固にそのやり方を貫こうとした。泥水が穴のあいた靴に浸みこんでこようとも、風が薄い上着をはぎとろうとしても、声にも出さず唇すら動かさずに、歩きながら自分に話しかけ続けた。

「乾いた服を着ていて」と心の中で自分に語りかけた。「上等な靴をはき、厚手の長いコートを着て、メリノウールの靴下をはき、穴のない傘をさしているつもりになるのよ。

それから——そう、ほかほかのロールパンを売っているお店を通りかかったら、六ペンスを見つけるの——誰の物でもない六ペンス。いい、そうしたら、わたしはお店に入っていき、熱々のロールパンを六個買って一気に全部食べちゃう」

この世では、ときどきとても不思議なことが起きるものだ。

セーラに起きたことは、まちがいなく不思議なことだった。こんなふうに自分に話しかけていたとき、通りを渡ることになった。そのあたりはぬかるみがひどくて、まるで泥沼の中を進むみたいで、慎重に足を運んだがぬかるみは避《よ》けようがなかった。足場を選ぶには足下と泥を見ていなくてはならず、ずっと下を見ながら反対側の歩道にたどり着いたまさにそのとき、側溝の中に何か光るものを見つけた。銀貨だった。たくさんの足にさんざん踏みつけられても、まだ少しは光る元気が残っていた銀貨。六ペンスではなかったが、その次の四ペンスだった。

寒さのせいで赤紫色になった小さな手の中に、あっという間に銀貨はおさまっていた。

「まあ」セーラはため息をついた。「本当だわ！　本当になったんだわ！」

それから顔を上げると、とうてい信じられないかもしれないが、目の前には店があり、しかも、その店はパン屋で、薔薇色《ばらいろ》の頬をした陽気でがっちりした、いかにもお母さんらしい女性が、かまどから出したばかりの焼きたてで熱々のおいしそうなロールパンのトレイをショーウィンドウに置いているところだった。大きくてふっくらして、つやつや光った干しぶどう入りのロールパン。

一瞬、セーラは気が遠くなりかけた。驚きと、目の前に並んでいるロールパンの光景と、パン屋の地下室の窓から漂ってくる温かいパンの匂いのせいだった。

その小銭は躊躇《ちゅうちょ》せずに使ってかまわないはずだった。ずいぶん長いこと泥に浸《つ》かっていたことは明らかだったし、落とし主は、一日じゅうたくさんの人々が押し合いへし合いしている人波にとっくにのみこまれていた。

「だけど、パン屋さんに行って、奥さんが落とし物をしていないか訊《き》いてみよう」いささか弱々しい声でセーラはつぶやくと、歩道を渡り、濡れた足を店の石段にかけた。そのとき、ちょうど目に入ったものに、はっと立ち止まった。

それは、セーラよりもさらによるべのない小さな姿だった。ただのぼろ布の束とあまり変わらない小さな姿で、重なったぼろ布からは、靴をはいていない泥だらけの真っ赤になった小さな足がのぞいている。ぼろ布が短すぎて、足までは隠せなかったのだ。ぼろが重なり合った上から、くしゃくしゃにもつれた髪と大きな落ちくぼんだ飢えた目をした汚れた顔がのぞいていた。

セーラは見た瞬間に、それが飢えた目だということを悟り、ふいに同情がこみあげてきた。

「この子も、公女にとっては民の一人なんだわ」小さくため息をついてつぶやいた。「しかも、わたしよりもずっとおなかをすかせている」

その子、〝民の一人〟はセーラを見上げると、彼女を通すために少し脇に寄った。誰にでも道を譲るのが習いになっていたのだ。たまたま警官に見られたら、「あっちに行け」と命じられるだろうこともわかっていた。

セーラは小さな四ペンスを握りしめ、ちょっとためらった。それから女の子に話しかけた。

「あなた、おなかすいてる？」

子供はぼろ布に包まれた体をまた少しずらした。

「腹ぺこかって？」その子はかすれた声で言った。「あったりめえだろ」

「お昼、食べなかったの？」

「うん」また、ごそごそと体をずらしながら、さらにしゃがれた声で答えた。「朝も食ってねえ。晩も。なんももらえなかった」

「いつから？」セーラはたずねた。

「わかんねえ。今日はだめだったんだ、どこ行っても。さんざん、どうかお慈悲をって頭下げたんだけどさ」

その子供を見ているだけで、セーラはさらに空腹感が募り、気が遠くなってきた。にもかかわらず、いつもの妙な考えが顔を出し、心の中で自分にこう語りかけていた。

「もしわたしが公女なら、もしそうなら、どうしたかしら。そういう人たちは、地位を追われて貧しい境遇になっても、常に民と分かち合った。自分よりもさらに貧しく、ずっとおなかをすかせている民に出会ったら、必ず分け与えた。ロールパンは一個一ペニー。これが六ペンス銀貨だったら、わたしは六個食べられたわね。四ペンス銀貨じゃ、一人分にも足りない。でも、何もないよりはましね」

「ちょっと待ってて」セーラは物乞《ものご》いの子供に言った。

セーラは店に入っていった。中は暖かく、おいしそうな匂いが漂っていた。パン屋のおかみさんは、またさらにロールパンのトレイをショーウィンドウに置こうとしているところだった。

「失礼ですけど」セーラは声をかけた。「四ペンスを落とされませんでした――四ペンス銀貨を？」そう言いながら、落ちていた銀貨をおかみさんの方に差し出した。

おかみさんはそれを見てから、セーラに視線を移し、その思いつめたような顔と、かつては上等だった服が泥で汚れているのを見た。

「あら、あたしのものじゃないよ」おかみさんは答えた。「あんたが見つけたの？」

「ええ、そこの側溝の中で」

「じゃ、とっときなさいな。一週間前からころがってたかもしれないし、誰がなくしたかなんてわからないもの。あんた、持ち主なんて絶対に見つけられないよ」

「そうだろうと思ったんです」セーラは答えた。「でも、いちおうおたずねしようと思って」

「そんなことする人はめったにいないよ」おかみさんはとまどったものの、同時に興味をひかれ、やさしい顔つきになった。

「何か買いたいのかい？」セーラがちらっとロールパンを見たのに気づいてたずねた。

「ロールパンを四つ、お願いします。ひとつ一ペニーのを」

おかみさんはショーウィンドウに近づき、ロールパンをいくつか紙袋に入れた。

セーラは六個入れたのに気づいた。

「あの、すみません、四つって言ったんですけど。四ペンスしかないので」セーラは説明した。

「二つはおまけよ」人のよさそうな顔で言った。「あとで食べたらいいじゃないの。おなかすいてるんだろう？」

セーラの目が潤んだ。

「ええ。とっても。ご親切にしていただき、本当に感謝しています」それから、こう付け足そうとした。「外に、わたしよりもおなかがすいている子がいるんです」だが、ちょうどそのとき、二、三人のお客がいちどきに店に入ってきて、全員が急いでいるように見えた。そこでセーラはもう一度お礼だけ言うと、また外に出ていった。

物乞いの女の子はまだ階段の隅にうずくまっていた。濡《ぬ》れて汚れたぼろをまとった姿は、ぞっとするほどみすぼらしかった。寒さやひもじさのあまり、呆《ほう》けたようにただ前をじっと見つめている。そのまぶたの下から、いきなり涙があふれてきた。女の子はびっくりしたようで、荒れて黒ずんだ手の甲であわてて目をこすった。なにやら、ひとりごとをつぶやいているようだ。

セーラは紙袋を開けて、熱々のロールパンをひとつとりだした。パンのおかげでセーラの冷え切った手も少し温《ぬく》もりを取り戻していた。

「どうぞ」セーラはぼろをまとった膝《ひざ》にロールパンを置いた。「温かくておいしいわよ。お食べなさいな。少しはおなかの足しになるわ」

子供は目を丸くして、セーラを見上げた。すごい幸運が降ってきたので怯《おび》えているみたいだった。それから、ひったくるようにロールパンをつかむと、飢えた狼さながらかぶりつき、ガツガツと口に押しこんだ。

「ああ、うめえ！　うう！」その子が有頂天になってしゃがれ声でつぶやくのが、セーラにも聞こえた。「うめえ！」

セーラはさらに袋から次々に三つ取り出すと、膝に置いてやった。

むさぼるように食べながら発する声は、耳をふさぎたくなるほど痛々しかった。

「この子はわたしよりもおなかがすいているんだわ」セーラは心の中で思った。「飢え死にしかけていたのよ」しかし、さっき四つ目のロールパンをあげたとき、セーラの手は震えていた。「わたしは飢えで死にかけてはいない」そう言うと、五つ目のロールパンも置いてやった。

セーラが背中を向けたときも、この飢えたロンドンの野生児はパンをつかんで夢中でむさぼっていた。たとえ礼儀作法を教えられていても、飢えきっていたので、お礼を言うどころではなかったが、そもそも、この子はそんなものを教わっていなかった。哀れな小さい獣のような子供だったのだ。

「さようなら」セーラは言った。

一通りの反対側に着くと、セーラは振り返ってみた。子供は両手にひとつずつパンを握っていたが、食べるのを中断してセーラの方を見ていた。セーラが小さくうなずきかけると、子供は何か言いたげなおかしな目つきでセーラをじっと見つめてから、もじゃもじゃの頭をぴょこっと下げて挨拶《あいさつ》を返してきた。それきりパンを食べようともせず、口に入れたパンを飲み込もうとすらせずに、セーラが見えなくなるまで見送っていた。

そのとき、パン屋のおかみさんがショーウィンドウ越しに外を見た。

「あら、いやだ！」彼女は叫んだ。「あの娘ったら、ロールパンを物乞いの子にあげちゃったのね！食べたくなかったわけじゃないよね。だって、とてもひもじそうだったもの。なんだってそんなことをしたのか、知りたいもんだ」

おかみさんはしばらくショーウィンドウの前に立って考えこんでいたが、ついに好奇心に負け、戸口に行くと物乞いの子に話しかけた。

「そのパン、誰からもらったの？」おかみさんは女の子にたずねた。

子供は遠ざかっていくセーラの方にあごをしゃくった。

「なんて言われたの？」さらに追及した。

「おなかすいてるかって訊《き》かれた」かすれた声で答えた。

「で、あんた、どう答えたの？」

「腹ぺこだって」

「それから、あの子は店に入ってきてロールパンを買った。それをあんたにあげたのよね？」

子供はうなずいた。

「いくつ？」

「五つ」

おかみさんはそれについて考えこんだ。

「自分にはひとつしか残らなかったんだね」低い声でつぶやいた。「六つ全部食べられそうなほど空腹だったのに。あの子の目を見ればわかったよ」

おかみさんはすっかり遠ざかってしまったみすぼらしい姿を見ているうちに、いつも穏やかな心が、これまで経験したこともなかったほど強くかき乱されるのを感じた。

「あんなにさっさと帰らなければよかったのに。やれやれ、あたしときたら、一ダースぐらいあげればよかったんだよ、まったく」それから子供の方を向いた。

「まだおなかがすいてる？」

「いつだってすいてる」という答えだった。「けど、さっきほどじゃねえ」

「こっちにお入り」おかみさんは言って、店のドアを開けてやった。

子供は立ち上がって、そろそろと中に入ってきた。パンだらけの暖かい場所に入れてもらえるとは、信じられないようなことだ。これからどうなるのか、さっぱりわからなかったが、そんなことはどうでもよかった。

「暖まっておいき」おかみさんは言うと、奥の小部屋の暖炉を指さした。「それから、いいかい。パンひとかけらも口にできないようなことがあったら、ここにパンをもらいに来ていいからね。あの娘のことを考えたら、あんたにパンをやらないわけにいかないよ、どうしたってね」

　セーラはひとつ残ったロールパンにちょっぴり慰められた。とにかく、それは熱々だったし、何もないよりずっとましだった。歩きながら小さくちぎって、できるだけ長く口の中で味わうようにしながらゆっくり食べた。

「これが魔法のロールパンで一口が食事の一回分だとしたら、こんなふうに食べていたらきっと食べ過ぎね」

　セレクト女子寄宿学校が建つ広場に着いたときには、あたりはすでに暗くなっていた。どの家にも明かりが灯《とも》っている。いつもちらっと目を向ける大きな家族の部屋の窓は、まだブラインドが下ろされていなかった。いつもこの時刻には、モンモランシー氏とセーラが呼んでいる紳士が、大きな椅子にすわり、子供たちはその椅子を囲んで、しゃべったり、笑ったり、椅子の腕木に腰をかけたり、膝に乗ったり、もたれたりしていた。今夜も一団がモンモランシー氏を取り巻いていたが、モンモランシー氏は椅子におさまっているのではなく、何か大騒ぎが起きているらしかった。どうやら、これから旅に出る人がいて、それは当のモンモランシー氏のようだった。ドアの前には箱馬車が停まり、大きな旅行鞄《りょこうかばん》が馬車の屋根にくくりつけられていた。子供たちは父親の周囲で跳ね回り、わいわいしゃべり、腕にぶらさがっている。薔薇色《ばらいろ》の頬をしたきれいなお母さんは夫のそばに立ち、旅立ち前に訊いておくべきことがあるようで、なにやら話しかけているところだった。セーラはちょっと足を止め、お父さんが小さい子たちを抱き上げてキスし、大きい子たちにもかがんでキスするのを見ていた。

「長く留守にするのかしら」セーラは思った。「旅行鞄はとても大きいわ。だとしたら、ああ、あの子たち、さぞ寂しがるでしょう！　わたしも寂しくなるわ。向こうはわたしが存在することすら、ご存じないけれど」

ドアが開いたので、セーラは以前の六ペンスの一件を思い出して歩きはじめた。それでも、旅に出る父親が温かい光に照らされた玄関ホールを背にして立ち、年上の子供たちにまとわりつかれているのは見えた。

「モスクワは雪で真っ白なのかしら？」ジャネットがたずねた。「どこもかしこも凍りついているの？」

「ロシアのドロスキー馬車に乗るの？　ロシア皇帝にも会うの？」誰かが叫んだ。

「何もかも手紙に書いて知らせるよ」父親は笑いながら答えた。「ロシアの農民や何かの写真も撮って送るよ。さあ、家に入りなさい。今夜はじめじめした嫌な晩だ。モスクワなんかに行かずに、できたらおまえたちといっしょにいたいけれどね。じゃあ、行ってきます！　おやすみ、おちびさんたち！　元気でいるんだよ！」そしてモンモランシー氏は階段を駆け下りて、馬車に飛び乗った。

「その女の子を見つけたら、ぼくたちからよろしく伝えてね」ギー・クラランスが玄関マットの上で跳んだり跳ねたりしながら叫んだ。

それから子供たちは家に入り、ドアを閉めた。

「ねえ、見た？」ジャネットは部屋に戻りながらノラに言った。「あの物乞《ものご》いじゃない女の子が通りかかったでしょ？　びしょ濡れですごく寒そうだった。振り返って、こっちを見てたわ。いつもあの子、すごいお金持ちからもらったみたいな服を着ているってお母さまは言ってるわ。でも、みすぼらしくなって着られなくなったからくれたみたいね。あの学校の人たちって決まってこういうひどい天気のときに、夜でも昼でもおかまいなく、あの子をお使いに出すのよ」

セーラは広場を突っ切り、寄宿学校の勝手口の階段をめざして歩いていった。体が震えて気が遠くなりそうだった。

「その女の子って誰かしら」セーラは考えた。「あの人が捜しに行く小さな女の子って」

それから、腕にかけている買い物籠《かご》が今日はとりわけ重いと感じながら、勝手口の階段を下りていった。その頃、大きな家族のお父さんはモスクワ行きの列車に乗るために、駅に向かって馬車をぐんぐん走らせていた。モスクワではできる限りの手を尽くして、クルー大尉の行方知れずの娘を捜すつもりだった。

14 メルキゼデクが見聞きしたこと

まさにその午後、セーラがお使いに出ていたときに、不思議なことが屋根裏部屋で起きていた。それを見聞きしていたのはメルキゼデクだけだった。メルキゼデクはびっくり仰天して途方に暮れ、あたふたしながら巣穴に戻って隠れた。それから、びくつき震えつつも、警戒しながらこっそりのぞき、何が起きているかを見てとったのだった。

セーラが朝早く出ていってから、屋根裏部屋は一日じゅうひっそりしていた。その静けさを破るのは、スレート屋根と天窓をたたく雨音だけだった。メルキゼデクはいささか退屈になってきた。やがて雨が止んで、完全な静寂が訪れると、セーラは当分帰ってこないと経験からわかっていたので巣穴を出ていき偵察してみることにした。あたりを嗅《か》ぎ回りながらうろついていると、前回の食事の残りなのか、まったく予想もしていなかったパンくずを発見した。そのとき、屋根の上で物音がしたのでぎくりとした。メルキゼデクは凍りつき、心臓をドキドキさせながら耳をそばだてた。どうやら何かが屋根を動き回っているようだ。物音は天窓の方に近づいてきて、天窓のところで止まった。不思議なことに天窓が開けられ、浅黒い顔が屋根裏部屋をのぞきこんだ。その背後から、別の顔がのぞき、二人とも用心しながらも興味深げに屋根裏部屋を眺めている。二人の男は屋根の上にいて、物音ひとつ立てずに天窓から入る準備をしているところだった。一人はラム・ダスで、もう一人はインドの紳士の秘書の青年だった。だが、もちろんメルキゼデクはそんなことは知らなかった。メルキゼデクにわかったのは、男たちが自分の隠れ家である屋根裏に侵入してきて、静けさをかき乱そうとしているということだけだ。浅黒い顔の男が軽々と天窓を抜け、敏捷《びんしょう》な身のこなしで静かに部屋に降り立つと、メルキゼデクは一目散に巣穴に逃げこんだ。メルキゼデクは死ぬほど怯《おび》えていた。セーラについては、パンくず以外は投げないし、低くあやすように口笛を吹くぐらいで大きな物音は立てないので、びくつかなくなっていた。しかし、見知らぬ男たちは近くにいたら危険だ。メルキゼデクは巣穴の入り口近くにぴったり伏せると、おののきながら、キラキラ光る目で割れ目からこっそりのぞいた。メルキゼデクが耳にした男たちの会話をどの程度理解できたのかはわからないが、たとえすべてを理解できたとしても、何が起きているのかは見当もつかなかっただろう。

　身軽で若い秘書は、ラム・ダスと同じように音もなく天窓から滑りこんできた。そのとき、青年はメルキゼデクの尻尾《しっぽ》が穴に消えていくのをちらっと目にした。

「あれ、ネズミかな？」ラム・ダスにささやきかけた。

「ええ、ネズミです」ラム・ダスはやはりささやき声で答えた。「壁の中にたくさんいます」

「うへ！」青年は叫んだ。「よくもまあ、あの子は怖がらないもんだな」

ラム・ダスは両手で同意する仕草をした。それから、敬意をこめて微笑んだ。セーラとは一度しか話したことがなかったが、ここでは彼女の親しい代弁者のような気がしていた。

「あの子はあらゆるものと友達なんです」彼は答えた。「他の子とはちがうのです。あの子がこちらを見ていないときに、わたしは見ています。夜に何度もそっと屋根を伝っていって、無事でいるか確かめています。わたしが近くにいることをあの子が知らないときに、自分の窓から見ています。あの子はそこのテーブルに立って、空を見上げています。空に話しかけられているみたいに。あの子が呼ぶと、スズメたちは集まってきます。あのネズミも、孤独なあの子が餌《え》づけして手懐《てなず》けたんです。この家で奴隷のように働かされている哀れな子は、慰めてもらおうと、あの子のところにやって来ます。こっそり忍んでくる小さな子もいます。それに、あの子を崇拝していて、いつまでも話を聞いていたがるもう少し大きな子もいる。わたしは屋根を這《は》ってきて、そういうことをすべて目にしたんです。この家の女主人はよこしまな人間で、あの子のことを宿無しのように扱っています。でも、あの子のふるまいは王族のように品格があります！」

「その子のことをずいぶん知っているんだね」秘書は言った。

「ええ、毎日の暮らしを全部知っています。いつ出かけたのか、いつ帰ってきたのか。悲しみも、ささやかな喜びも、寒さも空腹も。真夜中まで一人きりで勉強していることも。こっそり友達たちが会いに来ると、幸せそうなことも知っています。いくら貧しくても、友達が来れば声をひそめて笑ったりしゃべったりして、子供は幸せになれるものです。あの子の具合が悪ければ、わたしにはわかるはずです。もしそうなったら、ここに来て看病したいと思っています」

「この部屋まではその子以外には来ないし、その子がいきなり戻ってきて、ぼくらと鉢合わせするってことは絶対にないんだろうね？　ここにぼくたちがいるのを見たら、さぞ怯えるだろうし、カリスフォード氏の計画もだいなしになってしまうぞ」

ラム・ダスはそっとドアまで行くと、そのそばに立った。

「あの子以外、誰もここまで上がってきません。あの子は籠《かご》を持って出かけましたから、何時間も戻ってこないでしょう。わたしがここに立っていれば屋根裏に通じる階段の足音が聞こえます」

秘書は胸ポケットから鉛筆とメモ帳を取り出した。

「耳を澄ましておいてくれよ」そう言うと、ゆっくりと足音を忍ばせて、みすぼらしい小部屋を歩きはじめ、あれこれチェックしながらすばやくメモをとっていった。

最初に狭いベッドに近づいた。片手でマットレスを押してみて、驚きの声をもらす。

「石みたいに硬いぞ。いつかあの子が留守のときに交換しなくてはならないな。運び込むには特別な手配が必要だ。今夜にはできそうもない」彼は上掛けを持ち上げ、ひとつきりの薄い枕を調べた。

「上掛けは汚れてすり切れている。毛布は薄いし、シーツはつぎはぎだらけでぼろぼろだ。こんなベッドに子供を寝かせるとはね。しかも、お上品さを売りにしている寄宿学校で！　その暖炉では何日も火をたいたことがないようだな！」錆《さび》ついた火格子を見ながら言った。

「わたしは一度も火を見ていません」ラム・ダスは言った。「この学校の校長は、自分以外の人が寒がっていることを思いやれるような人間ではないんです」

秘書はすばやくメモに書きつけ、一枚破りとると、それを胸ポケットに入れた。

「ずいぶん風変わりなやり方だね」秘書は言った。「誰が考えたんだね？」

ラム・ダスは申し訳なさそうに控えめなお辞儀をした。

「最初に思いついたのは、確かにわたしです。でも、ただのちょっとした思いつきでした。あの子がとても好きなんです。わたしたちはどちらも孤独なのです。あの子は友達たちにひそかに空想を話してあげています。ある晩、悲しいときに開けた天窓のそばに寝ていて、その話を聞きました。あの子が話していたのは、この惨めな部屋にすてきなものがあれば、どんなに居心地がよくなるか、という想像でした。あの子は話しながら、それが目に見えているみたいでしたし、しゃべっているうちに陽気になって体まで暖かくなったようでした。それで、この思いつきが浮かんだんです。翌日、旦那《だんな》さまの具合が悪く、おつらそうだったので、元気づけようとして、そのことを話してみました。そのときは、ただの夢みたいな話でしたが、旦那さまはとても喜ばれました。あの子のしたことを話すと、とてもおもしろがられ、興味を惹《ひ》かれてあれこれ質問なさいました。しまいには、あの子の空想を現実にするという考えに、すっかり夢中になられたんです」

「その子が眠っている間にすべてできると思うかい？　目を覚ましたらどうする？」秘書がたずねた。その口ぶりから、この計画がどういうものになるにしろ、カリスフォード氏だけではなく秘書もまた、このことでわくわくしていることは明らかだった。

「わたしは足がビロードでできているみたいに歩けます」ラム・ダスは答えた。「それに子供の眠りは深いものです。たとえ不幸せな子でも。夜中に何度もこの部屋に入りましたが、あの子は寝返りすら打たなかった。誰かが窓から荷物を渡してくれれば、わたしが全部やれるし、あの子はぴくりとも動かないでしょう。目が覚めたら魔法使いが来たと思うでしょうね」

白い服をまとったラム・ダスは心がふっと温かくなったかのように微笑み、秘書も微笑みを返した。

「『アラビアン・ナイト』のお話みたいだな。こういう計画を思いつけるのは東洋人だけだよ。ロンドンの霧の中からはとうてい生まれない思いつきだ」

二人は長居をしなかったので、メルキゼデクは胸をなでおろした。メルキゼデクには二人の会話の中身が理解できなかったし、歩き回ったり、ささやき声で話したりするのが不気味に感じられた。若い秘書はあらゆるものに興味を示した。床、暖炉、壊れた足置き台。古いテーブルと壁についてメモをとった。壁に関しては何度も何度も手で触ってみて、たくさんの古釘《ふるくぎ》があちこちに打たれているのを見てとてもうれしそうな顔になった。

「ここにいろいろかけられるよ」秘書は言った。

ラム・ダスは謎めいた笑みを浮かべた。

「きのう、あの子が出かけているときに入ってきたんです。金槌《かなづち》でたたかなくても壁に刺せる小さな鋭い鋲《びょう》を持ってきて、必要になるかもしれない漆喰《しっくい》壁にいくつも刺しておきました。用意万端ですよ」

インドの紳士の秘書はポケットにメモ帳をしまうと、しばらく部屋を見回していた。

「メモはこのぐらいで充分だろう。さて、そろそろ行こう。カリスフォード氏は心の温かい方だ。行方不明の子供が見つからないのは実にお気の毒だよ」

「その女の子を見つければ、旦那さまにも気力がお戻りになるはずです」ラム・ダスは言った。「神様がその子を旦那さまの元に連れてきてくださいますように」

それから二人は、入ってきた天窓をやすやすとくぐり抜けた。二人ともいなくなったとわかると、メルキゼデクは心からほっとし、数分もたつと、もう巣穴を出ても大丈夫だろうと判断した。あんなうさんくさい連中でも、ポケットにパンくずを入れてきて、ひとつふたつ落としていったかもしれない。メルキゼデクはそう期待しながら、ちょこちょこ走り回った。

15 魔法

セーラが隣の家を通りかかると、ちょうどラム・ダスが鎧戸《よろいど》を閉めているところで、その部屋がちらっと見えた。

「ずいぶん長いこと、すてきな部屋に入ったことがないわ」ふと、そんな思いが胸をよぎった。

いつものように暖炉ではあかあかと火が燃えていて、インドの紳士はその前にすわっていた。片手で頭を支えた様子は、寂しげで不幸せそうだった。

「気の毒な方！」セーラは言った。「何を思っていらっしゃるのかしら」

そのとき紳士が思っていたのは、こんなことだった。

「もしもカーマイケルがその家族をモスクワで見つけることができたとしても、マダム・パスカルのパリの学校から引き取った女の子が捜している子でなかったらどうする？　まったくちがう女の子だったら？　わたしは次にどんな手を打てばいいのだろう？」

セーラが学校に戻ると、地下に来てコックを叱りつけているミンチン先生と鉢合わせした。

「どこで油を売っていたの？」ミンチン先生は叱りつけた。「何時間もかかったじゃないの」

「雨でぬかるみがひどくて、歩くのが大変だったんです。靴がすっかりすり減ってしまって滑るものですから」セーラは答えた。

「言い訳はおやめ。でたらめを言うんじゃありません」

セーラはコックのところに行った。コックはひどくお説教をされて、かなりいらついていた。ちょうど誰かに八つ当たりしたいと思っていたところだったので、これ幸いとセーラをいつものように格好の怒りのはけ口にした。

「ひと晩じゅう帰ってこないかと思ったよ」きつい口調で言った。

セーラは買ってきたものをテーブルに置いた。

「頼まれたものです」

コックはぶつぶつ文句を言いながら品を改めた。ことのほか不機嫌なようだった。

「何か食べるものをいただけませんか？」セーラはおずおずと頼んだ。

「夕食はもう終わったから片付けたよ」という答えだった。「あんたのために温めてとっておけとでも言うのかい？」

セーラは一瞬、言葉を失った。

「お昼も食べていないんです」やっとそう言った声はとても低かった。さもないと、声が震えてしまいそうだったからだ。

「食料庫にパンならあるよ。こんな時間じゃ、それぐらいしかやれないね」

セーラはパンを探しに行った。それは古くなってカチカチに乾いていた。コックは底意地が悪かったので、それ以外の食べ物は一切くれようとしなかった。コックはむしゃくしゃして怒りをぶつけたくなると、セーラに当たった。セーラなら手っ取り早いし、仕返しの心配もなかったからだ。子供にとって、屋根裏までの長い階段を上がっていくのは実のところ大変だったし、疲れているときはひときわ長くて急に感じられた。しかし、今夜はてっぺんまで行き着けないのではないかと思ったほどだった。セーラは何度か足を止めて休まねばならなかった。最後の階段を上りきったとき、ドアの下から光がこぼれているのを見てうれしくなった。それはアーメンガードがどうにか部屋を抜け出して訪ねてきたということだ。いくぶん心が慰められた。一人きりでがらんとしたわびしい部屋に入っていくよりも、よほどよかった。ぽっちゃりして気のいいアーメンガードが赤いショールにくるまって部屋にいてくれるだけで、部屋はちょっぴり暖かくなるような気がした。

思ったとおり、ドアを開けるとアーメンガードがいた。用心深く足を体の下に折りたたみ、ベッドの真ん中にすわっている。アーメンガードはメルキゼデクとその家族とは、どうしても仲良くなれなかった。彼らを前にすると恐怖にすくみあがってしまうのだ。だから屋根裏部屋に一人きりでいるときは、セーラが帰ってくるまで、いつもベッドの上にすわっていることにしていた。実際、このときもメルキゼデクが現れてあたりをさかんに嗅《か》ぎ回り、一度など後ろ足で立ち上がって、彼女の方をじっと見つめながら鼻をクンクンうごめかせたものだから、押し殺した悲鳴をもらさずにはいられず、とてもピリピリしながら過ごしていたのだった。

「ああ、セーラ」アーメンガードは叫んだ。「帰ってきてくれてよかった。メルキーがやたらに嗅ぎ回るんですもの。巣穴に戻るように言ってやったんだけど、ずっと帰ろうとしなかったの。彼のことは好きだけど、あたしの方に鼻を向けてクンクンされると怖くてたまらなくて。ベッドに飛び上がってきたりはしないわよね？」

「大丈夫よ」セーラは安心させた。

アーメンガードはベッドの端まで這《は》って移動してくると、セーラを見た。

「疲れているみたいね、セーラ。顔が青ざめているわ」

「ええ、疲れているの」セーラは傾いた足置き台に腰をおろした。「あら、メルキゼデクだわ、かわいそうに。晩ご飯をねだりに来たのね」

メルキゼデクはセーラの足音に耳を澄ましていたかのように、巣穴から出てきていた。メルキゼデクにはわたしの足音がわかるにちがいない、とセーラは思っている。親しみと期待のこもった顔でメルキゼデクが近づいてきたので、セーラは片手をポケットに入れてひっくり返し、首を振ってみせた。

「本当にごめんなさい。パンのひとかけらも残ってないの。おうちにお帰り、メルキゼデク。奥さんにわたしのポケットには何もなかったって伝えて。コックとミンチン先生にあんまり叱られたものだから、おみやげを忘れちゃったみたい」

メルキゼデクは理解したようだった。満足はしていなかったが、あきらめたように巣穴に戻っていった。

「今夜、あなたに会えるとは思っていなかったわ、アーミー」

アーメンガードは赤いショールをぎゅっと体に巻きつけた。

「ミス・アメリアが年取った伯母《おば》さんの家に泊まりがけで出かけたの」アーメンガードは説明した。「だから、ベッドに入ったあと、部屋を見回りに来る人はいないってわけ。朝までだって、ここにいても大丈夫よ」

アーメンガードは天窓の下のテーブルを指さした。セーラは入ってきたとき、そっちを見ていなかった。たくさんの本が積まれている。アーメンガードは力なくそちらを手振りで示した。

「パパがまた本を送ってきたの。あそこにあるのがそうよ」セーラは振り向いて、すぐさま立ち上がった。テーブルに駆け寄っていちばん上の本を手にとり、すばやくページを繰る。一瞬、セーラは寒さも空腹も忘れてしまった。

「まあ」セーラは叫んだ。「なんて美しい本なの！　カーライルの『フランス革命史』だわ。これ、読みたくて読みたくてたまらなかったの！」

「あたしは遠慮しとくわ」アーメンガードは言った。「ただ、読まないとパパの機嫌が悪くなるでしょうけど。休暇に帰ったときに、あたしが本の中身を全部理解していることを期待しているはずよ。ああ、どうしたらいいの？」

セーラはページをめくる手を止めて、興奮で頰を紅潮させながらアーメンガードを見た。

「そうだわ、この本を貸してくれたら、わたしが読んで、あとであなたに全部話してあげる。あなたがちゃんと覚えられるようにね」

「まあ、すてき！」アーメンガードは叫んだ。「そんなこと、できると思う？」

「できるはずよ。小さい子たちだって、わたしが教えたことはいつも覚えているでしょ」

「セーラ」アーメンガードの丸い顔が希望に輝きはじめた。「そうやって、あたしに覚えさせてくれたら、あたし——あたし、あなたに何だってあげるわ」

「何もくれなくていいのよ。ただ、本がほしいわ——ここにある本が！」セーラの目が大きくなり、期待に胸がふくらんだ。

「じゃあ、どうぞ」アーメンガードは言った。「あたしも本がほしいって言えるような子だったらよかったけど、少しもほしくない。あたしは頭が悪いの。パパは頭がいいから、あたしも当然頭がいいはずだって考えてるのよ」

セーラは次から次に本を開いていた。「お父さまにはどう言うつもり？」少し心配になってきて、たずねた。

「ああ、わざわざ言う必要なんてないわ」アーメンガードは答えた。「あたしが読んだって思うわよ」

セーラは本を置いて、ゆっくりと首を振った。「それだと、嘘をつくようなものでしょ。それに嘘は――ねえ、嘘って悪いことっていうだけじゃなくて、なんていうか、〝さもしい〟ことだと思うの。ときどきね」とセーラは言葉を選びながら先を続けた。「自分がとても悪いことをしてしまうかもしれないって思うときがあるの。たとえば、ひどい扱いを受けたときに、怒りに駆られてミンチン先生を殺してしまうんじゃないかって。だけど、わたしはさもしい人にはなれないわ。わたしが読むってこと、どうしてお父さまに言えないの？」

「パパはあたしに読ませたがっているんだもの」期待外れの成り行きに、アーメンガードは少ししょんぼりしてきた。

「お父さまは、本に書いてあることをあなたに理解してほしいのよね。だったら、わたしがかみ砕いて中身を話し、それをあなたに覚えてもらったら、お父さまは喜ぶはずよ」

「どんなやり方だろうと、少しでもわたしの知識が増えればパパは喜ぶわ」アーメンガードは悲しげに言った。「あたしみたいな子を持ったら、どんな父親だってそう思うわよ」

「あなたのせいじゃないわ――」とセーラは言いかけ、はっとして口をつぐんだ。「あなたのせいじゃないわ、あなたの頭が悪いのは」と言いかけたのだ。

「何が？」アーメンガードがたずねた。

「いろんなことを覚えるのが苦手なこと」セーラは言い直した。「覚えられなくても、仕方ないわ。わたしが覚えるのが得意だとしても、それはそれ、たいしたことじゃないのよ」

セーラはいつもアーメンガードをとても気遣って、何でもすぐに頭に入ることと何ひとつ頭に残らないことにはたいしてちがいはない、と感じさせるように努めていた。アーメンガードのふくよかな顔を見ているうちに、いかにもセーラらしい、分別のある大人びた考えが浮かんできた。

「もしかしたら、何でもすぐに理解できるのがいいわけじゃないのかもしれない。親切なことの方が、他の人にとってはよほど価値があることよ。ミンチン先生があらゆることを知っていても、今みたいな人間だったら、やっぱりいやな人だし、みんなに嫌われるでしょう。たくさんの頭のいい人たちが悪事を働いてきたし、邪悪な心を持っていた。ロベスピエールだってそうでしょ――」

セーラは言葉を切り、アーメンガードの顔をしげしげと見た。とまどった表情になっている。「覚えていないの？　ついこの間、話したでしょ。きっと忘れちゃったのね」

「そうねえ、何もかもは覚えていないわ」アーメンガードは白状した。

「じゃあ、ちょっと待っていて。濡《ぬ》れた服を脱いじゃうから。そうしたら上掛けにくるまって、また改めて話してあげる」

セーラは帽子とコートを脱ぎ、それを壁の釘《くぎ》にかけ、濡れた靴を古ぼけたスリッパにはきかえた。それからベッドに飛び乗り上掛けを引っ張って肩にかけると、膝《ひざ》を抱えてすわった。

「じゃあ、聞いてね」セーラは言った。

セーラがさっそくフランス革命の血なまぐさい歴史を語りはじめたので、話を聞いているうちに、そのむごたらしさにアーメンガードは目をまん丸にして息をのんだ。しかし、とても怖がっていたものの、聞いているお話はぞくぞくするほどおもしろく、二度とロベスピエールのことを忘れたりランバル公爵夫人のこともよくわからなくなったりしないにちがいない。

「でね、ランバル公爵夫人の首を槍《やり》に突き刺して、人々はその周りで踊ったのよ」セーラは説明した。「夫人は美しい波打つブロンドの髪をしていた。ただ困ったことに、彼女のことを考えると、いつも首は胴体じゃなくて槍の先に突き刺されていて、その周囲で人々が踊ったりわめいたりしている光景が目に浮かんでしまうの」

セント・ジョン氏には二人が立てた計画についてちゃんと話すこと、そして当分、本はこの屋根裏部屋に置いておくことで意見がまとまった。

「じゃあ、今度はお互いの近況を話しましょうよ」セーラは提案した。「フランス語の授業はどんな調子？」

「このあいだここに来て動詞の活用について教えてもらってから、わかるようになってきたわ。あの翌朝、練習問題がとてもよくできたから、ミンチン先生は不思議がってた」

セーラは小さな笑い声をあげ、膝をぎゅっと抱いた。

「ロッティがすっかり計算が得意になったことも、ミンチン先生は合点がいかないみたいよ。だけど、それはロッティもこっそりここに来て、わたしが教えてあげているからなの」セーラは部屋を見回した。「これほどぞっとする部屋じゃなかったら、屋根裏もけっこういい場所かもしれないわね」セーラはまた笑った。「つもりになるにはうってつけの場所よ」

ときどき耐えられなくなるほどの屋根裏での暮らしぶりについて、実のところアーメンガードは何も知らなかったし、それを自分で思い描けるほどの想像力も持ち合わせていなかった。セーラの部屋にたまにやって来るときは、「つもり」になって登場するいろいろなものやお話のおかげで、わくわくするひとときしか過ごしていなかった。だから、ここへの訪問は、冒険をしているような気分にさせてくれた。確かにセーラはときどき顔が青ざめて見えたし、まちがいなくどんどんやせてきてはいた。しかし、自尊心が強いセーラは決して泣きごとを言わなかった。今夜のように猛烈な空腹に苛《さいな》まれているときですら、決してそれを口にしなかったのだ。なにしろ育ち盛りだったし、しじゅうあれこれ言いつけられて駆け回り遠出をしていたから、栄養のある食事をたっぷりと規則正しくとっていたとしても、いつもおなかをすかせていただろう。だが、今は台所の都合にあわせて、不規則な時間にまずくて粗末な食べ物をちょっとつまむぐらいだったのだ。このところ、いつもおなかをすかせた胃はしくしく痛むようになっていた。「長くてつらい行軍のときは、兵隊さんたちもこんなふうに感じるんでしょうね」自分をよくそう言って慰めた。「長くてつらい行軍」という言い回しは気に入っていた。まるで自分が兵士になったような気になれたからだ。それに、屋根裏部屋のお城の女主人というちょっと愉快な想像も楽しんでいた。

「もしもわたしがお城に住んでいて、アーメンガードが別のお城の女主人で騎士や従者や奴隷たちをたくさん従えて馬を駆り、槍の先に旗を翻してわたしに会いに来たとしたら。わたしは跳ね橋の外でクラリオンが吹き鳴らされるのを聞いて、アーメンガードを迎えに下りていく。大広間で宴《うたげ》を開き、吟遊詩人を呼んで、騎士物語を歌や語りで演じさせる。屋根裏部屋ではごちそうでもてなせないけど、物語は聞かせられるし、そうすればいやなことは耳に入れないようにできる。飢饉《ききん》のときや領地が略奪されたときは、お城の奥方さまたちだって、そうするしかなかったのよね」セーラは誇り高く勇敢なお城の小さな奥方だったので、唯一できるもてなしを惜しみなく与えた。すなわち、自分の見ている夢を、目に浮かぶような空想を、自分の喜びと慰めの源である想像を。

こうして二人でいっしょにすわっていても、アーメンガードは友人が気が遠くなりそうなほどおなかをすかせていて、話している最中にも、今夜一人きりになったあとこんなに空腹で寝つけるかしら、と心配しているとは夢にも思わなかった。その夜、セーラはこれほど空腹だったことはないと思うくらいひもじかったのだ。

「あたし、あなたみたいにやせていたらいいんだけど、セーラ」いきなりアーメンガードが言いだした。「前よりもさらにやせたわよね。目がとっても大きいし、ほら、肘《ひじ》のところも尖《とが》った骨が突き出ているわ!」

セーラはすぐにまくれあがってしまう袖《そで》を引っ張り下ろした。

「昔からやせていたのよ」けなげにも、そう答えた。「それに、目は前々から大きくて緑だし」

「あなたのその変わった目、大好きよ」賞賛のこもったやさしいまなざしで、セーラの目をのぞきこんだ。「いつも、ずっと遠くを見ているみたいよね。すてきだわ、その目。それにふだんは黒く見えるんだけど、ときどき緑に見えるところも大好き」

「猫の目みたいね」セーラは笑った。「だけど、猫とちがって暗闇では物が見えないわ。試してみたの。でも、だめだった。見えたらいいのにね」

そのとき、天窓で何かが起きたが、二人とも見ていなかった。どちらかがたまたま振り向いたら、部屋をこっそりのぞいている浅黒い顔を目にしてびっくり仰天《う》したことだろう。その顔は現れたときと同じようにすばやく、ほとんど音もなく消え失せた。ただ、まったく音を立てなかったわけではなかった。鋭い耳の持ち主であるセーラは、さっと顔を上げて天井を見た。

「あの音はメルキゼデクじゃないわ」セーラは言った。「爪がひっかく音がしなかったから」

「何だったの?」アーメンガードが少しびくつきながらたずねた。

「あなた、何か聞かなかった?」

「ううん」口ごもりながら答えた。「あなたは聞いたの?」

「たぶん空耳だったのね。だけど、音がした気がしたのよ。何かが屋根にいるみたいな、そっと何かをひきずっているみたいな音」

「何だったのかしら?」アーメンガードはたずねた。「もしかしたら——泥棒?」

「まさか」セーラは笑いそうになった。「ここには盗むものなんて——」

不意に言葉を切った。セーラをぎくりとさせた音は、アーメンガードにも聞こえた。それは屋根の上からではなく、下の階段の方から聞こえてくるミンチン先生の怒鳴り声だった。セーラはさっとベッドから飛び下りると、蠟燭《ろうそく》を吹き消した。

「ベッキーを叱ってる」セーラは暗闇で立ったまま、ささやいた。「ベッキー、泣いてるわ」

「ミンチン先生、こっちに入ってくる?」アーメンガードがうろたえて、ささやき返した。

「いいえ。わたしはもう寝たと思うでしょ。じっとしていて」

ミンチン先生が屋根裏への階段を上がってくることはめったになかった。セーラの記憶では、これまでに一度しかない。ところが、今回は怒りのあまり、少なくとも途中まで上がってきていた。ベッキーを追い立てるようにして階段を上がってきているようだ。

「なんて厚かましいの、この嘘つき！」ミンチン先生がそう言う声が聞こえた。「これまでにも、あれこれなくなっているってコックは言ってるのよ」

「あたしじゃないです、先生」ベッキーが涙声で訴えた。「おなかはぺこぺこだったけど、あたしじゃないです、絶対に！」

「牢屋《ろうや》にぶちこまれたって文句は言えないんだからね」ミンチン先生の声。「いろんなものをくすねて。よくもミートパイ半分も！」

「あたしじゃないですってば」ベッキーがすすり泣いた。「一個丸々だって食べられるぐらい、腹へってたけど、指一本触れちゃいないです」

ミンチン先生は怒鳴るのと階段を上がるのとで、すっかり息を切らしていた。そのミートパイは自分の夜食にするつもりだったのだ。ベッキーをぶっているらしい音が聞こえてきた。

「作り話をするんじゃない。さっさと部屋に行きなさい」

ぴしゃりとぶつ音に続き、ベッキーがすり減った靴で階段を駆け上がって部屋に飛び込む音が、セーラとアーメンガードのところまで聞こえてきた。ドアが閉まる音がして、ベッキーがベッドに身を投げるのがわかった。

「二個だって食べられたよお」枕に突っ伏してむせび泣く声が伝わってきた。「だのに、ひと口だって食べなかった。コックがおまわりの彼氏にやったんだ」

セーラは暗闇で部屋の真ん中に立っていた。歯を食いしばり、伸ばした手を力をこめて開いたり握ったりしている。じっと立っていられない気持ちだったが、ミンチン先生が階段を下りて立ち去ったとわかるまでは、動くわけにはいかなかった。

「なんて根性曲がりの悪い人なの！」吐き捨てるように言った。「コックは自分で盗んでおいて、ベッキーに罪をきせたのね。ベッキーがそんなこと、するわけない！　絶対に！　おなかがすいてたまらないときは、ゴミ箱からパンのかけらを拾って食べてることもあるのよ！」セーラは両手に顔を埋《うず》めると、激しくすすり泣きをもらしはじめた。聞いたこともないセーラの慟哭《どうこく》に、アーメンガードは唖然《あぜん》となり怖くなってきた。セーラが泣いている！　絶対にへこたれないセーラが！　それは未知のことを、アーメンガードがこれまで知らなかった気持ちを表しているように思えた。もしかしたら――もしかしたら――背筋の寒くなるような可能性がアーメンガードのやさしく、のんびりした頭にいきなり浮かんだ。アーメンガードは暗闇でベッドから這《は》い出ると、どうにか蠟燭のあるテーブルまで行った。マッチを擦って、蠟燭に火をつける。明かりが灯《とも》ると、アーメンガードはかがみこむようにしてセーラを見た。たった今思いついたことがはっきりした恐れへと変わり、アーメンガードの目に浮かんでいた。

「セーラ」おどおどと、まるで怯《おび》えているかのように声をかけた。「あの、あなた、一度も言ったことがないけれど――失礼だったらごめんなさいね、でも――あなた、おなかがすいているんじゃない？」

こんなときに言われては、もはやこらえられなかった。自尊心の壁は打ち破られた。

セーラは両手から顔を上げた。

「そうよ」これまでになく感情のこもった口調だった。「ええ、おなかがすいているの。あまりぺこぺこで、あなたを食べちゃえるぐらいよ。そんなときにかわいそうなベッキーの声を聞いて、耐えられなくなったの。あの子はわたしよりも、もっとおなかがすいているのよ」

アーメンガードは息をのんだ。

「ああ、そうだったのね！」アーメンガードは嘆いた。「あたし、全然知らなかったわ！」

「あなたに知られたくなかったのよ。そんなこと言ったら、まるで物乞《ものご》いみたいな気になっただろうから。たしかに外見は物乞い同然だってことはわかってるけど」

「まあ、そんなことないわ――絶対に！」アーメンガードはさえぎった。「そりゃ、お洋服はちょっと変かもしれない――でも、どこから見たって、物乞いになんて絶対見えないわよ。だいたい、あなたは物乞いの顔をしていないもの」

「男の子が六ペンスを恵んでくれたことがあるのよ」セーラは言いながら、つい小さく笑った。「ほら、これよ」そしてセーラは首元から細いリボンを引っ張りだした。「わたしがこれを必要としているように見えなかったら、あの子だってクリスマスにもらった六ペンスをくれようとしなかったわ」

なぜか、かわいらしい六ペンス銀貨を見ているうちに二人とも心がほぐれてきて、少し笑った。ただし、どちらの目にも涙が浮かんでいたが。

「その子、誰だったの？」それがありふれた、ただの六ペンス銀貨ではないかのように、アーメンガードはしげしげと見ながらたずねた。

「ちょうどパーティーに出かけようとしていた、かわいらしい男の子よ。大きな家族の一人で、ぽっちゃりした足をしたおちびさん。わたしはギー・クランスって呼んでいるの。きっと、あの子の部屋はクリスマスのプレゼントとか、ケーキとかお菓子がぎっしり詰まった籠《かご》で一杯なんでしょうね。だから、わたしには何もないはずだって気づいたのよ」

アーメンガードは少し後ろに飛びすさった。最後の言葉を聞いて、ぼんやりした頭であることを思い出し、いきなりすばらしい思いつきが閃《ひらめ》いたのだ。

「ああ、セーラ！」アーメンガードは叫んだ。「あたし、なんて馬鹿だったのかしら、あのことを思いつかなかったなんて」

「何のこと？」

「とってもすてきなことなの！」アーメンガードは興奮して早口でまくしたてた。「今日の午後に、あたしのいちばんやさしいおばさまから贈り物が送られてきたの。おいしいものが籠にぎっしり詰まってたのよ。まだ手をつけていないの。お昼にデザートを食べ過ぎたし、パパの本のことで頭がいっぱいだったから」次から次に言葉があふれ出てきた。「ケーキも入ってたし、小さなミートパイにジャムタルトにロールパンにオレンジ、赤スグリのジュースにイチジクにチョコレート。こっそり部屋に戻って、とってくるわ。そしたら、いっしょに食べましょう」

セーラは頭がくらくらしてきた。気が遠くなりそうなほど空腹なときに、食べ物の話をされると、おかしな気分になるものだ。セーラはアーメンガードの腕をぎゅっとつかんだ。

「大丈夫？　持ってこられると思う？」口から言葉が飛び出していた。

「できると思う」アーメンガードは答えると、ドアのところまで走っていって、そっと開けると、暗闇に頭を突き出して耳をそばだてた。それからセーラのところに戻ってきた。「明かりは消えていたわ。みんな寝てるわよ。あたし、そうっと歩いていく、足音を忍ばせて。誰にも聞きつけられないわよ」

あまりのうれしさに、二人は互いの手を握り合った。そのとき、セーラの目が輝いた。

「アーミー！　つもりになりましょうよ！　パーティーだっていうつもりになるのよ。それから、そうだわ、隣の独房の囚人も招待してもらえない？」

「いいわよ！　ええ！　じゃあ、壁をノックしましょう。看守には聞こえないわよ」

セーラは壁際に歩いていった。壁越しに、さっきよりも静かになってはいたが、かわいそうなベッキーがまだ泣いているのが聞こえてくる。セーラは四回ノックした。

「今のはね、『壁の下の秘密の通路を通って来られたし。伝えたいことあり』という意味なの」

ノックがすばやく五回返ってきた。

「来るわ」セーラは言った。

ほとんど同時に屋根裏部屋のドアが開き、ベッキーが現れた。その目は真っ赤で、キャップはずり落ちかけている。アーメンガードの姿を見たとたん、あわててエプロンで顔をこすりはじめた。

「あたしのことは気にしないで、ベッキー!」アーメンガードが叫んだ。

「ミス・アーメンガードが、あなたにも仲間入りしてほしいんですって」セーラが言った。「これから、いいものが詰まった籠を、わたしたちのためにとってきてくれるのよ」

興奮のあまり、ベッキーのキャップはほとんど落ちかけ、ベッキーは矢継ぎ早に質問した。

「食べ物なんですか、お嬢さま? いいものって、食べられるもんなんですか?」

「そうよ」セーラは答えた。「だから、これからパーティーを開くつもりになるのよ」

「で、食べたいだけ食べていいのよ」アーメンガードが言った。「じゃ、行ってくるわね!」

アーメンガードは忍び足になって、あわてて部屋を出て行ったので、ショールを落としたことに気づかなかった。残った二人も、そのショールがしばらく目に入らなかった。ベッキーは降って湧いた幸運に、すっかり舞い上がっていた。

「ああ、お嬢さま! ああ、お嬢さま!」彼女はかすれた声で言った。「あたしを呼んでくださったのは、お嬢さまですよね。そのこと思うと、あたし、涙が出て」そしてベッキーはセーラのそばに来ると、崇拝のまなざしで見つめた。

さっきまで飢えに苦しんでいたセーラの目には、またかつての光が輝きだし、世界を意のままに変えはじめていた。外は凍《い》てついた夜で、午後はぬかるんだ道をひたすら歩き、飢えた物乞いの子の哀れな目つきがまだ脳裏に刻まれているというのに、この屋根裏部屋では、こんなにすばらしく愉快なことがまるで魔法のように起きたのだ。

セーラははっとした。

「なぜか、必ず何かが起こるのよ」セーラは叫んだ。「最悪の事態になるぎりぎり一歩手前でね。まるで魔法がふるわれたみたいに。いつもそのことを思い出すだけでいいんだわ。最悪の事態になることは決してないって」

セーラは楽しげにベッキーをちょっと揺すぶった。

「だめ、だめ！　泣いちゃだめよ！　急いでテーブルの支度をしなくちゃ」

「テーブルの支度、ですか、お嬢さま？」ベッキーは部屋を見回した。「どうやって支度しましょうかね？」

セーラも部屋を見回した。

「たいしたことはできそうもないわね」半分笑いながら答えた。

そのとき、ある物を見つけて飛びついた。アーメンガードの赤いショールが床に落ちていたのだ。

「ショールがあるわ」セーラは叫んだ。「アーメンガードは気にしないはずよ。これ、すてきな赤いテーブルクロスになるわ」

二人は古いテーブルを前に引っ張ってきて、ショールをかけた。赤は不思議なほど心がなごむ居心地のいい色だった。それだけで、たちまち家具調度が調った部屋のように見えてきた。

「床に赤いラグが敷かれていたら、さぞすてきでしょうね！」セーラは声を弾ませた。「敷かれているつもりになりましょう！」

セーラはむきだしの床をうっとりしたまなざしで眺めた。これでもう、ラグが敷かれた。

「なんてふかふかして、やわらかいのかしら！」セーラはベッキーにはちゃんと通じる小さな笑い声をあげた。それから足を上げると、やわらかな感触を楽しんでいるかのようにそっと下ろした。

「そうですね、お嬢さま」ベッキーは心からうっとりした表情を浮かべてセーラを見た。ベッキーはいつも真剣に、そのつもりになろうとした。

「次はどうしようかしら？」セーラはじっと立って、両手を目にあてがった。「考えながら少し待っていると、何か思いつくのよ」期待にあふれた声でそっとささやいた。「魔法が教えてくれるの」

思いつきというものは、「向こうの世界」とセーラが呼んでいる場所で出番を待っているのだ、というのが、セーラのお気に入りの空想のひとつだった。セーラがじっと立って待っているうちにすてきなことが閃いて笑顔になるのを、ベッキーはこれまでに何度も見てきた。

まもなく、セーラは笑みを浮かべた。

「ほらね！」セーラはうれしそうに言った。「閃いた！　これでわかったわ！　公女だったときの古いトランクの中をのぞいて探してみましょう」

セーラは部屋の片隅に飛んでいって、ひざまずいた。トランクはセーラが利用するために屋根裏に運ばれたのではなく、他に置き場所がなかったので置かれていた。中にはがらくたしかもう残っていなかった。しかし、何か見つかるはずだ、とセーラは信じていた。魔法はどうにかして、そういう手はずを整えてくれるはずだ。

トランクの隅に、これまでうっちゃられていた見栄えのしない包みが入っていた。以前それを見つけたときも、たんに記念としてとっておいたのだった。包みには小さい白いハンカチが一ダース入っていた。セーラは大喜びでハンカチを手にとり、テーブルに走っていった。それを赤いテーブルクロスの上に並べ、レースの縁取りをなでて、どうにか外側に反り返るような形にしようとしながら、どうか魔法の力を貸してください、と祈った。

「これはお皿よ」セーラは言った。「金のお皿。こっちは豪華な刺繍《ししゅう》がほどこされたナプキン。スペインの修道院で尼さんたちが刺繍したものなのよ」

「そうなんですか、お嬢さま？」それを聞いただけでベッキーは胸が高鳴ってきて、弾んだ声を出した。

「そのつもりにならなくちゃだめよ。ちゃんとそのつもりになれば、そう見えてくるわ」

「はい、お嬢さま」ベッキーは答えた。セーラがトランクの方に戻って行くと、ベッキーはそんなふうに見えてくるように必死に努力を始めた。

セーラはふと振り返って、ベッキーがテーブルのそばに立ち、とても妙な様子をしていることに気づいた。目を閉じて顔をゆがめ、頬をひくつかせ、脇に垂らした両手をぎゅっと握りしめている。とてつもなく重い物を持ち上げようとしているように見えた。

「どうかしたの、ベッキー？」セーラは声をかけた。「何をしているの？」

ベッキーはぎくりとして目を開いた。

「あ、あたし、そのつもりになってたんです、お嬢さま」少し恥ずかしそうだった。「お嬢さまとおんなじように、いろんなものが見えるようにってがんばってたんです。あとちょっとでしたよ」明るくにっこりした。「だけど、えらく力がいるもんですねえ」

「たぶん、慣れていないせいよ」セーラの口調はやさしく、共感がこもっていた。「だけど、しょっちゅうやっていれば、とっても簡単にできるようになるわ。最初からそんなにがんばる必要はないのよ。しばらくしたら自然にできるようになるから。これから、いろいろ説明してあげるわね。これを見て」

セーラはトランクの底から引っ張り出してきた古い夏用帽子を差し出した。帽子のつばにはぐるっと花輪がついている。セーラはそれをはずした。

「これは宴《うたげ》を飾る花輪よ」セーラは威厳たっぷりに言った。「花の香りが部屋じゅうを満たすわ。洗面台にマグカップがあるでしょ、ベッキー。ああ、石鹼皿《せっけん》も持ってきて、テーブルの中央に飾るから」

ベッキーは指示されたものをうやうやしく渡した。

「今度は何ですかね、お嬢さま？　瀬戸物みたいだけど、そうじゃないんですよね」

「これは彫刻をほどこした酒瓶よ」セーラは言いながら、花輪をマグに巻きつけた。

「そしてこちらは」と石鹼皿にかがみこみ、薔薇《ばら》の造花をそっと盛りつける。「宝石をちりばめた純白のアラバスターの器なの」

幸せそうな笑みを浮かべながら、いろいろなものにやさしく手を触れて整えているセーラは、まるで夢の世界の住人のように見えた。

「ああ、きれえですねえ！」ベッキーがささやいた。

「ボンボン入れになるものが何かなかったかしら」セーラはつぶやいた。「あ、そうだ！」またもやトランクに走っていった。「たしかさっき見かけたわ」

それは赤と白の薄紙に包まれた一束の毛糸にすぎなかったが、薄紙をよじるとたちまち小皿の形になり、残りの花と組み合わせて、宴を照らす蠟燭《ろうそく》を飾ることになった。魔法の力がふるわれていなかったら、赤いショールをかけた古いテーブルに、長く放置されていたトランクのがらくたが並べられただけにしか見えなかっただろう。しかし、一歩下がってテーブルを眺めたセーラには、数々の美しいものが見えていた。そしてベッキーも、うっとりとテーブルを見てから息をひそめて言った。

「ここは」と部屋をぐるっと見回した。「今でもバスティーユですか？　それとも、ちがうとこに変わったんですかね？」

「あら、もちろん！　まったくちがう場所よ。ここは宴の大広間なの」

「びっくりですねえ、お嬢さま！」ベッキーが叫んだ。「宴の大広間なんて！」いささかうろたえ、圧倒されたようにすばらしい飾り付けを見回した。

「宴の大広間はね、ごちそうが出される、とっても広い部屋なの。丸天井で、吟遊詩人が演じるバルコニーがあって、巨大な暖炉にはオークの薪がどっさりくべられて燃えさかっている。ありとあらゆるところで蠟燭が星のようにきらめいているのよ」

「すっごいですねえ、お嬢さま！」ベッキーが息を弾ませながらまた感嘆の声をあげた。

そのときドアが開いて、籠《かご》の重みに少しよろめきながらアーメンガードが入ってきた。とたんに歓声をあげた。寒くて薄暗い外の廊下から入ってきたら、まったく予期していなかった宴のテーブルに迎えられたのだ。赤いテーブルクロスがかかり、白いナプキンが並べられ、花が飾られていて、本当にすばらしい宴の支度に思えた。

「まあ、セーラ！」アーメンガードは叫んだ。「あなたって、最高に頭が切れるわね！」

「すてきでしょ？」セーラは言った。「みんな、わたしの古いトランクから出してきたものよ。魔法にお願いしたら、トランクの中を見てごらんって教えられたの」

「だけど、ねえ、アーメンガードお嬢さま」ベッキーが叫んだ。「これが何だか、お聞きになったら、そら、びっくりしますよ！　これは、なんと——ああ、お嬢さま、どうか話してあげてください」

そこでセーラは語り、魔法の力のおかげで、アーメンガードにもほとんどすべてが見えるようにしてあげられた。金の皿、丸天井の部屋、燃えさかる薪、きらめく蠟燭。続いて、籠から次々においしそうなものが取り出された。粉砂糖がかかったケーキ、果物、ボンボンとジュース。豪勢な宴になった。

「本物のパーティーみたい！」アーメンガードが叫んだ。

「女王さまのテーブルみたいですねえ」ベッキーがため息をついた。

するとアーメンガードがすばらしいことを思いついた。

「そうだ、セーラ。あなたは公女さまで、これは王室の宴だっていうつもりになりましょうよ」

「だけど、これはあなたのごちそうでしょ」セーラは言った。「あなたが公女さまにならなくちゃ。で、わたしたちは女官ってことにする」

「ええっ、そんなの無理よ。あたし、太りすぎてるし、どうやったらいいのかわからないもの。あなたが公女さまになって」

「あなたが、そう言うなら」セーラは言った。

しかし、いきなり別のことを思いつき、セーラは錆《さ》びついた火格子に走り寄った。

「ここに紙くずやゴミがたくさんあるわ！」セーラは叫んだ。「これに火をつければ、ちょっとの間でも明るい炎が燃え上がって、まるで本物の暖炉みたいな気分になれるわよ」セーラがマッチを擦ると、一時的にしろまばゆい炎があがり、部屋を照らしだした。

「炎が消える頃には、これが暖炉の火じゃなかったことなんて忘れてるわね」

セーラはちらちら躍る火明かりの中で微笑んだ。

「まるで暖炉をつけたみたいじゃない？　さあ、パーティーを始めましょう」

セーラはテーブルに近づいていき、片手をアーメンガードとベッキーの方に優雅に振った。今、セーラは自分の夢の世界にいた。

「うるわしき乙女たちよ、こちらへ」セーラは夢見るような幸せそうな声で言った。「どうか宴の席におつきください。わが父上の国王陛下は長旅で留守になさっておるゆえ、わたくしがおもてなしをするように言いつかっております」セーラは部屋の隅の方にちょっと顔を向けた。「さて、さて、そこの吟遊詩人たちよ！　ヴァイオルとバスーンの演奏を始めなさい。公女さまっていうのはね」とセーラは早口になって、アーメンガードとベッキーに解説した。「宴の席では、いつも吟遊詩人たちに演奏させていたんですって。あの隅に吟遊詩人たちがいるバルコニーがあると想像してね。さあ、いただきましょう」

手を伸ばしてケーキをとったとたん、全員がぱっと立ち上がった。誰一人、ケーキを口に入れる余裕はなかった。三人は青ざめた顔をドアの方に向け、耳をそばだてた。

誰かが階段を上がってくる。まちがいなかった。腹立たしげに階段を上がってくる足音の主は明らかで、三人ともすべてが終わったことを悟った。

「こ、校長先生だ！」ベッキーがくぐもった声で言い、ケーキを床に落とした。

「そうね」セーラは答えたものの、ショックのあまり目を大きく見開き、青ざめた小さな顔の中で目だけがひときわ目立っていた。

バンと乱暴にドアを押し開けたとき、ミンチン先生の顔も青ざめていたが、それは怒りのせいだった。ミンチン先生は怯《おび》えた三つの顔を順番に見てから宴のテーブルに目を移し、さらに暖炉で燃え尽きようとしている炎を見た。

「こういうことじゃないかと思ってたけど」ミンチン先生は怒鳴った。「まさか、ここまでずうずうしいとはね。ラヴィニアの言うことは本当だったんだわ」

これで、ラヴィニアがなぜか秘密を嗅《か》ぎつけ、先生に告げ口したのだとわかった。ミンチン先生はベッキーのところに大股《おおまた》に歩いていくと、今夜二度目の平手打ちをした。

「なんてふてぶてしいの！　朝になったら出ていきなさい！」

セーラは身じろぎもせずに立っていた。その目はますます大きく、顔はますます青ざめていった。アーメンガードがわっと泣きだした。

「ああ、その子を追い出したりしないでください」アーメンガードはすすり泣きながら訴えた。「おばさまが籠を贈ってくれたんです。だから、ただ――パーティーをしていただけなんです」

「ははあ、なるほど」ミンチン先生は威嚇するように言った。「セーラ公女さまが主宰者ってわけね」荒々しくセーラの方に向き直った。「あんたの仕業ね、わかってるわ」ミンチン先生は叫んだ。「アーメンガードにこんなことは考えつけないだろうからね。あんたがテーブルを飾りつけしたんでしょ——このがらくたで」ミンチン先生はベッキーに向かってドンと足を踏みならした。「さっさと部屋に戻りなさい！」ミンチン先生に命じられ、ベッキーはエプロンで顔を隠し、肩を震わせながら逃げるように去っていった。

次はまたセーラの番だった。

「あんたには明日、罰を与えます。朝食も昼食も夕食も抜きだからね！」

「今日はお昼も夜もいただいていません、ミンチン先生」セーラはかすれた声で言った。

「それなら、なおけっこう。身にしみるでしょうよ。ぼうっと突っ立っているんじゃない。そこにあるものをさっさと籠に戻しなさい」

ミンチン先生は自分でもテーブルのものをどんどん籠に入れはじめた。そのとき、アーメンガードの新しい本が目に留まった。

「それから、あなた」とアーメンガードに言った。「その新しい美しい本をこの汚らしい屋根裏に持ってきたのね。それを持ってベッドに戻りなさい。明日は一日じゅう部屋から出てはいけません。それからお父さまに手紙を書きますからね。今夜あなたがどこにいたかを知ったら、お父さまはなんとおっしゃるでしょうね？」

このとき、自分にじっと注がれているセーラの重々しい視線に何かを感じとって、ミンチン先生は逆上しながらセーラに向き直った。

「あんた、何を言いたいの？」と問いただした。「その目つき、いったい何だって言うの？」

「ずっと考えていたんです」教室での一件があった日のように、セーラは淡々と答えた。

「だから何を？」

まさに教室での場面と同じだった。セーラの態度には生意気なところは一切なく、ただ悲しげで控えめだった。

「わたしが考えていたのは」とセーラは低い声で言った。「今夜、わたしのいる場所を知ったら、わたしのお父さまはどう言うだろうということです」

以前も激怒したようにミンチン先生は猛烈に腹を立て、今夜も怒りを抑えようとはせず、遠慮なく爆発させた。ミンチン先生はセーラに飛びかかると体を揺すぶった。

「どこまで無礼な手に負えない子なの！」ミンチン先生は叫んだ。「よくもまあ！　なんて子だ！」

ミンチン先生は本をとりあげ、テーブルのごちそうを一切合切乱暴に籠《かご》に放りこむと、それをアーメンガードの腕に押しつけ、彼女を追い立てながらドアに向かった。

「思う存分、そこで考えていたらいい。ただちにベッドに入りなさい」ミンチン先生はそう言い捨て、よろよろしている哀れなアーメンガードを連れて出ていき、セーラは一人残された。

夢の宴は終わってしまった。暖炉で燃えていた紙の炎は最後の輝きが消え、黒い燃えかすだけになった。テーブルはむきだしになり、金のお皿も、見事な刺繍《ししゅう》がほどこされたナプキンも、花輪も、また古ぼけたハンカチと赤や白の紙切れと古びた造花に戻って床に散らばっていた。バルコニーの吟遊詩人たちはいつのまにか立ち去り、ヴァイオルやバスーンは沈黙している。エミリーは壁に寄りかかってすわっていて、じっとこちらを見つめていた。セーラはエミリーを見ると、近づいていって震える手で抱き上げた。
「もう宴《うたげ》は跡形もなく消えたわ、エミリー」セーラは話しかけた。「それに、もう公女さまもいない。バスティーユの囚人しか残っていないの」そして、すわりこむと、両手で顔を覆った。

このとき顔を覆っていなくて、折悪しく天窓を見上げていたら、どうなっていただろう？　そうしたら、この章の最後はまったくちがったものになったはずだ。なぜなら天窓を見上げたら、そこに目にしたものに驚愕《きょうがく》したにちがいないからだ。セーラはガラスに顔が押しつけられ、こちらをのぞいているのに気づいたことだろう。それは今夜早く、アーメンガードと話しているときにのぞいていたのと同じ顔だった。

しかし、セーラは上を見なかった。黒髪の頭を投げ出した腕に押しつけ、しばらくすわっていた。黙って何かに耐えようとするときは、いつもそんなふうにすわるのだ。それから立ち上がると、ゆっくりとベッドに向かった。
「もう何の空想もできないわ。起きている限りは。試してみてもむだよね。眠ったら夢を見て、そこで何かのつもりになれるかもしれない」

たぶん、何も食べていなかったせいだろう、セーラはふいにひどい疲労感を覚え、べッドの端にぐったりとすわりこんだ。

「暖炉で明るい炎が燃えていて、たくさんの小さな炎が躍っている」セーラは小さな声でつぶやいた。「その前にはすわり心地のいい椅子があって、そうね、小さなテーブルもそばにあるわ。その上にはささやかな温かい――温かい夕食が置いてある。そして」薄い上掛けを引っ張り上げながら、セーラは言葉を続けた。「これはやわらかな美しいベッドで、ウールの毛布と大きな羽毛の枕もある。それに――」疲労困憊《こんぱい》していたのは、セーラにとって幸いだった。まもなく、まぶたが閉じ、深い眠りに落ちていったからだ。

どのぐらい眠っていたのか、セーラにはわからなかった。しかし、あまりにも疲れていたので、ぐっすりと眠り続けていた。たとえメルキゼデクが息子も娘も家族全員を引き連れ巣穴から出てきて、取っ組み合い、ころげ回って遊び、チューチュー鳴き、ドタバタ音を立てたとしても、目を覚まさなかっただろう。それほど深い深い眠りに落ちていた。

いきなり、セーラは目を覚ましたが、自分を眠りから引きずり出したものの正体は知らなかった。実はセーラを眠りから呼び戻したのは、現実の物音だった。しなやかな白い姿が通り抜けたあとで天窓の閉まる、カチッという音だ。人影は天窓のそばの屋根の上にしゃがみこんだ。屋根裏部屋で起きていることは見えるが、室内からは姿を見られない位置だった。

最初のうち、セーラは目が開かなかった。あまりにも眠くて、しかも不思議なことに暖かくて気持ちがよかったせいだ。ぬくぬくと暖かくて寝心地がよかったので、絶対に目が覚めているとは思えなかった。すてきな夢の中以外で、こんなにぽかぽかして心地よかったことなど一度もない。

「なんてすてきな夢なの！」セーラはつぶやいた。「すごく暖かい。ああ、目を覚ましたくない」

……もちろん、夢に決まっていた。暖かい上等な寝具がかかっているように感じられたのだから。実際に毛布の手触りまで感じられたし、手を伸ばすとサテンのカバーがかかった羽毛入りの上掛けらしきものに触れた。こんな幸せな夢からは覚めたくない。じっとして、いつまでも夢を見ていよう。

しかし、それは無理だった。目をぎゅっと閉じていても、眠っていられなかった。何かのせいで目を覚まさないわけにいかなかったのだ。部屋の何かのせいで。それはうっすらと感じられる光と、小さな火がパチパチはぜ、ごうごう燃えている音だった。

「ああ、目が覚めてしまう」セーラは残念そうに言った。「仕方ないわね――あーあ」

いつのまにか目が開いていた。そして笑顔になった。これまで屋根裏部屋で一度も見たことがなくて、絶対に見るはずがないとわかっているものが目に入ったからだ。

「あら、まだ目が覚めていなかったのね」そうつぶやきながら、思い切って片肘《かたひじ》をついて頭を起こし、あたりを見回した。「まだ夢を見ているんだわ」夢にちがいなかった。

目が覚めているなら、こういうものがあるわけがないからだ。絶対に。

まだ現実に戻っていないにちがいない、とセーラが考えたとしても無理はなかっただろう。なにしろセーラが見たのはこんな光景だったのだ。暖炉では赤々と火が燃えていた。さらに暖炉の中の棚では、小さな真鍮《しんちゅう》のやかんがシュンシュンいってお湯が沸いている。床には厚くて暖かそうな深紅のラグ。暖炉の前には折りたたみ椅子が広げてあり、クッションがのっている。椅子のかたわらには小さな折りたたみテーブルがこれまた広げられ、白いクロスがかかり、蓋《ふた》つきの小さな皿がいくつかと、カップとソーサー、ティーポットが並んでいた。ベッドには、新しい暖かい寝具とサテンのカバーがかかった羽毛入りの上掛けがかけてあった。ベッドの足側には中綿の入った風変わりなシルクのガウンと、キルトのスリッパ、数冊の本。夢の中で、部屋がおとぎの国に変えられたかのようだった。しかも、あたりには暖かい光があふれていた。テーブルの上に、薔薇色《ばらいろ》のシェードがついたランプが灯《とも》されていたからだ。

肘を支えにして体を起こすと、呼吸がせわしなく、速くなってきた。

「消えてしまわないわ」あえぐように言った。「ああ、こんな夢、見たことがない」身動きするのが怖かったが、ようやく寝具を押しやって片足を床に下ろすと、幸せそうな笑みをうっとりと浮かべた。

「夢を見ているんだわ――ベッドから出る夢を」自分の声がそう言うのが聞こえた。それから部屋の真ん中に立ち、ゆっくりと左右を眺めた。「消えない夢を見ているのよ――

—本物そっくりの！　本物みたいに感じられる夢を見ているのよ。魔法なんだわ——わたしが魔法にかけられたのよ。こういうものが全部見えていると思っているだけなのよ」どんどん早口になった。「もしもずっと思っていられれば」声が弾んだ。「それでもいい！　かまわないわ！」

しばらく息を荒くしながら立っていてから、また叫んだ。

「ああ、でも本当じゃないのよね！　本当のわけがないもの！　だけど、なんて本物そっくりに見えるのかしら！」

燃えている炎に近づいていくと、しゃがんで手をそちらに近づけてみた。炎のすぐそばまで近づけたので、熱さに思わず手をひっこめた。

「夢で見てるだけの炎は熱いはずがないわ」セーラは叫んだ。

さっと立ち上がると、テーブルに、お皿に、ラグに触ってみた。ベッドのところに行き、毛布に触った。やわらかな中綿の入ったガウンを手にとると、いきなり胸に抱きしめ、それから頬に押し当てた。

「暖かいわ。それに、やわらかい！」すすり泣くような声がもれた。「本物なのね。きっとそうにちがいない！」

セーラはガウンをはおると、スリッパに足を入れた。

「これも本物だわ。全部本物なのよ！」と叫んだ。「夢じゃない——夢を見ているんじゃないわ！」

よろめく足どりで本のところまで行き、いちばん上の本を開いてみた。何かが見返しに書かれていた。こんな短い言葉だった。

「屋根裏部屋の女の子へ。友人より」

それを見たとたん、まるでセーラらしくないことだったが、ページに顔を埋《うず》めてわっと泣きだした。

「誰なのかは知らない。だけど、誰かがわたしのことを気にかけてくれているのね。わたしには友人がいるんだわ」

蠟燭《ろうそく》を手にすると、そっと部屋から出てベッキーの部屋に入っていき、ベッドのかたわらに立った。

「ベッキー！　ベッキー！」セーラは外に聞こえないように、でも、できるだけ大きな声でささやいた。「起きて！」

ベッキーは目を覚ますと、まだ涙の跡で汚れた顔で、びっくりしてベッドの上に跳ね起きた。目の前に、中綿の入った豪華な深紅のシルクのガウンを着た小さな姿が立っていた。その顔は不思議な光を放っているようにベッキーには見えた。小公女セーラさまが、ベッキーの記憶どおりのセーラさまが、片手に蠟燭を持ってベッドのすぐ脇に立っている。

「来て」セーラは言った。「さあ、ベッキー、来てちょうだい！」

ベッキーは茫然《ぼうぜん》として口もきけなかった。ただ起き上がると、口をぽかんと開け目を丸くしてセーラの後に続いた。

部屋の中に入ると、セーラはドアをそっと閉め、ベッキーを暖かく光り輝く品々に囲まれた部屋の真ん中に連れていった。ベッキーは頭がくらくらして、ひもじさも忘れかけた。

「これ、本当なの！　本当なのよ！」セーラは叫んだ。「全部、触ってみたの。わたしやあなたと同じように、本物だった。わたしたちが眠っている間に魔法がふるわれたのよ、ベッキー。最悪の事態には決してならないのよ、魔法のおかげで」

16 お客さま

ぜひとも、その夜がそれからどんなふうに過ぎたか想像していただきたい。小さな暖炉でパチパチはぜ、赤々と燃えている炎に、二人がさっそくかがみこんだこと。お皿の蓋をとって濃厚で熱々のおいしいスープを見つけたとき、二人がどんなにうれしそうだったか。スープはそれだけで一食分ぐらいのボリュームだったし、二人で食べても充分なサンドウィッチ、トースト、マフィンまであった。洗面台のマグカップはベッキーのティーカップになった。そのお茶がまたとてもおいしかったので、別のものを飲んでいるつもりになる必要なんてなかった。二人は体が暖まり、おなかも一杯で、幸せな気持ちだった。こうして不思議な幸運が本物だとわかったので、いかにもセーラらしく、この楽しみを思う存分楽しむことにした。いつも想像の世界に暮らしていたので、不思議なことが起きても首をひねるのは最初のうちだけで、それをありのままに受け入れることができた。

「いったい誰に、こんなことができたのかしらね」セーラは言った。「だけど、まちがいなくそういう人がいたのよ。そのおかげで、わたしたちは火のそばにすわっていられる

――つまり――これは本当のことなの！　そして、それが誰にしろ、その人がどこにいようと、わたしには友人がいるってこと。ベッキー――その人はわたしのお友達なのよ」

ただし、赤々と燃える火の前にすわり栄養たっぷりのおいしい食事をしていると、うっとりするような喜びのあまり、怖いような気持ちになってきたのも事実で、二人は不安そうに互いの目をのぞきこんだ。

「もしかして」とベッキーが一度、震え声でささやくようにたずねた。「これ、消えちゃいませんかね、お嬢さま？　急いだ方がいいですかねえ？」そう言って、ベッキーはあわててサンドウィッチを口に詰めこんだ。ただの夢なら、マナーの悪さも大目に見てもらえると思ったのだ。

「いいえ、消えたりしない」セーラは言った。「わたし、このマフィンを食べているけど、ちゃんと味がするもの。夢では本当に何かを食べたりできないでしょ。ただ、これから食べるって思うだけ。それに、何度も自分をつねってみているし、さっき、わざと石炭に触ってみたら熱かったわ」

とうとう二人とも心地よく眠くなってきて、まるで天国にいるみたいな気分になった。それは幸せでおなかが満たされた子供ならではの眠気だった。二人は暖炉の温《ぬく》もりと輝きを堪能《たんのう》しながらすわっていたが、やがて、セーラはすっかり様変わりしたベッドに目を向けた。

ベッキーにも分けてあげられるほどたくさん毛布があったので、その夜、隣の部屋の狭いベッドは、ベッキーがこれまで想像したこともなかったほど快適な寝心地になった。ベッキーは部屋を出ていきながら、戸口で振り返り、むさぼるように部屋をぐるっと見回した。

「朝になって消えちゃっても、今夜は確かにあったんですよね、お嬢さま。あたし、そのこと、絶対忘れません」まるで記憶に焼き付けようとするかのように、ベッキーはひとつ、ひとつのものを確認していった。「そこでは火が燃えてたし」と指さした。「そんで、その前にはテーブルとランプ。その光は薔薇色で。お嬢さまのベッドにはサテンの上掛けがかかっとって、床にはあったかいラグ。どれもこれもがすっごくきれいだ」ベッキーはちょっと言葉を切り、片手をそっとおなかにあてがった。「ここにはスープとサンドウィッチとマフィンが入っとる。ちゃあんとね」そして、少なくともこれは本当のことだと納得して、自分の部屋に戻っていった。

噂というのは不思議な力によってあっという間に広まるもので、セーラ・クルーがこっぴどく叱りつけられ、アーメンガードは罰を受け、ベッキーは朝食前に学校から追い出されることになっていたが、皿洗いのメイドの代わりはすぐには見つかりそうもないので見送られた、といったことが、朝には学校じゅうの生徒や使用人の知るところになっていた。ベッキーがクビにならずにすんだのは、週に数シリングで奴隷なみにこき使えるような、よるべのない哀れな子の代わりをミンチン先生が簡単に見つけられなかったからだ、と使用人たちは知っていた。年上の生徒たちはミンチン先生がセーラを追い出さなかったのは、先生なりの打算があるからだと見抜いていた。

「セーラはどんどん大きくなってるし、どうやって勉強しているのか、ますます知識も身につけているでしょ」とジェシーはラヴィニアに言った。「だから、じきに授業を任せられるし、ただでも働かないわけにいかないって、ミンチン先生は承知してるのよ。あの人が屋根裏で楽しんでいるのを言いつけるなんて、あなた、けっこう意地悪ね。そのこと、どうして知ったの？」

「ロッティから聞き出したのよ。あの子、まるで赤ん坊だから、秘密をしゃべっていることも気づいていなかった。ミンチン先生に報告したのは意地悪なんかじゃない。自分の義務だと思ったのよ」生意気にもラヴィニアはそう言い放った。「あの子はみんなの目を欺いていたのよ。だいたい、ぼろぼろの服を着ているくせに、あんなにえらそうな態度をとって一目置かれているのは滑稽《こっけい》よ」

「ミンチン先生に見つかったとき、みんな、何をしていたの？」

「また馬鹿みたいに〝つもり〟になってたのよ。アーメンガードったら、セーラとベッキーと食べるためにお菓子の籠《かご》を持っていったんですって。あたしたちには分けてくれないくせにね。ま、そのことはどうでもいいけど、使用人たちといっしょに屋根裏でお菓子を食べるなんて、あの人、ちょっと下品よ。ミンチン先生がセーラを追い出さないのが不思議だわ。たとえ、教師にするつもりだとしても」

「もし追い出されたら、あの人、どこに行くの？」少し心配そうにジェシーがたずねた。

「知るもんですか」ラヴィニアがそっけなく応じた。「もうじき教室に入ってくるけど、ひどい顔をしているでしょうね。こんなことがあったあとだもの、きっとそうに決まってる。きのうは昼も夜も食べてないし、今日も何も食べさせてもらえないんですってよ」

ジェシーは頭が悪かったが、それほど性格の悪い子供ではなかった。そこで少し怒ったように教科書を手にとった。

「だけど、そんなのひどいわ。セーラを飢え死にさせる権利なんてないわよ」

その朝セーラが台所に入っていくと、コックやメイドたちはその様子を横目で窺《うかが》った。だが、セーラはさっさとみんなの前を通り過ぎていった。実を言うと少し寝坊してしまったのだ。ベッキーも同じで、二人とも顔を合わせる時間もなく、それぞれ大急ぎで台所へ下りてきたのだった。

セーラは洗い場に入っていった。ベッキーはやかんをごしごし磨いているところで、喉《のど》の奥で小さく歌を口ずさんでいた。セーラを見上げた顔は、元気いっぱいで生き生きしていた。

「起きたときも、あれ、ありましたよ、お嬢さま。毛布が」ベッキーは興奮した声でささやいた。「ゆんべとおんなじで本物でした」

「わたしもよ。今も全部あるわ、ひとつ残らず。着替えながら、冷たくなっていたけど残り物を少し食べたの」

「わあ、よかった！　やったあ！」ベッキーは有頂天になってうっとりと叫んだが、コックが台所から入ってきたので、あわてて、またやかんにかがみこんだ。

ミンチン先生はラヴィニアと同じく、セーラが教室に現れるときはひどい様子をしているだろうと予想していた。ミンチン先生にとって、セーラはずっと不可解で、いらいらの種だった。というのも、いくらつらい目に遭わせても、泣きもせず、怯《おび》えた様子も見せなかったからだ。叱られると、じっと立って殊勝な顔で礼儀正しく耳を傾けた。罰として余分な仕事を押しつけられたり食事抜きにされたりしても、文句ひとつ言わず、逆らうそぶりも見せなかった。だが、決して生意気な口答えをしないことが、かえってミンチン先生にとっては生意気そのものに感じられたのだ。しかし、きのうは一日じゅう食事抜きで、夜はこっぴどく叱りつけられ、さらに今日も食事をもらえないとなれば、さすがのセーラも参っているにちがいない。青白い頰に泣きはらした赤い目をして、屈辱に打ちのめされた顔で現れなかったら、それこそ首を傾げたくなるだろう。

その日、ミンチン先生がセーラを初めて見かけたのは、小さい子のフランス語の授業で暗唱させたり練習問題を解くのを手伝ったりするために、セーラが教室に入ってきたときだった。セーラは弾むような足取りで入ってきたうえ、頰は血色がよく、口元には微笑が浮かんでいた。ミンチン先生は驚きのあまり啞然《あぜん》となった。衝撃を受けたほどだ。いったい、どういう子なの？　これはどういうことなのだろう？　すぐにセーラを自分の机に呼び寄せた。

「あなた、とんでもないことをしでかして叱責《しっせき》されたことを理解していないようですね。

何も反省していないのですか？」

だいたい、まだ子供なら、あるいは大人だとしても、たっぷり食べてやわらかく暖かなベッドでぐっすり眠れば、不幸せに感じるわけがないし、そんなふりすらできないだろう。しかも、おとぎ話の夢を見ながら眠っていたら、目覚めたときに現実になっていたのだから。喜びに目を輝かせまいとしても、とうてい無理な話だ。セーラが非の打ち所のない礼儀正しい答えをしたとき、ミンチン先生はその生き生きしたまなざしに口もきけないほど打ちのめされた。

「申し訳ありません、ミンチン先生。お叱りを受けたことはちゃんと承知しています」

「では、それを忘れないようにして、財産でもころがりこんだような態度をとるのはやめなさい。不適切ですよ。それから、言っときますけど、今日は食事抜きですからね」

「わかりました、ミンチン先生」セーラは答えた。しかし、背を向けながらも、昨夜の記憶が甦《よみがえ》ってきて心が弾んだ。「あのとき魔法が救ってくれなかったら、どんな恐ろしいことになっていたかしら！」

「おなかがぺこぺこにはとても見えないわね」ラヴィニアがささやいた。「ほら、見てごらんなさいよ。たぶん、すごい朝ご飯を食べた〝つもり〟になっているのかもね」鼻でせせら笑った。

「セーラは他の子とはちがうのよ」ジェシーが小さな子のフランス語のクラスにいるセーラの方を見ながら言った。「あたし、ときどきあの子が怖くなるわ」

「馬鹿言わないで！」ラヴィニアが吐き捨てるように一蹴《いっしゅう》した。

その日じゅう、セーラの顔は輝き、頬は薔薇色《ばらいろ》だった。使用人たちは不思議そうにセーラの方をちらちら見ては、ひそひそと噂話をした。ミス・アメリアの小さな青い目には困惑が浮かんでいた。これほど大きな不興を買っているというのに、図太いほど幸せそうな顔をしているとはどういうことなのか、ミス・アメリアにはさっぱり理解できなかった。もっとも、強情なセーラのことだ、自分のやり方を貫こうとして、何があろうと最後まで弱みを見せまいと固く決意しているのかもしれない。

今回のできごとをあれこれ考えてみて、セーラはひとつ決めたことがあった。ゆうべ起きた不思議なことは、可能な限り秘密にしておかねばならないということだ。ミンチン先生が屋根裏に上がってきたら、当然すべてはばれてしまうだろう。しかし、何か疑われない限り、少なくとも当分の間は来そうもなかった。アーメンガードとロッティは二度とベッドから抜け出さないように、厳しく見張られるだろう。アーメンガードには話しても大丈夫だし、秘密を守れるはずだ。ロッティに見つかってしまったら、やはり絶対に秘密にするように約束させることができるだろう。もしかしたら魔法そのものが、その驚異を隠すのに手を貸してくれるかもしれない。

「だけど何が起ころうと」その日、セーラは何度も心の中で繰り返していた。「どんなことが起ころうとも、この世界にはびっくりするほど親切な人がいて、わたしの友人だってことよ。ええ、わたしの友人なの。それが誰だかわからなくて、お礼さえ言えなくても、もう二度とこれまでみたいに孤独を感じることはない。ああ、魔法は本当にすばらしいことをしてくれた！」

きのうはこれ以上ないほどひどい天気だったが、今日はそれに輪をかけてひどい天候だった。雨がいっそう激しくなり、道はますますぬかるみ、さらに冷えこんだ。もっとたくさんのお使いをこなさなくてはならず、コックはいつも以上に気難しく、セーラが不始末で罰を受けたことを知っていたので、いっそう容赦なく当たり散らした。しかし、魔法が味方になってくれるとわかったので、何があろうと気にならなかった。ゆうべの食事が力を与えてくれていたし、今夜もぐっすり暖かく寝られることもわかっていた。夜が来る前に、当然おなかがすきはじめたが、翌朝の朝食までは我慢できるだろうと思った。ようやく自室にひきとったときは、とても遅くなっていた。教室に行って十時まで勉強するように言いつけられていたし、自分でも勉強がおもしろくなって、さらに遅くまで本を読みふけっていたのだった。

階段の踊り場まで来て部屋のドアの前に立ったとき、心臓の鼓動がいささか速くなってきたことは認めないわけにいかない。

「もちろん、全部片付けられてしまったかもしれないわ」セーラは勇気を出そうとしながらつぶやいた。「ひどい夜だったから、一晩だけ貸してくれたのかもしれない。だけど、まちがいなく貸してくれたんだし、わたしはちゃんと受けとった。あれは本物だったのよ」

セーラはドアを開け、中に足を踏み入れた。そのとたん、ちょっと息をのみ、ドアを閉めると背中をドアに預けて部屋を見回した。

またもや魔法がふるわれていた。それどころか、ゆうべ以上のことをしてくれていた。火はいっそう陽気に燃えさかり、炎が愛らしくちらちら躍っている。たくさんのものが屋根裏に持ち込まれ、部屋の様子は一変していたので、魔法を信じるようになっていなかったら何度も目をこすっていただろう。低いテーブルにはまた夕食が用意されていた――今回はセーラの分だけではなく、ベッキーのカップとお皿もあった。汚らしいマントルピースには鮮やかな色の珍しい刺繍《ししゅう》をほどこした厚手の布が敷かれ、そこにはいくつかの飾りものまで並べられている。むきだしで醜いものには可能な限り片端から布がかけられ、こぎれいになっていた。深い色合いの珍しい布地が、金槌《かなづち》がなくても壁に押し込める鋭い鋲《びょう》で壁に留められ、色彩鮮やかな扇まであちこちに留められている。椅子代わりに使えそうな大きくてしっかりしたクッションもいくつかあった。木箱には布がかけられクッションがいくつか並べられていたので、ソファとして使えそうだった。

「おとぎ話が現実になったみたい」セーラは言った。「まさにそうだわ。どんなものだってお願いしたら出てきそう――ダイヤモンドとか金貨の袋とか！　それだって、これほど不思議じゃない。ここ、わたしの屋根裏部屋なの？　わたし、凍えてぼろを着て、びしょ濡《ぬ》れになっていた、あのセーラなの？　これまでさんざん、あれやこれやのつもりになって、妖精《ようせい》がいればいいのにって願っていたけど、何よりも強く願っていたのは、おとぎ話が本当になることだった。それが今、おとぎ話の中で生きている。まるで自分が妖精になったみたいな気がするわ。何だって好きなものに変えられそう」

セーラは立ち上がると、隣の独房をノックした。さっそく囚人がやって来た。

ベッキーは入ってくるなり、床にすわりこみそうになった。何秒か、息が止まってしまったようだった。

「わあ、やったあ!」あえぎながら言った。「これ、すっごいですね、お嬢さま!」

「ほんとね」セーラは言った。

この晩、ベッキーは炉端のラグに置いたクッションにすわり、自分のカップとソーサーを使った。

セーラはベッドに入ると、マットレスが新しい厚いものに変わり、大きな羽毛の枕が置かれていることに気づいた。古いマットレスと枕はベッキーのベッドに移動されていた。こうしてマットレス二枚に枕が加わり、ベッキーは生まれてはじめて快適に眠れるようになった。

「これみんな、どっから来たんでしょうね?」ベッキーが一度、口にした。「まったくねえ、誰がくださるんでしょうか、お嬢さま?」

「そういうことは考えないようにしましょう」セーラは言った。「『ありがとうございます』って言いたい気持ちはあるけれど、かえって知らない方がいいと思うの。その方がずっとすてきでしょ」

その後、暮らしは日ごとに、ますますすばらしくなっていった。おとぎ話は続いていたのだ。ほぼ毎日、何かしら新しいことが起きた。夜、セーラがドアを開けるたびに、何かしら新しい家具や装飾品が加わっていて、まもなく、屋根裏部屋はさまざまな珍しくて贅沢《ぜいたく》な品々であふれた美しい小部屋になった。醜い壁は絵や垂れ布ですっかり覆い尽くされ、巧みに造られた折りたたみ家具が置かれ、書棚がとりつけられ本でいっぱいになり、快適に便利に暮らすための品がひとつ、またひとつと現れ、とうとう、もうこれ以上、ほしいものは何もないほどになった。朝にセーラが階下に行くとき、夕食の残り物はテーブルに置かれている。夜に屋根裏に戻ってくると、魔法使いはそれを片付け、あたらしいおいしい食事を用意しておいてくれた。ミンチン先生は相変わらず厳しく、セーラに屈辱を与え続けた。ミス・アメリアは不機嫌だったし、使用人たちは粗野で無作法だった。どんな天候だろうと、セーラはお使いに出され、叱り飛ばされ、あちらへこちらへと仕事を言いつけられた。アーメンガードやロッティと口をきくことも、ほとんど許されなかった。ラヴィニアはどんどん、みすぼらしくなっていくセーラの服装を馬鹿にして笑った。セーラが教室に行くと、他の女の子たちは好奇心をむきだしにしてじろじろ見た。しかし、不思議なすばらしい物語の中で暮らしているときに、そんなことが気になるだろうか？　飢えている自分の魂を慰め絶望から救おうとして紡ぎ出してきたどんな想像よりも、それはずっと夢と喜びにあふれた物語だった。叱られているときに、つい微笑みを抑えられなくなることすらあった。

「もしあなたがこのことを知っていたら！」セーラは心の中で思っていた。「このことを知っていたら！」

快適な暮らしと幸福感のおかげで、セーラはますます強くなり、常に期待に胸をふくらませることができた。びしょ濡れでお使いから帰ってきて、へとへとで空腹でも、階段を上がっていけばたちまち暖かくなり、おいしい食べ物にありつけるとわかっていたからだ。とりわけつらい日でも、屋根裏部屋のドアを開けたときに何を目にするだろう、どんな新しい喜びが自分のために用意されているだろう、と想像すると、幸せな気持ちで過ごすことができた。まもなく、セーラはさほどガリガリではなくなった。頬には赤みが差し、顔で目ばかりが大きく目立つこともなくなった。

「セーラ・クルーは不思議なことに元気そうね」ミンチン先生は不満そうに妹に言った。

「確かにね」気の回らないミス・アメリアが答えた。「まちがいなく太ってきているわ。ちょっと前まで、飢え死にしかけたカラスの子みたいだったのに」

「飢え死にですって！」ミンチン先生が怒って叫んだ。「飢え死にしそうに見えるはずがないわ。いつだってたっぷり食べ物をやっているんだから」

「も、もちろんよ」ミス・アメリアは、いつものようにまずいことを口にしたと気づき、おどおどと同意した。

「あの年の子供にああいう態度をとられると、ほんと、いやな気分になるわね」口調は尊大だったが、あいまいな言い方だった。

「どういう意味、ああいう態度って？」思い切ってミス・アメリアは質問した。

「反抗的って呼べるかしらねえ」ミンチン先生は答えたものの、いらだたしさを覚えていた。自分が嫌悪しているのは反抗心ではないと承知していたし、他にどんな不愉快な言葉で表現したらいいのかわからなかったからだ。「ふつうの子供だったら、あれだけ境遇が変化したら、気力をなくし意志も折れてしまいそうなものでしょ。だけど、あの子ときたら、ちっとも卑屈になっていない。そう、まるで、公女さまみたいにふるまってるのよ」

「覚えてる？」よく考えもせず、ミス・アメリアは口を滑らせた。「あの日、教室であの子が姉さんに言ったでしょ、先生はどうなさるだろうって、実はあの子の正体が――」

「覚えてるもんですか。くだらないことを言わないでちょうだい」ミンチン先生はきっぱり否定したが、実ははっきりと覚えていた。

当たり前だが、ベッキーもふっくらしてきて、あまりおどおどしなくなった。それも当然のことだった。ベッキーも秘密のおとぎ話に仲間入りしていたからだ。マットレス二枚、枕ふたつ、たくさんの寝具。おまけに毎晩、暖炉の前のクッションにすわって温かい夕食をとる。バスティーユは消えてしまい、囚人はもういなくなった。二人の元気になった子供が多くの喜びに囲まれて暮らしていた。セーラは本を朗読することもあれば、自分の勉強をすることもあり、すわって暖炉の火に見入りながら、こういうことをしてくれる友人は誰なのだろうと空想することもあった。そして、少しでもこの感謝の気持ちを伝えられればいいのに、と思った。

やがて、さらにすばらしいことが起きた。一人の男がやって来て、いくつかの小包を置いていったのだ。すべての包みには大きな文字で「右側の屋根裏部屋の女の子へ」と書かれていた。

セーラがドアを開けるように命じられ、包みを受けとった。玄関ホールのテーブルにとりわけ大きなふたつの包みを置き、宛名を眺めていると、ミンチン先生が階段を下りてきてそれを見とがめた。

「宛名の子のところに、さっさと持っていきなさい」厳しい口調で言いつけた。「そこでぼうっと見ているんじゃありません」

「これ、わたし宛てなんです」セーラは静かに答えた。

「あなたですって？」ミンチン先生は叫んだ。「どういうこと？」

「どこから送られてきたのかはわかりませんけど、わたし宛てなんです。右側の屋根裏部屋で寝ていますから。ベッキーは反対側です」

ミンチン先生は隣に来て、興奮した面持ちで小包を見た。

「何が入っているの？」先生はたずねた。

「わかりません」

「開けてみなさい」ミンチン先生は命じた。

セーラは言われたとおりにした。包みが開けられると、ミンチン先生はなんとも形容しがたいおかしな顔つきになった。目の前に現れたのは、きれいで着心地のよさそうなさまざまな種類の衣類だった。靴、靴下、手袋、暖かそうな美しいコート。すてきな帽子と傘まで入っている。どれも上質で高価な品物で、コートのポケットには紙片が留めつけてあり、こういうふうに書かれていた。「ふだん着に。必要に応じて新しいものと交換します」

ミンチン先生はひどく動揺した。このできごとで、強欲な心に妙な考えがいくつも浮かんだのだ。もしやまちがいをしでかしたのではないだろうか？　この孤児になった子供には、有力だが変わり者の後ろ盾がいたのでは？　これまで知らなかった親戚《しんせき》が、急にこの子の居場所を探すことにして、こんな謎めいた気まぐれなやり方で援助することにしたのでは？　とても変わった親戚がいることは珍しくなかった。とりわけ、金持ちで年をとった独り者の伯父《おじ》さんなどは、子供をそばに置きたがらないものだ。そういう輩《やから》だと、親類の子供の幸せを遠くから見守るのを好むかもしれない。ただし、そういう人間はまずまちがいなく偏屈で癇癪《かんしゃく》持ちで、ちょっとしたことで激高する。もしもそういう親戚がいて、この子の着古してすりきれた服のことや粗末な食事のことや、苛酷《かこく》な労働のことを知ったら、かなりまずいことになるだろう。ミンチン先生はとても不安になり、めまいまでしそうな気分になってきて、セーラを横目で窺《うかが》った。

「どうやらずいぶん親切な方がいるのね」と言った先生の声は、父親を亡くしてこのかた、セーラが聞いたこともないようなものだった。「いろいろ送っていただいたんだし、くたびれたら新しいものをくださると言うのだから、上に行って着替えて身なりを整えてきたらいいわ。着替えたら下に来て、教室で自分の勉強をなさい。今日はもうお使いに行かなくていいですよ」

三十分ほどして、教室のドアが開きセーラが入ってくると、生徒全員が驚きのあまり言葉を失った。

「わあ！」ジェシーがラヴィニアの肘《ひじ》を突《つつ》いた。「公女セーラさまを見て！」

全員が目をみはっていた。ラヴィニアはセーラの姿を見ると、顔を真っ赤にした。

そこには、まさに公女セーラさまがいた。少なくとも、公女さまと呼ばれていたときでも、セーラがこれほど公女さまらしく見えたことはなかった。つい数時間前に裏階段を下りてくるのを見かけたセーラとは、別人のようだった。セーラが着ていたのは、以前ラヴィニアがさんざんうらやましがっていたようなワンピースで、深みのある暖かそうな色合いの美しい仕立ての服だった。ほっそりした足は、ジェシーがほめたときと同じようにきれいだった。髪の毛はリボンで束ねられている。重たげな巻き毛が小さな風変わりな顔に垂れかかり、シェットランドポニーみたいだったときとは見違えるようだった。

「誰かが財産を遺してくれたのよ」ジェシーがささやいた。「あの子にはいつか何かが起こると思ってたわ。ふつうの人とはちがうもの」

「ダイヤモンド鉱山がまたいきなり現れたんじゃないの」ラヴィニアが嘲《あざけ》った。「そんなふうに、うっとり見とれて喜ばせないの、お馬鹿さんね」

「セーラ」ミンチン先生の太い声がした。「ここに来てすわりなさい」

セーラがかつての特別席に行ってすわり教科書に身をかがめるのを、生徒全員が興奮して肘で小突きあい、好奇心をろくに隠そうともしないでじろじろ見ていた。

その晩、屋根裏部屋に戻り、ベッキーと夕食をとってしまうと、セーラは長い間、暖炉の火を真剣なまなざしで見つめていた。

「頭ん中で、なんかこしらえているんですか、お嬢さま？」ベッキーはうやうやしく、そっとたずねた。セーラが黙ってすわり、夢見るようなまなざしで石炭を見つめているときは、たいてい新しいお話を作っていたからだ。しかし、今回はちがった。セーラは首を振った。

「ううん。どうしたらいいのかな、って考えていたの」

ベッキーは敬意のこもったまなざしを向けて、セーラの言葉に耳を傾けた。彼女はセーラがすることや言うことすべてに対して、崇拝に近い気持ちを抱いていた。

「お友達のことをどうしても考えてしまうの」セーラは説明した。「その方が正体を秘密にしたいと思っていらっしゃるなら、どなたなのかを見つけようとするのは失礼よね。だけど、感謝していることをぜひとも知ってもらいたいの。どんなにわたしを幸せにしてくださっているかを。親切にしてくださる人は、相手が幸せになっていることを知りたいものじゃないかしら。お礼を言われる以上に、そのことを気にかけていると思う。

ぜひそれを──できたら──」

部屋の隅のテーブルに置かれたものに目が留まって、はっと言葉を切った。二日前に部屋に戻ったときに、それがあるのに初めて気づいた。便箋《びんせん》と封筒とペンとインクをおさめた小さな文箱《ふばこ》だ。

「そうだわ」セーラは叫んだ。「どうしてもっと早く思いつかなかったのかしら?」

セーラは立ち上がって部屋の隅に行くと、文箱を持って暖炉の前に戻ってきた。

「お手紙なら書ける」うれしそうに言った。「それをテーブルに残しておくの。そうすれば、食器を片付けてくれる人が手紙も持っていってくれるはずよ。わたし、何もたずねないつもり。だけど、お礼は申し上げてもかまわないわよね。きっと気を悪くなさったりしないと思うわ」

そこでセーラは手紙を書いた。以下が、その手紙の文面である。

ご自分のことを秘密にしておきたいと思っていらっしゃるのに、こんなふうに手紙を書くことが失礼にあたらないことを祈っています。どうか信じてください、わたしは無礼な真似をしたり、何かを探り出したりするつもりはまったくありません。ただ、こんなふうにとても親切にしてくださったことに、お礼を言いたいだけなのです。心のこもったご親切のおかげで、何もかもがおとぎ話のように感じられています。心からあなたに感謝していますし、毎日がとても幸せです。ベッキーもです。

ベッキーもわたしと同じ思いでいっぱいです。わたしもベッキーも、すべてを奇跡のように美しく感じています。以前は二人とも、とても孤独で寒さに震え、いつもおなかをすかせていました。今はもう――ああ、あなたはどれほどすばらしいことをしてくださったことか！　どうかこの言葉だけは言わせてください。どうしても言わずにはいられないのです。ありがとうございます――ありがとうございます――ありがとうございます！

屋根裏部屋の女の子より

翌朝、セーラがその手紙を小さなテーブルにのせておき、夜に戻ってくると、他のものといっしょに手紙は消えていた。じゃあ、魔法使いさんが手紙を受けとってくれたのね。そうわかって、セーラはいっそう幸せに包まれた。それぞれのベッドで眠る前に、セーラが新しい本をベッキーに朗読してあげていたとき、天窓で物音がするのに気づいた。セーラがページから顔を上げると、ベッキーも物音に気づき、そちらに顔を向けて不安そうに耳をそばだてた。

「なんかがあそこにいます、お嬢さま」ベッキーはささやいた。

「そうね」セーラは考え考え言った。「まるで――猫が入ろうとしているみたいだわ」

椅子から立ち上がり、天窓のところに行った。聞こえたのは奇妙な小さい音だった。そっとひっかくような音。ふいにあることを思い出して、笑い声をあげた。いつだったか屋根裏部屋にやってきた、かわいらしいお客さんのことを思い出したのだ。その午後、インドの紳士の家で、彼が窓辺のテーブルにつまらなそうな顔ですわっているのを見かけたばかりだった。「もしかしたら」セーラは弾んだ声で言った。「ひょっとしたら、また逃げ出したお猿さんかもしれない。ああ、それだったらいいのに！」

セーラは椅子に上り、とても慎重に天窓を持ち上げると外をのぞいた。一日じゅう雪が降っていたのだが、すぐそばの積もった雪の上に小さな姿が震えながらしゃがみこんでいた。セーラを見ると、その黒い小さな顔に哀れっぽく皺《しわ》が寄った。

「やっぱり猿だったわ」セーラは叫んだ。「ラスカーの屋根裏部屋から逃げ出して、この明かりを見つけたのよ」

ベッキーはセーラのそばに走り寄った。

「中に入れてやるんですか、お嬢さま？」ベッキーはたずねた。

「そうよ」セーラはうきうきしていた。「こんなに寒いんじゃ、外にいるのは無理よ。猿は寒さに弱いの。やさしく話しかけて入ってこさせるわ」

セーラはそっと片手を差し伸べ、やさしい声で話しかけた。ちょうどスズメやメルキゼデクに話しかけるように。まるでセーラ自身も、小さな生き物の仲間であるかのようだった。

「こっちにいらっしゃい、お猿さん。怖がらないでいいのよ」

小猿はセーラが自分をいじめたりしないことを知っていた。そのことは、やさしい手に愛情込めて触れられ、そっと引き寄せられる前からわかっていた。ラム・ダスのほっそりした茶色の手にも人間の愛情をずっと感じていたし、セーラの手にも同じものを感じとった。おとなしく天窓から室内に入れられて腕に抱かれると、セーラの胸に体をぴったり寄せて顔を見上げた。

「いい子ね！　いいお猿さんね！」セーラはあやすように言いながら、滑稽《こっけい》な顔をした小猿の額にキスした。「ああ、わたし、小さい生き物って大好き」

小猿は暖炉の前に連れて来られるとうれしそうだった。セーラがすわって膝《ひざ》の上にのせてやると、興味と感謝の入りまじったまなざしでセーラとベッキーを交互に眺めた。

「この子、あんまし器量よしじゃありませんね」ベッキーが意見を言った。

「たしかに赤ん坊だったら不細工よね」セーラは笑った。「あ、ごめんなさい、お猿さん。だけど、人間の赤ちゃんじゃなくてよかったわ。お母さんは鼻高々にはなれなかったでしょうし、親戚《しんせき》の誰それに似てるとも、みんな言いにくかったでしょうから。だけど、わたし、あなたのこと大好きよ！」

セーラは椅子にもたれて考えこんだ。

「この子はみっともないのを悲しがっているかもしれないわね。不器量なのがいつも気にかかっているのかもしれない。そういうことを感じる心があればだけど。お猿さん、あなた、そのことを気にしているの？」

しかし猿は小さな片手を上げて、頭をポリポリかいただけだった。

「この猿、どうするおつもりですか？」ベッキーがたずねた。

「今夜はここで寝かせて、明日、インドの紳士のところに連れていくわ。返すのは残念だけど、おうちに帰らないとね、お猿さん。おうちではみんなにかわいがられているんでしょうし、わたしは本物の親戚じゃないんですもの」

セーラはベッドに入るときに、足側に小猿用の寝床を作ってやった。小猿はそこが気に入ったようで、寝床で丸くなると赤ちゃんのようにすやすや眠りこんだ。

17「この子だ！」

　翌日の午後、大きな家族の三人の子供たちはインドの紳士の書斎にすわり、紳士を一生懸命元気づけようとしていた。インドの紳士に特別に招かれて、三人はこの役目を果たすためにやって来たのだった。紳士は何週間も不安な気持ちで過ごしてきたのだが、今日は気をもみながら、あることを待っているところだった。ついにカーマイケル氏がモスクワから帰ってくるのだ。彼のモスクワでの滞在は一週間、また一週間と延びていた。到着しても、すぐには捜している家族の行方を満足にたどることができなかった。ようやく捜し当てて家に行ってみると、一家は旅行中だった。カーマイケル氏は一家に連絡をとろうとしたものの、うまくいかなかったので、彼らが戻ってくるまでモスクワで待つことにしたのだ。

　カリスフォード氏はリクライニングチェアに背中を預け、ジャネットはかたわらの床にすわっていた。ジャネットはカリスフォード氏のお気に入りだった。ノラは足置き台にすわり、ドナルドは虎の毛皮で作られた敷物の頭にまたがっていた。またがるというよりも、かなり荒々しく騎乗していた、という方が当たっていたが。

「そんなにうるさくしないで、ドナルド」ジャネットがたしなめた。「ご病気の方を励ますときに、金切り声を出さないでちょうだい。この子の声、うるさすぎますよね、カリスフォードさん？」インドの紳士の方を向いてたずねた。

しかし、紳士はジャネットの肩を軽くたたいた。

「いや、大丈夫だよ。かえって、あれこれ考えずにすむ」

「おとなしいよ」ドナルドが叫んだ。「ぼくたちみんな、ネズミみたいに静かにしてる」

「ネズミはそんな音を立てないわよ」ジャネットが指摘した。

ドナルドはハンカチを手綱にして、虎の頭の上でピョンピョン跳ねていた。

「ネズミだってどっさりいれば、これぐらいの音を出すかもしれないよ」ドナルドははしゃいだ。「千匹いたら」

「五万匹だって、そんな音は出さないわ」ジャネットは厳しく言った。「だいたい、一匹のネズミみたいにおとなしくしていなくちゃだめでしょ」

カリスフォード氏は笑って、またジャネットの肩をポンポンとたたいた。

「父はもうじき着くと思います」ジャネットは言った。「行方不明の女の子の話をしてもいいですか？」

「今みたいなときに、他のことを話す気にはなれないだろうね」インドの紳士はそう言って、疲れた表情で眉《まゆ》をひそめた。

「あたしたち、その女の子が大好きなんです」ノラが言った。「妖精《ようせい》じゃない小公女さま、って呼んでるんです」

「なぜだい？」インドの紳士はたずねた。大きな家族の子供たちのおもしろい思いつきは、いつも、いっときでも悩みを忘れさせてくれた。

答えたのはジャネットだった。

「だって、その子は本当は妖精じゃないでしょ。でも、見つかれば、妖精物語に登場する公女さまみたいに、すごいお金持ちになるからです。最初は妖精の公女さま、って呼んでいたんだけど、それだと正しくないですものね」

「その子のパパが、お金を全部お友達にあげたって、本当なの？」ノラがたずねた。

「お友達はそれを鉱山に注ぎ込んで、てっきり全部なくしたと思ったもんだから、自分のことを泥棒みたいに感じて逃げちゃったって？」

「でも、本当は泥棒じゃなかったのよ」あわててジャネットが口をはさんだ。

インドの紳士はジャネットの手をすばやくとった。

「ああ、実は泥棒なんかじゃなかったんだ」と紳士は言った。

「そのお友達のこと、お気の毒でたまらないんです」ジャネットが言った。「だって、そう思わずにはいられないわ。そんなことになるとは思っていなかったのに、そんな結果になって胸が張り裂けそうになったでしょうから。さぞ、つらい思いをされたのでしょうね」

「きみは理解のある女の子だね」インドの紳士はそう言うと、ジャネットの手をぎゅっと握りしめた。

「ねえ、カリスフォードさんに物乞いじゃない女の子のこと、話した？」ドナルドがまた叫んだ。「新しい上等な服を着ているって話した？　もしかしたら、あの子も行方不明になっていてさ、誰かに見つけてもらったのかもしれないよ」

「馬車だわ！」ジャネットが叫んだ。「ドアの前で停まってる。お父さまよ！」

三人とも窓辺に走っていって外をのぞいた。

「うん、お父さまだ」ドナルドがきっぱりと言った。「だけど、女の子がいないよ」

三人の子供たちはドタバタと部屋から飛び出していき、玄関ホールに走って行った。子供たちはいつもこんなふうに父親を出迎えるのだった。三人が飛んだり跳ねたりして手をたたき、抱き上げられてキスされている様子が書斎まで伝わってきた。

カリスフォード氏も立ち上がろうとしたが、またすわりこんでしまった。

「立つこともできないのか。なんてみじめなんだ、わたしは！」

カーマイケル氏の声がドアに近づいてきた。

「だめだよ、子供たち」と言い聞かせているところだった。「カリスフォードさんと話が終わってからなら、入ってきてもかまわないがね。ラム・ダスといっしょに遊んでおいで」

そしてドアが開き、カーマイケル氏が入ってきた。いつも以上に血色がよく、いかにも生き生きとして健康そうだった。しかし、病人が握手していても気もそぞろで、成果を聞きたくて居ても立ってもいられない様子なのを見てとると、その目にはたちまち落胆と不安の色が浮かんだ。

「どうだった？」カリスフォード氏はたずねた。「ロシア人家族が養子にした子供は？」

「捜している女の子ではありませんでした」カーマイケル氏は答えた。「クルー大尉の娘よりもずっと小さかったんです。エミリー・カリューという名前でした。その子にも会って話をしました、ロシア人夫婦は詳細を話してくれましたよ」

インドの紳士はすっかり憔悴《しょうすい》し、打ちのめされた表情になった。カーマイケル氏の手を握っていた手が力なく垂れる。

「では、また捜索をやり直さなくてはならないな」カリスフォード氏は言った。「まあ、それだけのことだ。どうかすわってくれたまえ」

カーマイケル氏は腰をおろした。なぜかしら、この不幸な男にしだいに好意を抱くようになっていた。自分自身はとても健康で幸せで、愛に包まれた陽気な日々を過ごしていたので、悲嘆に暮れるひとりぼっちの男の身の上が、とてつもなく哀れに思えた。せめて一人でも子供がいて、甲高いにぎやかな声が家の中で聞こえていたら、わびしさも癒やされただろうに。しかも、自分がまちがいをしでかし親友の子供を見捨てる結果になってしまったという後悔に常に苛《さいな》まれているのは、耐えがたいほどの苦しみだろう。

「さあ、元気を出してください」カーマイケル氏は明るい声で励ました。「その子はいずれ見つかりますよ」

「すぐにとりかからねばならない。一刻もむだにできないんだ」カリスフォード氏はやきもきしているようだった。「何か新しい案はないかな？　何でもいい」

カーマイケル氏は落ち着かなくなり、立ち上がると、考えこみながら部屋を行ったり来たりしていたが、自信がなさげな顔だった。

「あの、もしかしたら」と口を開いた。「やってみる価値があるかどうかはわかりませんが、実を言うと、ドーヴァーからの汽車の中でこの件について考えていたときに、ふと思いついたんです」

「どういうことだね？　あの子が生きているなら、どこかにいるはずだ」

「ええ、どこかにいるんですよ。わたしたちはパリの学校をいくつも調べた。パリはもうあきらめて、ロンドンで調べてみましょう。それがわたしの考えです。ロンドンを捜すんです」

「ロンドンには数え切れないほど学校がある」カリスフォード氏は言った。それから、何か思い出したようにはっとした。「そういえば、隣にも学校があるよ」

「では、そこから始めましょう。隣ならすぐにでも行けますからね」

「そうだな。隣の学校に、興味深い女の子がいるんだ。ただし、生徒ではない。しかも、黒髪のみすぼらしい服装の子で、クルーの娘とはとうてい思えないがね」

まさにこの瞬間、おそらくまた魔法が働いたのだろう。美しい魔法が。そうとしか思えなかった。主人がその言葉を発したとたんに、ラム・ダスが部屋に入ってきて、うやうやしくお辞儀をしたのは、魔法の力がふるわれたとしか考えられない。ラム・ダスはその輝く黒い目に、抑えきれないほどの興奮の色を浮かべていた。

「旦那さま《サーヒブ》」ラム・ダスは言った。「あの女の子が来ました――旦那さまがお気にかけていらっしゃる子です。猿があの子の屋根裏部屋にまた逃げまして、猿を連れて来ました。待っているように伝えてあります。あの子にお会いになってお話しされたら、旦那さまがお喜びになるかと考えたものですから」

「誰ですか？」カーマイケル氏がたずねた。

「名前はわからない」カリスフォード氏が答えた。「たった今話していた女の子だよ。隣の学校の下働きだ」カリスフォード氏はラム・ダスに手を振り、こう命じた。「ああ、その子に会ってみよう。行って、連れて来てくれ」それからカーマイケル氏に向き直った。「きみが留守の間、すっかり元気をなくしてしまってね、毎日がとても暗くて長かった。ラム・ダスがその子の哀れな様子を話してくれたものだから、その子を助けるために、二人でおとぎ話みたいな計画を立てたんだ。子供っぽいやり方だったかもしれないが、計画を練って頭をひねったおかげで気が紛れた。だが、ラム・ダスのように敏捷《びんしょう》でそっと歩ける東洋人がいなかったら、実行できなかっただろうな」

そのときセーラが部屋に入ってきた。彼女は猿を抱いていて、猿はできたらセーラから離れまいとしているようだった。セーラにしがみつき、キャッキャッとなにやらしゃべっている。セーラはインドの紳士の書斎にいることでわくわくし興奮したせいで、頰がほんのり上気していた。

「お宅のお猿さんがまた逃げました」セーラはきれいな声で言った。「ゆうべわたしの屋根裏の窓までやって来たんです。外はとても寒かったので、中に入れてあげました。夜遅くじゃなければ、お連れしたんですけど。ご病気だと存じていましたから、お邪魔じゃないかと思いまして」

インドの紳士の落ちくぼんだ目が好奇心をたたえてセーラを見つめた。

「ずいぶん気遣ってくれたんだね、ありがとう」彼は言った。

「お猿さんはラスカーに渡しましょうか？」

「彼がラスカーだとよく知っているね」インドの紳士は少し口元をゆるめた。

「あら、ラスカーのことなら知っています」セーラは嫌がる猿を差し出しながら言った。

「わたし、インドで生まれたんです」

インドの紳士が表情を変え、さっと体を起こしたので、セーラは一瞬びっくりした。

「きみはインドで生まれたのか」紳士は叫んだ。「そうなんだね？　こっちにおいで」そして片手を差しのべた。

セーラは紳士のそばに行くと、紳士が望んでいるようだったので、その手を紳士の手に滑りこませた。セーラはじっと立ったまま、灰緑色の目で不思議そうに紳士を見つめた。紳士は何かが気になっているようだった。

「きみは隣に住んでいるんだね？」紳士はたずねた。

「ええ。ミンチン先生の学校で暮らしています」

「だけど、生徒の一人ではない？」

セーラの口元を奇妙な笑みがよぎった。少しためらってから口を開いた。

「自分が正確にはどういう立場なのか、よくわからないんです」セーラは答えた。

「どうしてだね？」

「最初は生徒でした。しかも特待寄宿生でした。だけど、今は――」

「生徒だったのか！　今は何なのだね？」

また奇妙で悲しげな笑みがセーラの口元に浮かんだ。

「屋根裏の部屋で寝起きしています。洗い場のメイドの隣の部屋で。コックに言いつけられたお使いでも、その他のことでも、何でもやっています。小さな子供たちには勉強を教えています」

「この子に質問してくれ、カーマイケル」カリスフォード氏は力を使い果たしたかのように、ぐったりと椅子に沈みこんだ。「頼む、訊《き》いてくれ。わたしにはもう無理だ」

大きな家族の大きくて親切なお父さんは、小さな女の子にどんなふうにものをたずねたらいいか、よく知っていた。感じのいい励ますような声で話しかけられると、この人は小さな女の子と話すのに慣れているのね、とセーラは思った。

「『最初は』ってどういう意味なの、お嬢ちゃん？」カーマイケル氏はたずねた。

「わたしがお父さまに連れられて、初めて学校に来たときのことです」

「きみのお父さんはどこにいるの？」

「亡くなりました」とても低い声でセーラは言った。「父は全財産を失ってしまったので、わたしには何も残らなかったのです。世話をしてくれる人や、ミンチン先生に費用を払ってくれる人もいませんでした」

「カーマイケル！」インドの紳士は大声で叫んだ。「カーマイケル！」

「この子を怯《おび》えさせてはなりませんよ」カーマイケル氏は紳士の耳元で、早口で低くささやいた。それからセーラに向かって質問した。「それで、きみは屋根裏部屋に入れられ、下働きにされた。そういうことなんだね？」

「面倒を見てくれる人が誰もいませんでしたから」セーラは言った。「お金がまったくなかったんです。身寄りもいません」

「きみのお父さんはどうしてお金をなくしたんだね？」インドの紳士が苦しげな声でたずねた。

「父が自分でなくしたんじゃありません」セーラは訝《いぶか》しく思う気持ちがどんどん募っていた。「父はとても親しいお友達がいて――その人のことを心から好きだったんです。お金を持って行ったのは、そのお友達です。父は友人を信頼しすぎたんです」

インドの紳士の息づかいはさらにせわしくなった。

「その友人には悪いことをするつもりはまったくなかったのかもしれない」紳士は言った。「まちがいで、そうなったのかもしれない」

セーラはそれに答える自分の静かな声が、どれほど情け容赦なく響いたか気づいていなかった。もし事情を知っていたら、きっとインドの紳士のために言い方を和らげただろう。

「その苦悩がお父さまの体に障ったんです。それで命を落としました」

「お父さんの名前は何と？」インドの紳士はたずねた。「教えてほしい」

「ラルフ・クルーです」びっくりしてセーラは答えた。「クルー大尉です。インドで亡くなりました」

やつれた顔がゆがみ、ラム・ダスが主人のそばに駆け寄った。

「カーマイケル」病人はあえぐように言った。「この子だ――この子なんだ！」

一瞬、インドの紳士が死んでしまうのではないかと、セーラは思った。ラム・ダスは瓶から液体を数滴注ぎ、主人の口元に持っていった。セーラは少し震えながら、そばに立っていた。それからカーマイケル氏の方をとまどったように見やった。

「この子って、わたし、どうかしたんでしょうか？」セーラは口ごもりながらたずねた。

「この方はきみのお父さんの友人だったんだよ」カーマイケル氏が言った。「怖がらないで。この二年間、きみをずっと捜していたんだ」

セーラは額に片手をあてがい、唇を震わせた。夢の中にいるみたいだった。

「その間じゅう、わたしはミンチン先生の学校にいたんですね」ささやくように言葉を口にした。「壁のすぐ向こう側に」

18 「公女であり続けようと努力していたんです」

すべてを説明してくれたのは、美しく感じのいいカーマイケル夫人だった。ただちに迎えにやられた夫人は広場を横切ってやって来て、セーラを暖かい腕に抱きしめると、これまでに起きたことを洗いざらい話してくれた。思いがけない発見に興奮し、強い衝撃を受け、カリスフォード氏は一時的だったがすっかり衰弱してしまった。

「どうか頼む」セーラが別の部屋に連れて行かれることになると、カリスフォード氏は弱々しくカーマイケル氏に訴えた。「わたしから見えない場所に、その子を連れて行かないでもらいたいんだ」

「わたしがついています」ジャネットがなだめた。「それにお母さまもすぐに来ます」

こうしてジャネットがセーラを別の部屋に案内してくれた。

「あなたが見つかって、わたしたち、本当にうれしいの」ジャネットは言った。「どんなにうれしいか、とうてい想像がつかないでしょうね」

ドナルドはポケットに両手を突っ込み、あのときのことを思い出して、申し訳なさそうなまなざしでセーラを見つめていた。

「六ペンスをあげたときに、きみの名前を聞いていればよかったよね」ドナルドは言った。「そしたら、きみはセーラ・クルーだって答えて、すぐに見つかっていたのに」

そこへカーマイケル夫人が入ってきた。とても感動しているようで、セーラをぎゅっと抱きしめるとキスをした。

「混乱しているみたいね、かわいそうに。それも無理はないわ」

セーラはひとつのことし考えられなかった。

「あの方が」と書斎の閉まったドアをちらっと見た。「あの方が悪いお友達だったんですか？　ああ、どうか教えてください！」

カーマイケル夫人は泣きながら、もう一度セーラにキスをした。この子は長い間キスをされることがなかったのだから、何度もキスしてあげなくては、という気持ちになっていた。

「悪い人じゃなかったのよ。あなたのお父さまのお金を本当になくしたわけじゃなかったの。ただ、なくしたと思い込んだだけ。そして、お父さまのことを心から愛していたから、悲しみのあまり重い病気になって、しばらくの間、正気を失ってしまった。脳炎であわや死にかけて、ようやく回復したときには、とっくにお父さまは亡くなってしまっていたの」

「だから、わたしがどこにいるのかご存じなかったのね」セーラはつぶやいた。「こんなに近くにいたのに」ずっと自分がこれほど近くにいたと思うと、セーラはなんとも言えない気持ちになった。

「カリスフォードさんは、あなたがパリの学校にいると思い込んでいたの」カーマイケル夫人は説明した。「そして、まちがった手がかりを頼りに、ずっと捜し回っていたのよ。ありとあらゆるところを捜したわ。あなたが悲しみに沈んで孤独な姿で通り過ぎていくのを見かけていても、まさか友人の気の毒なお嬢さんだとは思わなかったのよ。でも、あなたは小さな女の子だったから、かわいそうに思って、少しは幸せにしてあげたいと考えた。そこでラム・ダスを屋根裏の窓から入り込ませて、快適なお部屋になるようにあれこれ運んでもらったのよ」

セーラは喜びの声をあげた。表情ががらりと変わった。

「ラム・ダスが、ああいうものを持ってきてくれたんですか？」セーラは叫んだ。「あの方がラム・ダスにそういうふうに指示してくださったの？　夢をかなえてくれたのは、あの方だったんですね？」

「ええ、そう、そのとおりよ。やさしくて、いい方なのよ。行方不明のセーラ・クルーのことが頭にあったから、あなたに同情したの」

書斎のドアが開き、カーマイケル氏が現れ、セーラを手招きした。

「カリスフォード氏はもう落ち着いたようだ」彼は言った。「きみに来てほしいと言っている」

セーラはぐずぐずしなかった。インドの紳士は入ってきたセーラの方に目をやり、その顔がはつらつと輝いているのを見てとった。

　セーラは紳士の椅子のところまで行くと、両手を胸の前で握りしめた。

「あなたがああしたものを届けてくださったんですね」喜びにあふれた心のこもった声で言った。「あのとても美しくてきれいなものをたくさん！　あなたが届けてくださったんですね！」

「ああ、そうだよ、かわいそうな子」カリスフォード氏は答えた。長患いと苦悩ですっかり弱り、気力も失っていたが、セーラに向けるまなざしには、セーラがいつも父親のまなざしに見ていたのと同じ気持ちがこもっていた。セーラのことが愛《いと》おしくてたまらず、腕に抱きしめたいという思いだ。その思いを読みとると、セーラは椅子のかたわらにひざまずいた。お父さまと自分が世界でいちばんの仲良しで愛し合っていたとき、いつもそうしていた。

「では、わたしのお友達はあなただったんですね」セーラは言った。「あなたがお友達だったんだわ！」セーラは顔を紳士のやせた手に押しつけ、何度も何度もキスをした。

「あの人は三週間もしたら、よくなるだろう」カーマイケル氏は妻にささやいた。「ほら、もうあんな表情をしている」

　実際、カリスフォード氏の外見は変わってきていた。目の前には〝ちっちゃな奥さん〟がいるし、新たに考えたり計画を立てたりするべきことがいろいろあった。まず、ミンチン先生のことだ。彼女にいろいろ問いただしたいこともあったし、生徒の身の上に起きた変化について告げなくてはならない。

セーラは学校にはもう戻らせない。インドの紳士は、その点だけはきっぱりと決意を固めていた。カーマイケル氏が学校に行き、ミンチン先生に会ってもらうことにする。

「戻らなくていいのはうれしいです」セーラは言った。「先生はとても怒るでしょうから。わたしのことを嫌っているんです。だけど、わたしの方もいけないのかもしれません。わたしも先生が嫌いですから」

しかし、偶然にもミンチン先生の方から生徒を捜しに来て、カーマイケル氏が学校に出向く手間を省いてくれた。ミンチン先生はセーラに何か用を言いつけようとして所在を訊《き》いたところ、驚くべきことを耳にした。セーラがコートの下に何か隠して勝手口からこっそり出ていき、隣の家の階段を上がって中に入っていくのを見た、とメイドの一人が報告したのだ。

「どういうつもりなの！」ミンチン先生はミス・アメリアに叫んだ。

「さっぱりわからないわ、姉さん」ミス・アメリアは言った。「お隣の方はインドに住んでいたから、それで親しくなったのなら別だけど」

「いかにもあの子のやりそうなことね、押しかけていって、小生意気にも同情を買おうというのは」ミンチン先生は言った。「もう二時間は向こうにいるはずよ。こんな図々《ずうずう》しい真似を許しておくわけにはいきません。行って、どういうことなのか調べてくるわ。あの子がお邪魔したことも謝ってこないと」

セーラはカリスフォード氏の足置き台のすぐそばにすわり、彼がセーラに説明するべきだと考えた、たくさんの話に耳を傾けていた。そこへラム・ダスがミンチン先生の来訪を告げた。

セーラは思わず立ち上がった。その顔はいささか青ざめていたが取り乱すことはなく、よくある子供じみた怯《おび》えはまったく見せていないことを、カリスフォード氏は見てとった。

ミンチン先生はいかめしい堂々たる態度で部屋に入ってきた。この場にふさわしい、きちんとした服装をしていて、堅苦しいほど丁重な物腰だった。

「お邪魔して本当に申し訳ございません、カリスフォードさま」彼女は言った。「でもご説明したいことがございまして。わたくしは隣で女子寄宿学校を経営しておりますミンチンと申します」

インドの紳士は無言のまま、しばらくミンチン先生をじっくり観察していた。ふだんはいささか短気だったのだが、今は怒りを抑えようとしていた。

「では、あなたがミンチン先生ですか？」

「そうでございます」

「でしたら、ちょうどいいときにいらしてくださった。わたしの弁護士のカーマイケルが、ちょうどあなたに会いに行こうとしていたところなのです」

カーマイケル氏はわずかに頭を下げ、ミンチン先生は驚いてカリスフォード氏とカーマイケル氏を交互に見た。

「弁護士さんが！」彼女は言った。「どういうご用件なのでございましょうか？　実はこちらには義務を果たすためにうかがったのです。うちの生徒の一人が――と言っても、慈善のつもりで置いてやっている生徒ですが、厚かましくも、こちらにお邪魔していることを知ったものですから。わたくしに無断で勝手にお訪ねしたことを、ご説明しようと思って参りました」ミンチン先生はセーラの方を向いた。「すぐに家に帰りなさい」居丈高に命じた。「あとで厳しい罰を与えます。さっさと家に帰りなさい」

インドの紳士はセーラを自分の方に引き寄せると、セーラの手をやさしくたたいた。

「この子は帰りません」

ミンチン先生はわけがわからなくなった。

「帰らない！」おうむ返しに言った。

「そうです」カリスフォード氏は応じた。「この子は家には帰りません。おたくの学校を家と呼ぶならですが。今後、この子の家はわたしのところになるでしょう」

ミンチン先生は驚愕《きょうがく》と怒りで茫然《ぼうぜん》となった。

「あなたのところ！　あなたの家ですか！　どういうことなんですか？」

「その件について、悪いが説明してあげてほしい、カーマイケル」インドの紳士は言った。「ただし、できるだけ手短に終わらせてくれ」そして、またセーラをすわらせると、彼女の両手を自分の手に包みこんだ。それもまたセーラの父親がよくした仕草だった。

そこでカーマイケル氏は説明した。いかにも内容について熟知している人らしい、穏やかで冷静な落ち着いた口調だった。ミンチン先生は経営者なので、その法律的意味を理解したが、うれしい話ではなかった。

「カリスフォード氏は、亡きクルー大尉の親しい友人だったのです、ミンチン先生」カーマイケル氏は言った。「ある大きな投機事業のパートナーでもあった。クルー大尉が失ったと思った財産は回収され、現在カリスフォード氏が預かっています」

「財産！」ミンチン先生は叫んだとたんに、顔がみるみる青ざめた。「セーラの財産なのですか！」

「いずれセーラの財産になるでしょうな」カーマイケル氏はいくぶんそっけなく答えた。「実質的にはすでにセーラの財産なのですが。紆余曲折《うよきょくせつ》ありまして、現在は莫大《ばくだい》な資産にふくれあがっています。ダイヤモンド鉱山の事業がうまくいくようになったものですから」

「ダイヤモンド鉱山ですって！」ミンチン先生は息をのんだ。それが本当なら、これほど恐ろしいことがわが身に降りかかったのは、生まれて初めてのような気がした。

「ダイヤモンド鉱山です」カーマイケル氏はいささかいたずらっぽい弁護士らしからぬ笑みを浮かべて、こうつけ加えずにはいられなかった。「どんな王侯貴族といえども、あなたが慈善で置いてくださっているセーラ・クルーほど裕福な方はめったにいないでしょうな、ミンチン先生。カリスフォード氏はこの二年近く、セーラを捜し続けていらしたのです。ようやく見つかったので、お手元に置きたいと考えておいでです」

ミンチン先生にすわるように言うと、カーマイケル氏は現在の状況をはっきりと語った。セーラの将来は保証されていて、なくなったと思っていたものが十倍になって戻ってきた。その事実がミンチン先生にもあますところなく理解できるように詳細に説明した。さらに、セーラがカリスフォード氏を友人として、後見人として迎えたことも。

ミンチン先生は思慮深い人間ではなかった。だから、興奮のあまり、自分の強欲な愚行のせいで失ったものを何が何でも取り返そうとして、見苦しい反論に出た。

「こちらさまは、わたくしの庇護《ひご》下にあるセーラを見つけたわけです」ミンチン先生は抗議した。「これまでわたくしが何から何まで面倒を見てきたのですよ。わたくしがいなかったら、通りで飢え死にしていたでしょう」

ここにいたって、インドの紳士は怒りをこらえきれなくなった。

「通りで飢え死にした方が、おたくの屋根裏部屋で飢え死にするよりもまだましだっただろう」

「クルー大尉は、わたくしにお嬢さまをお預けになったのです」ミンチン先生は言い張った。「この子は成人するまではこちらにいなくてはなりません。また特別寄宿生にしてさしあげますよ。教育は終えなくてはなりません。法律もわたくしの味方をしてくれるでしょう」

「おやおや、ミンチン先生」カーマイケル氏が口をはさんだ。「法律はそういうたぐいのことは何もしてくれませんよ。セーラ自身が戻りたいと望むなら、カリスフォード氏もあえて反対はされないでしょう。しかし、それはセーラの気持ち次第です」

「では、セーラに頼むことにしましょう」ミンチン先生は言った。「わたくしはあなたを甘やかしはしなかったと思います」ぎこちなく少女に話しかけた。「でも、お父さまがあなたの勉強の進歩ぶりを喜んでいらしたことはわかってるでしょう。それに――オホン――わたくしはいつもあなたのことが好きだったのよ」

セーラの灰緑色の目がひたとミンチン先生に向けられた。その静かな澄んだまなざしは、とりわけミンチン先生が嫌悪しているものだった。

「そうだったんですか、ミンチン先生？　知りませんでした」

ミンチン先生は赤くなって、背筋を伸ばした。

「知っておくべきでしたね。でも、子供というものは残念ながら、何が自分にいちばんいいのかわかっていないのです。アメリアとわたくしは、いつもあなたが学校でいちばん賢い生徒だと話していました。お気の毒なお父さまへの義務を果たすために、さあ、いっしょに学校に戻りましょう」

セーラはミンチン先生に一歩近づき、足を止めた。頭に浮かんでいたのは、自分にはもう身寄りがなく、通りに放り出されるかもしれないと告げられた日のことだった。エミリーとメルキゼデクだけを相手に、屋根裏部屋で耐えた寒くひもじい日々のこともまざまざと思い出された。セーラはミンチン先生の顔をじっと見つめた。

「わたしがいっしょに帰らない理由はご存じですよね、ミンチン先生。とてもよくわかっておいでのはずです」

ミンチン先生の怒りでこわばった顔が、朱に染まった。

「二度とお友達に会えませんよ」ミンチン先生は言いかけた。「アーメンガードもロッティも、あなたに近づけないようにして……」

カーマイケル氏が礼儀正しいがきっぱりと、その言葉をさえぎった。

「失礼ですが、セーラは会いたい相手には誰にでも会えます。ご学友のご両親たちだって、後見人の屋敷にいらしてください、というミス・クルーの招待を断るとは思えません。そのあたりはカリスフォード氏がきちんと配慮してくださるでしょう」

さすがのミンチン先生も、この言葉にはひるまずにいられなかった。気が短くて姪《めい》が粗末に扱われたりしたら、たちどころにかっとなる偏屈で独り者の伯父《おじ》さんがいる、という想像よりも、これははるかに悪かった。ダイヤモンド鉱山の相続人である少女と自分の子供が友達になるのを嫌がる親など、まずいないだろう、と強欲な女にはすぐに見当がついた。しかも、カリスフォード氏が保護者の誰かにセーラ・クルーがどんなにひどい目に遭わされたかを話したら、いろいろと困った事態が起こりかねない。

「ずいぶんとやっかいな役目をお引き受けになりましたわね」部屋を出ていこうとしながら、ミンチン先生はインドの紳士に向かって言った。「じきにそのことがおわかりになりますよ。その子は嘘つきですし、恩知らずなんです。おそらく」とセーラに向かって言った。「今はまた公女さまに戻ったつもりでいるんでしょうね」

セーラは目を伏せ、少し赤くなった。この大切な空想は、どんなにいい人であっても空想になじみのない人にとって、最初のうちは理解しにくいものだと知っていたからだ。

「わたし――公女以外のものにはなるまいとしていました」セーラは低い声で答えた。

「どんなに寒いときも、おなかがすいているときも、公女であり続けようと努力していたんです」

「じゃ、今後は努力する必要がなさそうね」ラム・ダスに丁重に部屋から送り出されながら、ミンチン先生は毒気たっぷりに捨て台詞《ぜりふ》を吐いた。

ミンチン先生は学校に戻り、自分の居間に行くと、すぐにミス・アメリアを呼びにやらせた。二人はその日の午後はずっと部屋に閉じこもっていた。ただし、気の毒なミス・アメリアは滝のように涙を流し、目をごしごしこすりながら、十五分以上にわたって最悪の時間に耐えなくてはならなかった。うっかり口にしたひとことが姉の逆鱗《げきりん》に触れ、さんざん罵倒《ばとう》されたのだ。しかし、その後は、いつもとはちがう成り行きになった。

「姉さん、わたしは姉さんほど頭がよくないし、怒らせるんじゃないかって、いつも何か言うときにびくびくしている。だけど、わたしがこれほど臆病《おくびょう》じゃなければ、学校にとっても、わたしたち二人にとってもずっとましなことになったのよ。今だから言わせてもらうけどね、わたし、セーラ・クルーをあんなつらい目にあわせず、ちゃんとした服を着せてあげて、もっと居心地よく過ごさせてあげたらいいのに、ってしょっちゅう思ってた。わたし、知ってるのよ、あの年の子供にしてはずいぶんこき使われていたことも、食べ物もろくにもらえず――」

「よくも、そんなえらそうな口がきけるわね！」ミンチン先生は怒鳴った。

「さあ、自分でもよくわからないけど、どうなろうと、言いかけたから最後まで言わせてもらうわ」ミス・アメリアは向こう見ずにも勇気を振り絞って続けた。「あの子は賢くて、いい子だった。姉さんが少しでも親切にしてあげていたら、きっと恩を忘れなかったでしょう。だけど、これっぽっちもやさしくしてあげなかった。なぜって、あの子が自分よりもずっと賢いせいで、最初から嫌っていたからよ。それが本当のところでしょ。あの子はわたしたちの本性を見抜いていたのよ――」

「アメリア！」激怒した姉は叫び、妹の横っ面をひっぱたき、帽子をはたき飛ばしかねない形相になった。よくベッキーにしているように。

しかし、ミス・アメリアは失望が引き金になって、もう何が起きてもかまうものかと思ったので、感情に歯止めがきかなくなっていた。

「そうよ！　あの子は見抜いていたの！」ミス・アメリアはわめいた。「わたしたち二人のことはお見通しだったのよ。あんたが心の冷たい欲深な女だってことも、わたしが馬鹿な弱虫だってこともね。二人とも、あの子のお金の前に這《は》いつくばり、お金がなくなったら一転して、ひどい目に遭わせるような卑劣でさもしい人間だってこともね。だのに、あの子は物乞《ものご》い同然だったときも小公女さまみたいにふるまっていた。本当に、小公女さまそのものだった！」そして哀れな女は感情が抑えきれなくなり、大声で笑ったり泣いたりしながら、体を前後に揺すぶりはじめた。

「これで、姉さんはあの子を失ったのよ」ミス・アメリアは金切り声で叫んだ。「これで、別の学校があの子とあの子のお金を手に入れる。あの子がふつうの子供だったら、どんな扱いを受けたかしゃべるでしょうから、他の生徒たちもみんな辞めてしまい、わたしたちは破滅よ。でも、それも当然の報いね。だけど、姉さんの方がたくさん報いを受けるわ。だって、あんたは冷酷な女だからよ、マリア・ミンチン、冷酷で利己的で勘定高い女なのよ！」

そう叫ぶと、ミス・アメリアはヒステリックになって喉《のど》を詰まらせたり、うなり声をあげたりしはじめ、ますます騒ぎを大きくしかねなかったので、ミンチン先生は妹の横柄な言い草に怒りを爆発させるどころではなく、気付け薬をかがせて落ち着かせねばならなかった。

そのときを境に、姉のミンチン先生は妹に一目置くようになった。ミス・アメリアはとても頭が悪いように見えたが、実はそれほど愚かではなく、結果として、耳をふさぎたくなるような真実をぶちまけかねなかったからだ。

その晩、寝る前のいつもの習慣で生徒たちが教室の暖炉の前に集まっていると、アーメンガードが手紙を手にし、丸い顔に奇妙な表情を浮かべて入ってきた。奇妙に見えたのは、わくわくするような喜びを感じていると同時に、たった今受けたばかりのショックでぼうっとしていたからだ。

「どうかしたの？」二、三人の生徒が同時に声をかけた。

「さっきからずっとやっている二人のけんかと関係があること？」ラヴィニアが身を乗り出した。「ミンチン先生の部屋ですごいけんかをしていたのよ。ミス・アメリアはヒステリーみたいになって、ベッドに寝かされたの」

アーメンガードは驚きのあまり口もきけない様子でゆっくりと答えた。

「セーラからたった今、この手紙が届いたの」アーメンガードはどんなに長い手紙かみんなに見えるように、差し出した。

「セーラから！」全員が声をそろえて叫んだ。

「どこにいるのよ、あの子？」ジェシーはほとんど叫ぶようにたずねた。

「お隣なの」アーメンガードは言った。「インドの紳士のところ」

「どこですって？　追い出されたの？　ミンチン先生は知ってるの？　けんかはそのこと？　どうして手紙をくれたの？　話して！　ねえ、教えて！」

みんな口々に叫ぶので大変な騒ぎになり、ロッティは哀れっぽく泣きはじめた。

アーメンガードはその時点で、もっとも重要で、かつ説明の不要なことをまず報告することにしたらしく、ゆっくりと言葉を口にした。

「ダイヤモンド鉱山はあったのよ」きっぱりと言った。「本当にあったの！」

全員が口をぽかんと開け、目をまん丸にした。

「本物だったのよ」アーメンガードは急いで話を続けた。「全部、誤解だったの。しばらく何かがあって、カリスフォードさんは破滅だと思い込んでしまって――」

「誰なの、カリスフォードさんって？」ジェシーが叫んだ。

「インドの紳士よ。そしてクルー大尉ももうおしまいだと思った――それで亡くなったの。カリスフォードさんは脳炎にかかって逃げ出して、あわや死にかけた。それに、セーラの居所を知らなかった。そうしたら、鉱山には何百万っていうダイヤモンドがあることがわかって、その半分はセーラのものなんですって。セーラがメルキゼデクしか友達がいなくて、屋根裏で暮らし、コックにあれこれ用事を言いつけられていたときも、それはセーラのものだったのよ。今日の午後、カリスフォードさんはセーラを見つけて、屋敷に住まわせることにしたから、セーラはもう二度と戻ってこないの。セーラは前よりもずっとすごい公女さまになるのよ。十五万倍ぐらいすごい公女さまにね。それで、あたしは明日の午後、セーラに会いに行くの。ほら見て！」

このあとに起こった大騒ぎは、ミンチン先生ですら静かにさせることはできなかった。そもそも、教室の騒ぎは聞こえていたが、先生は何もしようとしなかった。ミス・アメリアはベッドですすり泣いていたし、今は目の前のことだけで手一杯で、それ以外のことに立ち向かう気力がなかったのだ。そのニュースはいつのまにか学校じゅうに伝わり、使用人も生徒も一人残らず、寝るまでそれについて噂に花を咲かせるだろうことは予想がついた。

すべての規則が棚上げになったと気づいた学校じゅうの生徒は、真夜中近くまで、アーメンガードを囲んで何度も何度も朗読される手紙に耳を傾けたのだった。手紙の中身はセーラがこれまでに創造したお話と同じぐらいすばらしく、セーラ本人と隣の家の謎めいたインドの紳士の身に起きたことだったので、よけいにうっとりするほど魅力的に感じられた。

ベッキーもそのニュースを聞きつけ、いつもよりも仕事を早く抜けて階段を上がっていった。みんなから離れて、魔法の部屋をもう一度だけ見ておきたかったのだ。それがどうなるのか、ベッキーは知らなかった。ミンチン先生のもとに残されることはありえないだろう。すべて運び出され、再び殺風景で何もない屋根裏部屋に戻ってしまうにちがいない。こういうことになってセーラのためにはうれしかったが、階段を上がっていくベッキーの喉には何かがこみあげてきて、涙で前がぼやけた。今夜は暖炉の火はないだろう。薔薇色《ばらいろ》のランプも。夕食も。火明かりで読書したり、お話をしたりしてくれる公女さまも。もう二度と公女さまには会えないのだ！

ベッキーはすすり泣きをこらえながら、屋根裏のドアを開けた。とたんに低く悲鳴をもらした。

ランプの光が部屋を明るく照らし、暖炉では火が燃え、夕食が待っていた。驚いているベッキーに、ラム・ダスがにっこりと笑いかけた。

「お嬢さまは忘れていません」彼は言った。「旦那《だんな》さまにすべてを話したのです。お嬢さまに起きたすごい幸運について、あなたにも知ってほしいとおっしゃいました。トレイの手紙を見てください。お嬢さまが書いたものです。お嬢さまはあなたが悲しい気持ちでベッドに入ることを望んでいません。明日、あなたに家に来るようにと、旦那さまはおっしゃっています。あなたにお嬢さまのお世話係になってほしいそうです。今夜、ここにあるものはすべて屋根伝いに運んでいきます」

まばゆい笑顔でそれだけ告げると、ラム・ダスは軽くお辞儀をして、音ひとつ立てずにするりと天窓から出ていった。その敏捷《びんしょう》な身のこなしを見て、ラム・ダスがこれまでの作業をいかにやすやすとこなしてきたか、ベッキーは悟ったのだった。

19 アン

大きな家族の子供部屋が、これほど大きな喜びに包まれたことはいまだかつてなかった。物乞いではない女の子と親しくなることで、こんなに楽しく過ごせるとは、みんな夢にも思っていなかったのだ。さんざんつらい目に遭い波瀾万丈《はらんばんじょう》の経験をしてきただけでも、セーラはすごい人だと子供たちから尊敬された。みんな、セーラの身に起きたことを繰り返し繰り返し聞きたがった。広々とした明るい部屋で暖かい炉辺にすわっていれば、屋根裏部屋がどんなに寒かったかという話を聞くのも楽しかった。メルキゼデクの思い出やスズメの話、テーブルに上って天窓から上半身を乗り出すと見える風景、それらについて語られるのを聞いていると、寒さやみすぼらしさはたいしたことではなく、屋根裏部屋は魅惑的な場所のようにすら思えてくるのだった。

もちろん、みんながいちばんおもしろがったのは、〝パーティー〟のことと、そのあとで夢が実現した話だった。セーラはカリスフォード氏に見つけられた翌日に、初めてその話をした。お茶にやって来た大きな家族の何人かが思い思いにすわったり、暖炉の前の敷物で丸くなったりしている前で、セーラはいつものように話をした。インドの紳士もじっとセーラを見つめながら耳を傾けていた。話し終えると、セーラは紳士を見上げて、片手をその膝《ひざ》に置いた。

「ここまでがわたしのお話です。今度はおじさまの側からのお話をしてくださいな、トムおじさま？」インドの紳士は自分を〝トムおじさん〟と呼んでほしいとセーラに頼んでいた。「まだおじさまの話をうかがってないんですもの。きっとすてきにちがいないわ」

そこでインドの紳士は一人きりでいると、とても具合が悪くなり何をする気にもなれず気持ちがささくれていたこと、するとラム・ダスが通りかかる人々のことを話してくれ、気晴らしをしてくれようとしたことを語った。その中に頻繁に通りかかる女の子がいた。インドの紳士はしだいにその子に関心を持つようになった。ひとつには、行方不明の女の子のことが常に頭にあったからでもあり、さらに、小猿を追いかけて、その子の屋根裏部屋に行ったことをラム・ダスから聞いていたからでもあった。ラム・ダスは殺風景な部屋のありさまや、女の子の立ち居振る舞いが下働きや使用人の階級ではなさそうなことを報告した。少しずつ、ラム・ダスは女の子のみじめな暮らしぶりを知るようになった。やがて屋根を数メートル移動すれば簡単に天窓に出られることを発見し、そのおかげで、ああしたことが始まったのだった。

「旦那《サーヒブ》さま」とある日ラム・ダスは言った。「屋根伝いに行って、あの子がお使いで出かけている間に火をおこしてやることができます。びしょ濡《ぬ》れで凍えて戻ってきたときに暖炉で火が燃えているのを見つけたら、魔法使いがしてくれたと思うでしょう」

その思いつきは実に愉快だったので、カリスフォード氏の悲しげな顔が笑みでぱっと明るく輝いた。ラム・ダスはすっかり有頂天になり、その計画について詳しく話し、他のいろいろなことをやってのけるのも自分ならとても簡単だと説明した。カリスフォード氏は子供のように喜び、さまざまなアイディアを出した。こうして計画を実行するためにあれこれ手はずを整えていたおかげで、好奇心を刺激される充実した日々になった。さもなければ、鬱々《うつうつ》としたつまらない毎日を送っていたことだろう。パーティーがだいなしになったあの晩、ラム・ダスは運んでいく荷物を自分の屋根裏部屋にずらっと並べて、すべてを見ていた。さらに、ラム・ダスを手伝う人間も風変わりな冒険に胸を弾ませながら、一緒に待機していた。ラム・ダスは屋根に寝そべって天窓からのぞいていたので、パーティーが悲惨な結果に終わったことも見てとった。疲れ切ったセーラは深い眠りにひきずりこまれるにちがいなかった。予想どおりになると、ランタンの明かりを薄暗く調整して、ラム・ダスはこっそりと部屋に忍びこんだ。かたや相棒は外にいて、ラム・ダスに次々に荷物を渡していった。セーラがわずかに身じろぎするたびに、ラム・ダスはランタンの覆いを閉めて、床に伏せた。こういう話や、他にもいろいろな興奮する話を、子供たちは次々に質問を浴びせて聞き出したのだった。

「なんてうれしいのかしら」セーラが言った。「わたしのお友達がおじさまだったなんて！」

この二人はとびぬけて仲のいい友人になった。なぜかしら、すばらしく相性がよかったのだ。インドの紳士には、セーラほど気に入った話相手《コンパニオン》はこれまでいなかった。ひと月ほどすると、カーマイケル氏が予想したように、彼は生まれ変わったようになった。いつも楽しそうで、さまざまなことに好奇心を持ち、重荷に感じて嫌で嫌でたまらなかった財産も、所有していることをうれしく感じるようになりはじめた。セーラのためのすてきな計画が、数え切れないほどあったのだ。カリスフォード氏は魔法使いだ、というのがセーラとの間のお決まりの冗談で、セーラを驚かせることを企画するのが彼の楽しみのひとつになった。セーラの部屋に見たこともない美しい花が咲いていたこともあるし、枕の下に奇抜な贈り物が忍ばせてあったこともある。あるときは夜に二人ですわっていると、ドアを力強くひっかく音がして、セーラが開けてみると、びっくりするほど大きな犬、見事なロシアン・ボアハウンドがすわっていた。贅沢《ぜいたく》な金と銀の首輪には「ぼくはボリスです。小公女セーラさまにお仕えします」という文字が刻まれていた。

インドの紳士が何よりも好きだったのは、小公女がみすぼらしい服を着ていた頃の思い出話だった。さらに、大きな家族やアーメンガードやロッティが遊びに来る午後は、このうえなく楽しいひとときになった。しかし、セーラとインドの紳士だけですわって、本を読んだりしゃべったりする時間も実に充実していた。そういう折にも、たくさんの興味深いことが起きた。

ある晩、カリスフォード氏が本から顔を上げると、セーラがずっと身じろぎもせず暖炉の火を見つめていることに気づいた。

「また何かの〝つもり〟になっているのかな、セーラ?」

セーラは頬を赤くしながら、カリスフォード氏を見上げた。

「ちょっと考えごとをしていて。あのおなかがペコペコだった日のことと、出会った女の子のことを思い出していました」

「だが、空腹だった日は数え切れないほどあっただろう?」インドの紳士はとても悲しげな口調になった。「どの日のことかな?」

「おじさまがご存じないことを忘れていたわ。夢が現実になった日のことなんです」

そこでセーラはパン屋のこと、ぬかるみで四ペンス拾ったこと、自分よりもおなかをすかせていた女の子のことを話した。とても淡々と、できるだけ簡潔に話したが、インドの紳士は片手で目を覆って絨毯《じゅうたん》に視線を落とさずにはいられなかった。

「それで、わたし、ある計画を思いついたんです」話し終えると、セーラは言いだした。

「ちょっと、してみたいことがあって」

「何だね?」カリスフォード氏は低い声でたずねた。「何でも好きなことをしていいんだよ、公女さま」

「あのう、わたし」セーラはちょっと口ごもった。「わたしにはたくさんお金があるっておっしゃっていたでしょう。だから、あのパン屋のおかみさんに会いに行ったらどうかしらって、考えていたんです。それで、おなかをすかせた子供たちが来たら、とりわけ天候のひどい日に階段にすわったりショーウィンドウをのぞきこんだりしていたら、中に入れてやって食べ物をあげ、その請求書はわたしに送ってもらえないか頼んでみようかと思ったんです。そういうことって、できるでしょうか?」

「明日の朝にでも、さっそく行ってみることにしよう」インドの紳士は答えた。

「ありがとうございます」セーラは言った。「だって、わたし、ひもじいってどういうことか知っているんですもの。おなかがすいていない〝つもり〟になっても、それが成功しないときは、本当につらかったわ」

「うん、うん、そうだろうね。ああ、そうに決まってる。でも、そんなことは忘れるようにしなさい。こっちに来て、そこにある足置き台にすわるといい。そして、自分が公女さまだということだけを考えるんだよ」

「はい」セーラは微笑んだ。「それに、公女さまだから、ロールパンだろうとどんなパンだろうと、民に配ってあげられますね」そしてセーラが近づいていって足置き台にすわると、インドの紳士は(セーラにときどきそう呼ばれることも気に入っていた)セーラの小さな黒髪の頭を膝にのせ、髪をなでてやった。

翌朝、ミンチン先生は窓から外をのぞき、実にいまいましい光景を目にした。りっぱな馬が引くインドの紳士の馬車が隣の家の玄関前につけられ、家の主《あるじ》が、やわらかそうな豪華な毛皮で暖かく装った小さな姿といっしょに階段を下りてきて、馬車に乗り込んだのだ。その小さな見慣れた姿は、ミンチン先生に過ぎた日々のことを思い出させた。そのあとから、これまた見慣れた姿が現れたので、それを目にしただけでミンチン先生はひどく不愉快になった。それは楽しそうにお世話係の役目を務めているベッキーで、若い女主人にいつも付き添い、馬車まで膝掛《ひざか》けや手荷物を運んでいくところだった。すでにベッキーはふっくらした丸顔になり、ピンク色の頬をしていた。

しばらくのち、馬車はパン屋のドアの前に停まった。乗っていた人たちが降りてきたとき、奇《く》しくも、パン屋のおかみさんはちょうど焼きたてのロールパンのトレイをショーウィンドウに置こうとしているところだった。

セーラが店に入っていくと、おかみさんは振り向いて、セーラを見た。それからパンを置くと、カウンターの向こうに立った。しばらくセーラをまじまじと見つめていたが、やがてやさしそうな顔がぱっと輝いた。

「あなたのことは覚えていますよ、お嬢さん。ただ――」

「ええ」セーラが言った。「四ペンスでロールパンを六つくださったんですよね。それで――」

「そのうち五つを物乞《ものご》いの子にあげてしまったでしょう」おかみさんは口をはさんだ。「あのことはずっと忘れられずにいましたよ。最初はわけがわからなかったんです」彼女は振り向いて、インドの紳士に向かって言葉を続けた。「口幅ったいことを言うようですけどね、あんなふうにおなかをすかした他人に気づくお若い方はめったにいませんよ。あのことを何度も考えてみたんです。こんなふうに言ったら失礼ですけど、お嬢さんは」と今度はセーラに話しかけた。「顔色がぐんとよくなられて、前よりもずっと―

——その——」

「ええ、元気になりましたの、ありがとう」セーラは言った。「それに、わたし、ずっと幸せなんです。だから、あなたにお願いしたいことがあってうかがったんです」

「あたしにですか、お嬢さん！」パン屋のおかみさんは楽しそうに笑いながら叫んだ。「あら、まあ！　いいですとも。でも、何をしたらよろしいんですかね？」

　そこでセーラはカウンターに身を乗り出すようにして、ひどい天候と空腹の宿無しの子供とロールパンが関わる、ささやかな提案をした。

　おかみさんはセーラをじっと見つめながら、びっくり顔で話を聞いていた。

「あら、まあ！」すべてを聞き終えると、また叫んだ。「喜んでやらせていただきますとも。あたしも働いて食い扶持《ぶち》を稼いでいる身の上ですから、自腹ではたいしたことができなくてねえ。どっちを見ても、そんな子が目に入りますし。だけど、おこがましいですけね、あの雨の日からこっち、あたしもちょくちょくパンをあげてきたんですよ。それも、あなたのことを思い出したからです。お嬢さんがどんなにびしょ濡《ぬ》れで寒そうだったか、どんなにおなかをすかせた様子だったか。だのに、熱々のロールパンをあの子にあげてしまったんだものねえ、まるで公女さまみたいに」

　その言葉に、思わずインドの紳士は口元をほころばせた。かたやセーラも、飢えた子供のぼろをまとった膝《ひざ》にロールパンを置きながら自分に言い聞かせたことを思い出して、小さく微笑んだ。

「あの子はとてもおなかをすかせているようだったから。わたしよりもずっとひもじそうでした」

「あの子は飢え死にしかけてたんですよ」おかみさんは言った。「あのときのことを、あの子、しょっちゅう言ってます——あそこに濡れそぼってすわっていたとき、おなかの中が狼に食いちぎられているみたいだったって」

「まあ、またあの子に会ったんですか？」セーラは声をあげた。「あの子が今どこにいるのか、ご存じですか？」

「ええ、知ってますとも」おかみさんの穏やかな笑みがいっそう大きくなった。「だって、ほら、その奥の部屋にいるんですよ、お嬢さん。かれこれ、ひと月ぐらいになりますかねえ。きちんとしたいい子に育ってきましたよ。店や調理場で、あたしをよく手伝ってくれましてね。以前の暮らしぶりを知っている方には、信じられないかもしれませんけど」

おかみさんは奥の小部屋のドアまで行き、声をかけた。すると少女が現れて、おかみさんのあとからカウンターにやって来た。清潔なこざっぱりした服を着ていたが、たしかにあの物乞いの女の子だった。もうずっと飢えとは無縁の様子に見えた。内気そうだったが感じのいい顔をしていて、もはやあの野獣のようなところはなく、目からも荒々しさが消えていた。すぐにセーラのことがわかり、セーラから目が離せないかのように、まじまじと見つめている。

「実はね」とおかみさんが言った。「おなかがすいたらここにおいで、って言ってやったんです。で、やって来るたびに、ちょっとした仕事を頼んだら、喜んでやってくれるものですからね。それに、なんだか、だんだんかわいくなってきて、結局、ここに住まわせることにしたってわけです。仕事を手伝ってくれるし、お行儀もいいし、おまけにずいぶんと感謝してくれましてね。アンっていうんです。名字はありません」

セーラと女の子はしばらく、じっと見つめ合っていた。それからセーラがマフから片手を出して、カウンター越しに差しのべると、アンはその手を握りしめた。そうやって二人は互いの目をまっすぐ見つめた。

「本当によかったわ」セーラは言った。「それでね、ちょっと思いついたことがあるの。ブラウン夫人は、子供たちにパンをあげる役目をあなたにさせてくださるんじゃないかしら。喜んでやってくれるわよね。だって、おなかがすくのがどういうことなのか、あなたもよく知っているんですもの」

「はい、お嬢さん」女の子は答えた。

そして、アンはそれぐらいしか口にしなかったが、セーラは自分の気持ちが通じたのを感じた。セーラがインドの紳士といっしょに店を出て、馬車に乗り込んで去っていくのを、女の子はいつまでもいつまでも見送っていた。

訳者あとがき

フランシス・ホジソン・バーネットが一九〇五年に発表した『小公女』をお届けする。これでバーネットの代表作である『小公子』（一八八六年）と『秘密の花園』（一九一一年）を含めた三作すべてが拙訳で角川文庫に入ったわけで、大人にとっては懐かしいバーネット作品をぜひとも現代的な完訳で読み直し、感動を新たにしていただければと願っている。もともとは児童文学として書かれた作品でもあるし、古めかしい難解な言葉は使わずに読みやすく訳すことを心がけたので、小学校高学年以上のお子さんにも楽しんでいただけると思う。

【小公女というタイトルについて】

『小公女』の原題は A Little Princess で、直訳すると「小さな王女さま」だが、『小公子』のあとがきで経緯を説明したように、日本では『小公子』『小公女』というタイトルが定着しているので、それを採用した。同時に、本文中でも、「公女」という言葉を使うことにした。「公女」は辞書では「貴族の家の女の子」と説明されている。セーラは貴族ではないが、苦難に耐えて凛《りん》として誇り高く生きる姿勢に、「王女」や「プリンセス」などの甘い響きのある言葉よりも、「公女」という気品と風格のある言葉の方がふさわしいと考えたからだ。ふだん聞き慣れない言葉ではあるが、この作品世界では「公女」とセーラを結びつけて考えていただければと思う。そして最後まで読んだときに、やはりセーラは「公女さま」だと納得していただければ幸いだ。

【バーネットの経歴と『小公女』の成り立ち】

バーネットの経歴については『秘密の花園』でご紹介したので、詳しくはそちらを見ていただくことにして、ここでは本書に関連した部分だけ簡単に触れたいと思う。一八四九年に生まれたバーネットは一八七三年にスワン・バーネットと結婚して、一八七四年に長男ライオネル、一八七六年に次男ヴィヴィアンを授かった。『小公子』はこの次男をモデルにしたのではないかと言われている。

そして一八九〇年、長男ライオネルが結核でこの世を去った。さらに一八九八年には離婚、一九〇〇年に十歳年下のスティーヴン・タウンゼンドと再婚するものの、二年足らずで破局した。したがって、ライオネルが闘病していた頃から、二度の結婚の破綻《はたん》までの十数年間は、バーネットにとって苦しい時期だったのではないかと想像する。そうした波瀾《はらん》万丈の時代の後に書かれたのが、『小公女』だった。

そもそも、『小公女』は、一八八七年から一八八八年にかけて〈セント・ニコラス〉誌に連載された『セーラ・クルー』という作品を下敷きにしたものだ。『セーラ・クルー』はロンドンやニューヨークの舞台で公演されて好評を博し、そのおかげで『セーラ・クルー』を手直しして長くし、『小公女』として出版することになったという。

本書のあらすじについては、おそらく説明するまでもないと思うが、セーラ・クルーという少女を主人公としたロンドンの女子寄宿学校が舞台の作品だ。最初は華やかな学校生活が描かれるが、数年後に父が亡くなってセーラが貧しくなってからは、使用人としてこき使われるつらい日々がつづられている。裕福なときも奢《おご》ることなく弱者への気遣いを忘れなかったセーラは、一転して貧しくなり、つらく悲しい目にあっても、決して卑屈にならず、やさしさと品位と誇りを失わずに生きていく。その姿はまさに公女さまで、読む者の胸を揺さぶられることだろう。

【セーラを支えた想像力】

一八九三年に原著が出版された『バーネット自伝　わたしの一番よく知っている子ども』（翰林《かんりん》書房　松下宏子《まつしたひろこ》・三宅興子《みやけおきこ》編・訳）には、『小公女』で登場するエピソードがいくつも見られるので、本書の主人公セーラには、バーネット自身の姿が色濃く投影されているようだ。連載から脚本へ、さらに長編へと作り変えられる過程で、主人公のセーラはバーネット自身の幼少期の記憶によって肉づけされ、より魅力的な少女になっていったのだと思う。

とりわけ、バーネット自身の幼少期の経験がそのまま生かされている人形の描き方は興味深い。『バーネット自伝　わたしの一番よく知っている子ども』ではこんなふうに書かれている。「その子」というのはバーネット自身のことだ。

物語やロマンス、悲劇、冒険などのかたちで、文学がその子の想像力を刺激するようになってから、人形は、夢中になれるおもしろいものとして姿をあらわしました。そして、いったん登場すると、退場することはありませんでした。その子が大きくなって、人形がいつもヒロインを演じていたわくわくする場面に幕が下ろされるまでは、ずっと活躍し続けたのです。

ここが、肝心なところでした。人形ではなくて、ヒロインだったのです。

人形をヒロインにするには、想像力が必要でした。

同じように、『小公女』でも、セーラは人形が歩いたりしゃべったりできると信じている。

お人形っていうのはね、こちらに知られないようにしているけど、実はいろいろなことができるんだと思うの。もしかしたらエミリーは本当に本が読めて、しゃべれて、歩けるけど、部屋に誰もいないときにしか、そういうことをしないのよ。それはエミリーの秘密なの。だって、お人形がいろんなことができるってわかったら、

人間に働かせられるでしょ。そのせいで、お人形たちはお互いに秘密にしようって約束しているのよ。（p24）

アーメンガードがもっとも心を奪われたのは、人形についてのセーラの空想だった。人形は人が部屋にいないときは歩いたりしゃべったり、やりたいことが何でもできるけれど、その力を秘密にしておかねばならないので、人が部屋に戻ってくると、「稲妻みたいに」素早く元の場所に戻るのだという。（p39）

なお、人形が人間の見ていないときにふつうにしゃべったり歩いたりするという設定は、Racketty-Packetty House, as Told by Queen Crosspatch（一九〇六年）という子ども向けの作品でも使っている。この作品では新旧ふたつのドールハウスの住人たち、すなわち人形たちの生活が描かれていて、舞台でも上演されるほどの人気を博した。

ここであきらかなように、人形が人間と同じようにふるまえるとセーラが信じたのは、「想像力」のおかげだった。さらに、自伝の「その子」が想像力でお話を作り、「ひとりきりではないときは、いつも、ささやき声か小声でしゃべりました。誰にも聞かれたくなかったからです」と書かれているように、セーラもまた、「遊ぶときに、わたし、自分でお話を作って、それを一人で話すのよ。ただ、それを人に聞かれたくないの。人に聞かれていると思うと、だいなしになっちゃうから」（p36～37）と語っている。

「その子」は人形と演じたドラマをやがて書き留めるようになり、学校の刺繡《ししゅう》の時間に友人たちにお話をしてとせがまれると、自分の作ったお話をするようになる。

聞き手はとりこになってしまいました。夢中になっているその表情を目の当たりにして、歓びや恐怖の叫び声を聴くのは、物語を作り始めたばかりのその子にとって大いに励みになりました（以下、略）

同じように『小公女』のセーラもまた教室でお話を披露する。

物語の世界にすっかり入りこみ、語っている物語の中で登場人物たちとともに冒険をしていたのだ。語り終えたときには、興奮のあまりすっかり息を切らしていることもあり、ドキドキしているやせた胸に片手をのせ、照れたようにそんな自分をそっと笑った。（p56）

セーラにとって、幼い頃から物語は喜びを与えてくれるものだった。やがて、セーラは父親を亡くし、一文無しになるという不幸に見舞われる。つらく悲しい目にあっても、心を癒やし、生きる力を与えてくれたのもまた物語だった。

わたし、空想が大好きなの。空想ほどすてきなことはないわ。空想していると、妖精《ようせい》になったみたいな気分になれる。一生懸命に空想していれば、まるでそれが現実みたいに感じられるのよ。（p93）

お父さまはわたしのことを変わっていると思っていたけど、わたしが作るいろいろなお話が好きだったの。わたし、お話を作らずにはいられないのよ。もし作らなかったら、生きていけそうにないわ。（p144）

寒く雨が降るひどい天候の中、お使いに出され、耐えがたい空腹を抱え、ぬかるんだ泥の中を穴があいて水が浸みてくる靴で歩いているときにも、セーラが物乞《ものご》いの女の子にパンを分け与えられるほど強くいられたのは、こういう物語を紡ぐ想像力があったおかげだったのだと思う。想像力こそ、人が人らしく苦難に立ち向かい、強く生きていくための力だ、そんなふうにバーネットはわたしたちに語りかけているような気がする。ただし、セーラの想像力はたんにつらいことから逃避するための道具ではなく、人生をより豊かにしてくれる存在だった。そもそも、何不自由のない幸せな日々を送っていたときから、セーラは想像力を駆使して物語を作り、空想の世界で楽しんできたのだ。終盤に〝魔法〟がふるわれたとき、不思議がりながらも、セーラはそれを素直に受けとることができた。それは想像力によってセーラの心に栄養がたっぷり与えられていたからではないだろうか。もしも同じことがミンチン先生に起きたらどうだっただろう。これは何かの陰謀では？　と疑ってかかり、損得勘定をしたにちがいない。

【セーラのやさしさ】

もうひとつ、セーラが苦難を乗り越えて幸福を手にできた要因は、想像力に加え、人に対するやさしさを持っていたからだと思う。バーネットはそれをこんなふうに説明している。

〝与える人〟として生まれついた者は手も開いているし、心も開いているものだ。そして、手は空っぽのときがあるかもしれないが、心は常に満たされているので、そこからさまざまなものを人に与えることができる。温かい思いやり、親切な行動、やさしさ、助力、慰め、笑い。とりわけ心の底からの陽気な笑いは、何よりも大きな力になるものだ。（p81）

セーラはアーメンガードやロッティや下働きのベッキーを、いつもやさしく気遣ったし、見知らぬ物乞いの少女にも思いやりを示した。なによりも、インドの紳士に対してはやさしさと同時に、大きな許しも与えたと言えるのではないだろうか。わずか十一歳の少女が、いわば寛恕《かんじょ》の心を持つというのはなかなかできることではない。その意味でも、セーラは「公女」と呼ばれるにふさわしい人間として描かれていると思う。ラストで、「公女であり続けようと努力していたんです」ときっぱりとミンチン先生に言うセーラの誇り高い姿は感動的だ。

ここで白状すると、訳者もセーラのように空想と想像の世界に浸って少女時代を過ごした。それだけにセーラには特別な親近感を覚え、魅力的な物語世界をお届けするために心を砕いた。読者のみなさんにも潑剌《はつらつ》としたセーラを感じていただくことができれば、これ以上の喜びはない。

『小公子』で人の心のやさしさと純粋さが持つ力を、『小公女』で想像力と誇りの大切さを、『秘密の花園』で自然の力と再生について、バーネットは描いた。いずれも現代に通じるテーマで、悩み多き現代人にこそ必要な素養であり、苦難の時代を乗り越えていく武器にもなりうるものだと強く感じる。バーネットの作品は百年以上前に書かれたものだが、そこに生きる人間の本質は昔も今も変わらない。名作とは、まさにそういう人間の普遍の姿を描いたものなのだ、と本書を訳し終えてしみじみと感じている。

羽田詩津子

本書は訳し下ろしです。

小公女《しょうこうじょ》

バーネット　羽田詩津子《はたしずこ》＝訳

令和3年 6月25日　初版発行
令和6年 10月30日　3版発行

発行者●山下直久

発行●株式会社KADOKAWA
〒102-8177　東京都千代田区富士見2-13-3
電話　0570-002-301（ナビダイヤル）

角川文庫 22715

印刷所●株式会社KADOKAWA
製本所●株式会社KADOKAWA

表紙画●和田三造

ISBN 978-4-04-109238-5　C0197